RECLAM-BIBLIOTHEK

Eigentlich soll Falk Schiller am Dresdener Oberlandesgericht nur sein Referendariat antreten. Doch bereits im Zug lernt er die attraktive Anwältin Cathérine kennen, die ihm von einem ungewöhnlichen Mandat erzählt: Paul Schellenbaum, ein alter Mann, der in jungen Jahren wegen angeblicher Vergewaltigung in Haft saß, läßt seiner Reputation wegen das Verfahren noch einmal aufrollen. Und siehe da: Die Akten weisen Unstimmigkeiten auf. Falk wird, weniger von diesen als von Cathérines Charme beeindruckt, immer tiefer in den Fall hineingezogen. Bis das Rätsel um Schellenbaum allerdings geklärt ist, muß er diversen Schlägereien standhalten, sich zwischen zwei oder drei Frauen entscheiden, nachts ein Grab freischaufeln und an hochgefährlichen chemischen Testuntersuchungen teilnehmen. Ein Glück nur, daß da noch Grabowski ist, Falks ungehobelter Nachbar, der ihm mit Rat und Tat zur Seite steht. Die Genfalle schnappt zu.

Jan Beinßen, geboren 1965, ist Redakteur bei der *Abendzeitung* in Nürnberg. 1997 erschien bei Reclam sein Roman *Zwei Frauen gegen die Zeit*.

Jan Beinßen

Die Genfalle

Roman

RECLAM VERLAG LEIPZIG

ISBN 3-379-01639-X

Reclam-Bibliothek Band 1639
1. Auflage, 1998
Reihengestaltung: Hans Peter Willberg
Umschlaggestaltung: Kay Krause und Alexander Fleischmann, Leipzig
Foto des Autors: Berny Meyer
Gesetzt aus Meridien
Satz: abg satz und bild GmbH, Altenburg
Druck und Bindung: Ebner Ulm
Printed in Germany

Acht Wochen später

Der graugrüne Rumpf des Hubschraubers schoß über das Meer. Der Druck der Rotorblätter peitschte das Wasser zu halbmeterhohen Fontänen auf. »Hallo, hören Sie uns?« Oberleutnant Horst Richter klopfte an das olivenförmige Mikrofon am Stahlbügel unter seinem Kinn. Er wartete. Nichts. »Delta-Echo-Delta-Foxtrott-Foxtrott, this is German Navy 8946, do you read?«
Die Maschine steigerte dröhnend das Tempo. Das Knattern der Rotoren erstarb im zornigen Fauchen der Wellen. »D-EDFF, können Sie mich aufnehmen?« Richter warf seinem Copiloten einen unsicheren Blick zu. »Wir können nicht viel tun. Vielleicht ist nur seine Funkanlage ausgefallen.«
»Die SAR-Leitstelle Glücksburg sagt, wir müssen ihn aufhalten«, drängte Hauptmann Frank Lorenz. »Ist wohl ein ganz großer Fisch.«
»D-EDFF, kommen!« Die Stimme von Oberleutnant Richter gewann an Schärfe.
»Er setzt Kurs auf Hegoland, Horst.«
Richter griff sich die Luftraumkarte, nickte verstört. »Wenn er dort sein Wochenende verbringen will, soll er das meinetwegen tun.« Aufgebracht ließ er die Karte zuklappen. »Aber bitte schön ohne uns dabei in Schwierigkeiten zu bringen.« Er pochte energisch auf das Instrumentenpult. »So ein blöder Idiot!«
»Keine fünfzehn Meilen bis zur Insel.« Lorenz rutschte nervös auf seinem Sitz herum. »Ich versuche, ihn auf der lokalen Frequenz des Startflugplatzes zu erwischen.« Er konzentrierte sich auf die Instrumente. »Moment mal ...«, Lorenz drehte den Lautstärkeregler seiner Kopf-

hörer bis zum Anschlag auf. »Ich krieg da was rein.« Lorenz schaute auf. »Ja, das ist er. Bist du auch drauf?« Sein Partner nickte.
»Wir haben mit dem Nichts begonnen.« Die Stimme klang verrauscht. Lorenz bemühte sich, die Frequenz zu halten. »Die Alchimisten sollten aus Erde Gold machen und sind gescheitert.« Die Piloten wechselten fragende Blicke. »Wir haben aus Dreck Milliarden gemacht – erfolgreich.«
»Tickt der nicht richtig?« Lorenz tippte sich an die Stirn.
Richter winkte verärgert ab. »D-EDFF von GNY 8946, kehren Sie umgehend zum Startflugplatz zurück. Kommen!«
Wieder die verrauschte, kratzige Stimme: »Meine Vorfahren haben bei Null angefangen. Sie haben ihr Leben gegeben für eine bessere Zukunft. Ihr Leben für das Leben anderer. Ihre Mühen, ihren Schweiß ...«
»Ich kann ihn jetzt sehen!« Lorenz zeigte durch das gewölbte Plexiglasfenster nach Steuerbord. »Nicht übel. Nagelneue Maschine. Muß ein Vermögen gekostet haben.« Wieder winkte sein Kamerad ab.
»Unser Konzern«, schnarrte es durch den Kopfhörer, »hat den Menschen den Wohlstand beschert, an den sie sich nur allzu schnell gewöhnt haben. Wir haben diese Leute aus der Bedeutungslosigkeit gerissen. Wir haben sie vom Hunger befreit, ihnen Wärme, Essen, ein Zuhause und Luxus gegeben.«
»Das klingt mir ganz nach einem, der mit dem Leben abgeschlossen hat«, schaltete sich Lorenz erneut ein. »Er zieht Bilanz.«
»D-EDFF! Drehen Sie bei! Kommen!« rief Richter ins Mikrofon. Grimmig sagte er zu seinem Copiloten: »Er drückt die Maschine runter. Verflucht. Keine zwei Meilen bis Helgoland! Wenn er so weitermacht, knallt der Kerl frontal gegen die ›Lange Anna‹!«
»Horst – der hält tatsächlich auf die Felsnadel zu ...«

1

Vorwitzig zeichneten sich ihre Brüste unter dem Pullover ab. Falk Schiller starrte sie an. Er ließ sich vom monotonen Rumpeln des Zuges einlullen und gaffte. Nicht einen klaren Gedanken konnte er fassen. Immer wieder richtete er seinen Blick auf die unbekannte Schöne.
Schön? Wenn er es einen Moment lang schaffte, sich nicht von oberflächlichen Reizen blenden zu lassen, mußte er der Fremden eine taufrische Makellosigkeit sicher absprechen. Allenfalls eine herbe Schönheit konnte er ihr zugestehen. Die Frau, die ihm seit gut zwei Stunden nicht mehr aus dem Sinn ging, war grob geschätzt Mitte Dreißig. Ihre Gesichtszüge waren freundlich, aber scharf gezeichnet. Die dunklen Augen, die sie immer wieder von ihrer Lektüre erhob, verrieten Reife. Reife und Enttäuschung, dachte Falk. Es lag etwas Verletzliches in diesem Blick.
Falk musterte die Fremde, und es kam ihm nicht in den Sinn, daß sein Starren auffallen mußte oder die Unbekannte verärgern könnte. Sie saß einige Sitzreihen von ihm entfernt. Weit genug, um sein Glotzen als harmloses Umherschauen tarnen zu können. Ihm fiel ihr langes Haar auf. Es war gewellt und von deutlich sichtbaren grauen Strähnen durchzogen. Eitel schien sie nicht zu sein. Sonst hätte sie ihrer Frisur wohl eine Farbkur gegönnt. Oder aber sie stand dazu. Zu ihren grauen Haaren und damit zu dem Alter oder dem Streß, der diese Alterserscheinung hervorgerufen haben mochte.
Nur mit Mühe gelang es ihm, seinen Blick von der Fremden abzuwenden. Er zwang sich, seine Konzentration auf die Bücher vor ihm auf dem schmalen, ausklappbaren

Tischchen zu bündeln. Gesetzbücher. Akten. Zeitungsausschnitte. Das war Falks Zukunft. Paragraphen sollten sein weiteres Leben bestimmen. Falk hatte sich für diesen Weg vor vielen Jahren entschieden. Und zwar bewußt und gewollt. Für ihn verbargen sich hinter jedem Gesetz, hinter jedem Paragraphen Geschichten. Spannende Geschichten, die es zu entdecken lohnte. Seine Eltern hatten ihn nicht zur Juristerei getrieben. Obwohl sein Vater Anwalt war, ein erfolgreicher noch dazu. Nein, im Gegenteil, sie hatten ihm sogar abgeraten. Er sollte Journalist werden, hatte ihn die Mutter beschworen. Weil es ein weitaus spannenderer Beruf sei, der eine aussichtsreiche Zukunft eröffne. Auch sein Vater stimmte dem zu. Denn er war es leid, zwölf Stunden und mehr in der Kanzlei oder im Gericht zu verbringen. Dazu die vielen verlorenen Wochenenden. Als Reporter bei einer Tageszeitung oder vielleicht beim Rundfunk würde Falk zwar auch jede Menge zu tun haben, nie und nimmer aber so viel wie ein selbständiger Anwalt. Sein Vater legte ihm nahe, sich nach einem »netten kleinen Verlag« umzusehen und sich um ein Volontariat zu bewerben. Die Kanzlei könne ja immer noch der jüngere Bruder übernehmen (wenn er denn unbedingt wollte). Oder überhaupt niemand. Ihm wäre das nicht wichtig, er wollte seine Söhne auf keinen vorbestimmten Berufsweg zwingen.
Und doch hatte sich Falk für die Familienprofession entschieden. Wie sein Urgroßvater, sein Großvater und sein Vater wollte er unbedingt die Robe tragen. Daß nach den zwölf Semestern seines Jurastudiums die Anregung seiner Mutter nun doch noch – wenn auch in sehr begrenztem Umfang – aufgegriffen werden sollte, war eher einem Zufall zu verdanken. Über Bekannte hatte Falk von einem freien Referendariatsplatz am Oberlandesgericht in Dresden erfahren – in der Justizpresseabteilung. Falk, der ohnehin auf der Suche nach einem Job war, hatte sich umgehend für diesen Posten beworben. Die Pressestelle war der Staatsanwaltschaft zugeordnet, der Zuständigkeitsbereich dieser Abteilung reichte bis hinab zum Land-

und Amtsgericht. Eine geeignetere Möglichkeit, um für drei, allenfalls sechs Monate Erfahrungen für das zweite Staatsexamen zu sammeln, hätte er sich nicht wünschen können.
Die ehemalige deutsch-deutsche Grenze lag jetzt hinter ihnen. Der Zug rumpelte durch eine Baustelle. Die Buchstaben vor Falks Augen verschwammen, worauf er unwillkürlich den Blick hob – und wieder diese Brüste vor Augen hatte. Sanft schwingend … Inständig hoffte er darauf, daß sich die Gleisbauarbeiten über möglichst viele Kilometer hinziehen würden.
Trug sie einen BH? Falk war sich nicht sicher. Wenn ja, war es bestimmt ein ganz leichter. Aus Seide oder einem ähnlich himmlischen Stoff. Mit Trägern, so zart wie kleine Flügelchen …
Das Gesetzbuch fiel Falk unangenehm schwer auf die Oberschenkel. Beim Bücken purzelten zwei Schnellhefter hinterher. Das brachte Falk abrupt aus dem Schwelgen. Er beschloß, sich für die verbleibenden anderthalb Stunden in den Paragraphendschungel zu verkriechen. Schließlich wollte er bei seiner Ankunft gut vorbereitet sein. Sein künftiger Chef – das wußte er von seinem Professor aus Hannover – war zwar weder groß noch aggressiv, zynisch oder wie auch immer unangenehme Vorgesetzte zu sein pflegen. Aber vor einer Eigenschaft war Falk gewarnt: Dr. Nixdorff war genau. Penibel sogar. Er kannte das Gesetz angeblich in- und auswendig. Und das sollte er – so war Falk zu Ohren gekommen – auch von seinen Mitarbeitern erwarten. Verständlicherweise wollte sich Falk nicht gleich am ersten Tag die Blöße geben, über haufenweise fehlerhaft interpretierte Gesetzestexte zu stolpern.
Was für ihn völlig neu war und ihn in der Anfangsphase ungeheuer herausforderte, war die Einordnung der Fälle nach presserelevanten Kriterien. Woher sollte einer wie Falk, der sich mit Zeitungen oder dem Fernsehen allerhöchstens als mäßig interessierter Konsument befaßt hatte, plötzlich wissen, für welche Einzelheiten sich Jour-

nalisten begeistern konnten? Falk hatte nicht die mindeste Ahnung davon, wie er aus dem Wust von laufenden Verfahren und Urteilen das herausfiltern sollte, was für die Gerichtsreporter von Bedeutung sein mochte. Ganz zu schweigen von dem, was er ihnen überhaupt verraten durfte.

Um sein Gespür für diese neue Herausforderung zu schärfen, hatte sich Falk einen ganzen Stoß an Pressemitteilungen kopiert und durchgearbeitet. Manche Themen erschienen ihm zwingend für die Öffentlichkeit bestimmt zu sein. Etwa, wenn es um Grundsatzentscheidungen in Versicherungsfällen ging. Klar: das betraf viele Menschen. Jeder hatte irgendwann mal Schwierigkeiten mit Versicherungen. Also konnte ein Artikel oder TV-Bericht über ein entsprechendes Urteil den Menschen vielleicht weiterhelfen.

Aber dieser Fall mit den Zwergpapageien? Da hatte ein Mann, sicher kein Tierfreund, zum Küchenmesser gegriffen und die Ziervögel seines Nachbarn um einen Kopf kürzer gemacht. Er war einfach über den Gartenzaun geklettert, hatte den Käfig auf der Terrasse gegenüber geöffnet, die wehrlosen Piepmätze geschnappt und massakriert. Weil sie ihm zu laut krakeelt hätten, sagte der Täter später vor Gericht aus. Falk war klar, daß dies die Gemüter erhitzen konnte. Und dennoch war er völlig überrascht, diese – aus seiner Sicht – Bagatelle als Schlagzeile in Hannovers großen Boulevardzeitungen zu sehen. Wer hatte etwas von diesen riesigen Lettern? Der Vogelbesitzer wohl kaum. Und die toten Viecher erst recht nicht. Falk hätte der Geschichte nie und nimmer eine solche Bedeutung zugemessen, wie es die Journalisten taten. Also mußte er dazulernen. Viel dazulernen.

Er vertiefte sich in weitere Zeitungsausschnitte. Der nächste Fall, der es ebenfalls zu einer Schlagzeilenstory gebracht hatte, war für ihn leichter nachzuvollziehen. Wirklich ungewöhnlich. Eine Scheidungssache, Zivilrecht. Also im Grunde nichts, was die Öffentlichkeit zu interessieren hatte. Und dennoch hatte jemand in der Pressestelle der Hannoverschen Justiz von vornherein den richtigen Riecher gehabt und seinen Journalisten den Tip gegeben, Augen und Ohren aufzusperren: Da hatte ein Geschäftsmann, auf den ersten Blick durch und durch solide, seine Frau vor den Kadi gezerrt. Sie sei eine Ehebrecherin, ließ er seinen Anwalt vortragen. Denn die Gemahlin hatte einen Sohn geboren, der keineswegs der Hautfarbe des Vaters entsprach.

Auf den ersten Blick war alles klar – und absolut keine Sensation. Weißer Mann und weiße Frau bekommen schwarzes Baby. Die Schuld lag einwandfrei bei der Frau; ihr Mann war nicht ohne weiteres zu den Unterhaltszahlungen zu verpflichten, die sie forderte. Doch dann hatte sich die Dame mit auffallender Vehemenz gegen die Trennung, die formal juristisch nach dem Zerrüttungsprinzip vollzogen werden sollte, gestemmt. Sie sei es nicht, die die Ehe gebrochen habe. Niemals habe sie ihren Mann betrogen, nicht einmal in Gedanken. Um ihre Unschuld und Treue zu beweisen, engagierte sie sogar einen Privatdetektiv. Und was der nach zweimonatiger Recherche den verblüfften Robenträgern vorlegte, war wirklich starker Tobak.

Der clevere Detektiv konnte nachweisen, daß nicht die Ehefrau, sondern ihr Gatte der wahre Bösewicht in dieser Posse war: Der nämlich hatte sich auf einer Geschäftsreise mit einer Prostituierten amüsiert. Die wiederum hatte unmittelbar vor dem angeblich untadeligen Geschäftsmann einen weiteren Freier empfangen – einen Farbigen. Dem Detektiv gelang es plausibel darzulegen, daß der Ehegatte während des Geschlechtsaktes mit der Hure den Samen seines Vorgängers aufnahm. Da in diesem Spiel wohl niemand besonders viel für Körperpflege übrig hatte, überlebten die Keimzellen des Schwarzen, bis der klagende Ehemann nach Hause zu seiner Frau und direkt hinein ins traute Ehebett kam.

Kurz und gut: Die angeprangerte Frau hatte das Kind eines ihr völlig unbekannten Mannes ausgetragen, des-

sen Samen durch ihren eigenen untreuen Gatten transportiert worden waren.
»Von diesem Fall habe ich gehört. Der klingt fast zu unglaubwürdig, um wahr zu sein. Ist in der Gegend von Hannover passiert, stimmt's?«
Falk schreckte auf. Er sah schwarz. Einen schwarzen Pullover. Den schwarzen Pullover. Den Pullover, der sich über die Brüste schmiegte, die er die letzten Stunden so unverhohlen bewundert hatte. Er hob den Blick und guckte der Fremden direkt in die Augen. Sie hatte ihren Platz verlassen, während er selbst völlig in seinen Unterlagen versunken war. Ehe er reagieren konnte, hatte sich die Frau bereits gesetzt. Auf den freien Sitz direkt neben ihn. Sie griff zu einem der Schnellhefter, die Falk über das Tischchen verteilt hatte.
»Sieht mir ganz nach Jurastudium aus. Sagen wir ... im achten Semester?« Die Fremde legte ein Lächeln auf. Zwei zarte Grübchen bildeten sich auf ihren Wangen.
»Nein, ich habe den Abschluß«, gab Falk perplex zurück. »Das heißt: Ich stehe vorm zweiten Staatsexamen.«
Seine Sitznachbarin legte die Mappe aus der Hand und schaute Falk an. »Mir ist aufgefallen, daß Sie in Gesetzbüchern blättern.« Sie deutete auf die Paragraphensammlung auf dem Tisch, ohne den Blick von ihm zu lassen. »Die erkenne ich über Kilometer. Wenn Sie also nichts dagegen haben, bleibe ich ein wenig bei Ihnen sitzen. – So unter Kollegen ...«
Hatte Falk richtig gehört? Hatte diese Frau, die bis vor wenigen Minuten für ihn nichts war als ein frivoler Tagtraum, eben etwas von Kollegen gesagt? Das ging ihm zu schnell.
»Wenn Sie vor Gericht auch so wortkarg sind, taugen Sie höchstens zu einem lausigen Staatsanwalt, der seine Gegner durch gezieltes Ausschweigen zur Kapitulation zwingt.«
»Nein, nein, ich bin eigentlich nicht so«, lenkte Falk augenblicklich ein. »Ich war völlig versunken in meinen Unterlagen, und da habe ich nicht sofort –«

»Cathérine.« Sie streckte ihm auffordernd die Hand entgegen.
»Falk ist mein Name. Falk Schiller.« Er erwiderte den Händedruck. Die Hand war auffallend warm. Er fühlte, wie zartgliedrig die Finger der Fremden waren. Unwillkürlich hielt Falk die Hand länger fest, als es angebracht gewesen wäre. Als sie den Kontakt vorsichtig löste, überspielte Falk seine Unsicherheit mit hastig eingeworfener Konversation: »Cathérine? So wie Sie es aussprechen, klingt das ziemlich französisch.«
»Ist es auch. Durch und durch sogar. Mon père est Français. C'est lui qui m'a donné ce nom.«
»Bitte?« Falk war verwirrt. Bereits zum zweiten Mal in der kurzen Zeit, in der sie sich kannten. »Tut mir leid, aber ich bin alter Lateiner. Großes Latinum. Französisch kenne ich nicht einmal von der Volkshochschule.«
»Et bien, ainsi, tu ne sauras pas que je te trouve bien mignon. Pardon: Ich sagte, daß ich väterlicherseits Französin bin. Meine Mutter stammt aus dem Schwarzwald, aufgewachsen bin ich im Elsaß. Zweisprachig.«
»Und Sie sind auch aus der Branche?« Langsam spürte Falk wieder Boden unter den Füßen. Seine Stimme gewann an Selbstsicherheit zurück.
»Ja.« Cathérines Augen musterten ihn unverwandt.
»Studentin?« Falk kam sich bei dieser Frage lächerlich vor. Sie war sichtlich zu alt, um noch zur Uni zu gehen. Er biß sich auf die Zunge.
»Nein«, Cathérine warf den Kopf lachend zurück. »Aber danke für das Kompliment.« Ihr Gesichtsausdruck nahm plötzlich etwas Ernstes an. Einen professionellen Ausdruck, als hätte sie diesen Blick hundertfach in der Praxis eingesetzt: »Ich bin Anwältin. Ich habe eine Kanzlei. In Dresden.«
Falk war überrascht: »Eine eigene Kanzlei? Donnerwetter! Respekt, Respekt. Dann werden wir vielleicht ab und an voneinander hören. Ich arbeite auch in Dresden.« Falk umriß mit wenigen Worten seine künftige Tätigkeit beim Oberlandesgericht.

»Das ist möglich ...«
Ein feines Klingeln unterbrach ihr Gespräch. Falk blickte sich um. »Ach, der Imbißmensch kommt.« Klappernd näherte sich ein schmaler Wagen mit Erfrischungen und Snacks. »Haben Sie Appetit?«
Cathérine zupfte ihre kurze schwarze Lederjacke zurecht. »Mm, ein Kaffee wäre nicht schlecht.«
»Hallo! Für uns bitte zwei Kaffee!« Falk winkte den Kellner heran.
»Und eine Packung Erdnüsse.«
»O.k.«, nickte Falk und reichte dem Mann einen Zwanzigmarkschein. »Geben Sie mir auf fünfzehn raus.« Beiläufig registrierte er, daß der Kellner die Erdnußtüte aufriß, bevor er sie Cathérine reichte. Ungewohnt zuvorkommend, dachte Falk.
Cathérine zog ein winziges Portemonnaie aus ihrer Jackentasche. »Meinen zahle ich aber selbst.«
»Nehmen Sie's als Anzahlung.« Auf ihren fragenden Blick hin ergänzte Falk: »Naja, ich werde in der schwierigen Einarbeitungsphase beim Oberlandesgericht sicher ab und an den profunden Rat einer erfahrenen Kollegin benötigen.« Er bemühte sich um ein gewinnendes Lächeln.
Cathérine griff das Lächeln auf und ließ ihre Geldbörse wieder in der Jacke verschwinden. »Also gut. Erzählen Sie mir von Ihren Fällen.« Sie öffnete das Zuckertütchen und ließ die Kristalle in den Kaffee rieseln. »Hatten Sie bereits mit Kapitalverbrechen zu tun?«
Falk winkte ab. »Moment, Moment. Ich habe Sie eingeladen, im Gegenzug sind Sie mit dem Erzählen dran.« Er brannte darauf, etwas aus ihrem Privatleben zu erfahren. War sie verheiratet? Einen Ehering trug sie nicht. Hatte sie womöglich einen Freund in Dresden? Falk war klar, daß er das Gespräch nur schwer auf eine private Schiene lenken konnte. Also wartete er zunächst geduldig ab, was sie über ihren Berufsalltag berichten würde.
In Cathérines tiefdunklen Augen blitzte es kurz auf. Als würde sie Falks Wünsche erkennen. In erstaunlich sach-

lichem Ton setzte sie dann jedoch an: »Ich kann mich über einen Mangel an interessanten Fällen nicht beklagen.« Sie nahm einen winzigen Schluck aus dem Kaffeebecher. »Viele Ehekisten. Scheidungsrecht. Sie ahnen gar nicht, wie aufregend es sein kann, in anderer Leute schmutziger Wäsche zu wühlen.«
Falk horchte auf. Was war denn das für ein Charakterzug? Hatte er es mit einer Zynikerin zu tun? Oder hegte sie tatsächlich eine Vorliebe für das Schnüffeln in fremder Leute Unglück? Er nickte interessiert, sagte aber nichts.
Cathérine griff nach der Tüte mit den Erdnüssen. »Man mag es kaum glauben, was sich Menschen antun können, die früher einmal verliebt waren.«
Der Satz fiel für Falks Geschmack eine Spur zu nüchtern aus. Beinahe so, als hätte sie da ihre eigenen Erfahrungen, wollte diese aber überspielen.
»Da werden Männer, die einmal alle Schwüre dieser Welt geschworen haben, zu knallharten Abzockern. Von der Romantik, die sie die Jahre davor hochgehalten haben, keine Spur.« Sie nahm sich ein paar Nüsse. »Ich glaube, es gibt keine erbitterteren Feinde als Menschen, die sich sehr geliebt haben.«
Das hast du schon einmal gesagt, dachte sich Falk. Zweimal ist verdächtig. Zu gern hätte er Cathérine gefragt, ob sie selbst eine Scheidung hinter sich hatte. Er beherrschte sich und fragte belanglos: »Und sonst? Außer Scheidungsrecht? Haben Sie schon mit Kapitalsachen zu tun gehabt?«
Cathérine schüttelte den Kopf und streifte die Erdnußkrümel von den Händen an ihren schwarzen Jeans ab. »Das nicht. Aber ich habe gerade eine viel bessere Sache am Laufen. Besser als Mord.«
»Und besser als Scheidung?« warf Falk forsch ein.
Cathérine überhörte den leichten Anflug von Sarkasmus in seiner Stimme. »Ja, allemal besser als Trennungen.« Sie griff abermals in die Erdnußtüte. »Ich vertrete einen alten Herrn.« Sie zögerte einen Augenblick, beugte sich dann vor und winkte Falk ein Stückchen näher zu sich heran.

»Ich gehe davon aus, daß Sie unser Gespräch als vertraulichen Gedankenaustausch unter Kollegen verstehen und meine Schilderungen nicht in ihr künftiges Betätigungsfeld als Pressemensch einbringen.«

Vertraulicher Gedankenaustausch? Diese Frau wurde schnell mitteilsam. Falks gesunder Menschenverstand hätte bei der Weitergabe von Internas nicht so unbedacht klein beigegeben. Jedenfalls dann nicht, wenn es um Informationen über Klienten ging. Aber er wollte sich die Sache nicht verderben und nickte jovial.

»Ein alter Mann also – der wegen Vergewaltigung vor den Kadi kam.«

Falk hakte ein: »Vergewaltigung? Na, das ist ja auch nicht gerade ein kleiner Fisch.«

»Langsam, langsam. Die Sache ist erstens schon über vierzig Jahre her …«

»Vierzig Jahre?« entfuhr es Falk.

Cathérine gab ihm zu verstehen, ruhig zu sein. »Und zweitens geht es ihm bloß darum, seinen guten Leumund wiederherzustellen.«

»Da komme ich nicht ganz mit«, gab Falk ehrlich zu und schielte auf die Erdnüsse.

Cathérine bemerkte seinen Blick. »Oh, Pardon, ich esse vor mich hin und biete Ihnen nicht eine einzige Nuß an. Soll ich sie auf den Tisch kippen? Dann können wir beide zugreifen.«

»Gern, aber erklären Sie mir, wie jemand wegen einer Vergewaltigung vor Gericht ziehen kann, die vier Jahrzehnte zurückliegt. Für eine Revision ist das viel zu spät. Höchstens als Wiederaufnahmeverfahren käme so etwas in Frage. Aber auch nur, wenn neue Beweise vorliegen.«

»Im Prinzip gibt es da nicht viel zu erklären: Mein Klient hat die Tat stets bestritten …«

»… ist damals aber rechtskräftig verurteilt worden?«

Cathérine nickte. »Und er hat seine Strafe abgesessen. Bis zum letzten Tag.«

»Warum will er das ganze Drama jetzt erneut durchstehen?« Falk wollte die Sache nicht in den Kopf gehen.

»Weil er – so sentimental das klingen mag – mit reinem Gewissen und vor allem mit makellosem Ansehen vor seinen Bekannten sterben möchte. Eine Sache der Ehre.«
Falk stutzte. »Sterben? Ist er krank?«
»Krank nicht«, erklärte Cathérine, und ihre Gesichtszüge wurden plötzlich sehr weich. »Der Mann ist ganz einfach alt. Er möchte die Schmach nicht mit ins Grab nehmen. Das ist alles.« Sie riß die Erdnußtüte weiter auf und streute den Inhalt auf den Tisch.
»Das begreife ich nicht. Wie kann ein Greis wie er diese ganze anstrengende Prozedur ein zweites Mal auf sich nehmen? Und davon abgesehen: Wie ist es rein rechtlich möglich, daß sein Fall ein weiteres Mal aufgerollt wird?«
»Mein Klient kommt aus dem Osten. Dresdner Gegend. Er ist von DDR-Richtern verurteilt worden. Was nichts heißen will. Tatsächlich aber habe ich beim Einsehen der alten Akten einige Unstimmigkeiten bemerkt. Genug jedenfalls, um ein Wiederaufnahmeverfahren zu betreiben.« Auf ihrer Stirn bildeten sich feine Falten, die ihrem Ausdruck Seriosität verliehen. »Ich denke da insbesondere an Paragraph 359 der Strafprozeßordnung. Wenn sich im Verfahren Urkunden, die zu seinen Ungunsten vorgebracht wurden, als verfälscht herausstellen. Und wenn ein Zeuge oder Sachverständiger sich der eidlichen oder uneidlichen falschen Aussage schuldig gemacht hat. In dieser Richtung läßt sich sicher etwas bewegen.«
Falk hegte allmählich Zweifel an ihrer Kompetenz. Ein vierzig Jahre altes Vergewaltigungsverfahren aufzugreifen, nur weil ein höchstwahrscheinlich seniler Greis glaubt, plötzlich auf seiner Rehabilitierung bestehen zu müssen – das sprach aus seiner Sicht nicht gerade für eine nüchtern agierende Juristin. Es sei denn, sie hatte es auf Publicity abgesehen. Schlagzeilenträchtig war die Geschichte ohne Frage. Allmählich dämmerte es Falk, warum Cathérine gerade ihm diesen Fall so ausführlich darlegte. Er beschloß, ihr gegenüber ab sofort eine Spur

mißtrauischer zu sein. Falk wollte sie auf die Probe stellen: »Glauben Sie dem Mann?«
Cathérine ließ eine Nuß zwischen ihren Lippen verschwinden. »Eine ehrliche Antwort?« sicherte sie sich ab.
Falk war abermals verdutzt. Eigentlich hatte er mit einem klaren »Ja« gerechnet. Das hätte in sein eben gewonnenes Bild von Cathérine als berechnende, auf den eigenen Vorteil bedachte Advokatin gepaßt. Aber jetzt? Sollte sie wirklich so vertrauensselig sein und ihm die volle Wahrheit sagen?
»Als Anwältin glaube ich ihm. Natürlich.«
Falk ließ sich in seinem Sitz zurückfallen. Also doch!
»Aber als Privatmensch, als Frau ...«
Er beugte sich augenblicklich wieder vor. Was denn nun, fragte er sich. Mit wem hatte er es hier zu tun? Mit einer gewitzten Kollegin oder mit einer zufälligen Bekanntschaft, die ihm aus gottweißwas für Gründen ihr Vertrauen schenkte und unbedarft Betriebsgeheimnisse ausplauderte?
»Kurz und gut: Ich glaube dem Mann kein Wort.«
Der Satz stand glasklar im Raum. Eine deutliche Aussage, die belegte, daß Cathérine Falk echtes Vertrauen entgegenbrachte. Sonst hätte sie sich ihm gegenüber nie soweit aus dem Fenster lehnen dürfen, denn er vertrat die Seite der Staatsanwaltschaft. Ein kleiner Referendar, aber immerhin. Sie hatte ihm eine wichtige, wenn nicht entscheidende Botschaft über einen Klienten zugespielt, der eines Tages vor seinem Gericht stehen würde.
Falk war perplex. Er konnte die Situation unmöglich auf die Schnelle einordnen. Um sich selbst abzulenken, griff er in den Haufen Erdnüsse. Er wollte sich gerade eine Fuhre in den Mund stecken, als er seine Hand intuitiv öffnete. »Das gibt's ja nicht!«
Cathérine zog die Brauen hoch. »Was?«
Falk streckte ihr seine Handfläche entgegen. »Schauen Sie sich das an!« Zwischen einem guten Dutzend Erdnüssen ragte eine rostrote Schraube empor. Ihr Ende lief

beängstigend spitz zu. »So was darf nicht passieren.« Falk zog die Schraube angewidert heraus, ließ die Nüsse auf den Tisch zurückfallen. »Mir ist der Appetit vergangen. Stellen Sie sich vor, die hätte jemand von uns aus Versehen geschluckt. Dieses Ding ist so scharfkantig – das hätte einem glatt die Kehle aufgeschlitzt.« Falk richtete sich auf. »Ich werde mir mal den Kellner vorknöpfen ...«

Auch Cathérine stand auf. Sie faßte Falk sanft am Ärmel. »Das wäre wohl etwas übertrieben«, meinte sie in ruhigem Tonfall. »Was kann der arme Mann dafür, wenn die Erdnußfirma alte Schrauben verarbeitet?«

Falk wollte widersprechen, doch Cathérines Lächeln besänftigte ihn. Beide standen sich einen Moment lang wortlos gegenüber. Erst jetzt bemerkte Falk, daß Cathérine gut fünf Zentimeter größer war als er.

2

Ein imposanter Bau. Die Nähe zum flachen Elbufer hob seine Größe noch stärker hervor. Falk starrte ehrfürchtig nach oben. Mehrere Minuten vergingen, in denen er reglos vor dem Gebäude des Oberlandesgerichts stand, bis ihn ein Passant versehentlich anstieß und aus seinen Gedanken riß.

Mit wachsender Anspannung schritt er durch die großen Hallen im Inneren des Bauwerks. Falk fühlte sich wesentlich unsicherer als bei seinem ersten Besuch vor einigen Monaten zum Vorstellungsgespräch. Er hatte das Gefühl, daß von den hohen Wänden, den steil aufragenden Säulen und den imponierenden Büsten Jahrhunderte auf ihn herabblickten. Er näherte sich einer der Skulpturen, die am Podest einer mächtigen Treppe plaziert waren, und versuchte zu erahnen, wer sich hinter der streng blickenden Miene verbergen konnte. Ein bedeutender Jurist wahrscheinlich. Einer, dessen Name Falk geläufig sein müßte. Für ihn jedoch war es bloß eine hohe, ungeheuer

gelehrig wirkende Stirn, ein Paar eng zusammenstehender Augen und ein schmaler Mund. Bei näherem Hinsehen hatte Falk den Eindruck, als seien die Lippen des Abbildes zu einem bitteren Lächeln verzogen. Machte sich dieser Mann aus der Vergangenheit lustig über ihn? Belächelte er den Neuling? Falk war mulmig zumute. Er setzte seinen Weg durch diesen übergroßen und übermächtigen Palast der Justitia fort.
Im dritten Stockwerk lag sein Ziel. Die Justizpressestelle. Als Falk die letzten Stufen genommen hatte, sah er sich einem schier endlosen Gang gegenüber. Links und rechts schneeweiße Säulen. Der Flur war mit einem weinroten Teppich ausgelegt. Falk ging weiter, erkannte in beiden Richtungen schwere dunkle Holztüren. Welche Zimmernummer hatte Dr. Nixdorff noch gleich? Falk kramte in seinen Taschen, suchte hektisch nach seinem Spickzettel.
Nixdorffs Büro stand im krassen Widerspruch zur herrschaftlichen Würde des Juristentempels. Ein schmales Zimmer, die Decke – wahrscheinlich nachträglich – auf moderne Zimmerhöhe heruntergezogen. Auf zwei reichlich abgenutzten Kiefernschreibtischen flimmerten PC-Bildschirme. Nachdem auf Falks Klopfen hin niemand reagiert hatte, war er ohne Aufforderung eingetreten und schaute sich in dem menschenleeren Raum mit einer Mischung aus Interesse, Unsicherheit und innerer Ablehnung um. Das sollte sein neuer Arbeitsplatz sein? Er beschloß, einen Blick aus dem Fenster zu wagen. Vielleicht hatte man ja wenigstens freie Sicht auf die Elbe.
Ein Räuspern ließ Falk herumfahren. »Oh, Entschuldigung«, setzte er an.
»Darf ich fragen, was Sie in meinem Büro suchen?«
Der Mann, der das wissen wollte, war klein und schmal gebaut. Sein Gesicht war zu einer ärgerlichen Grimasse verzogen, doch Falk erkannte auch die gutmütigen Züge in der Miene seines Gegenübers. Falk ging mit ausgestreckter Hand auf ihn zu. »Ich kann mich nur entschuldigen. Mein Name ist Schiller. Falk Schiller. Ich bin Ihr

neuer Mitarbeiter. Oder vielmehr Azubi, wenn Sie so wollen.«
Der grimmige Ausdruck verwandelte sich sofort in ein wohlgesonnenes Lächeln. »Ach, Sie sind das.« Dr. Nixdorff taxierte Falk durch seine starken Brillengläser. »Na, da haben Sie sich gleich gut eingeführt. Ohne Erlaubnis in mein Allerheiligstes vorzudringen, wagen nur die wenigsten.« Er deutete auf einen Stuhl nahe dem Fenster. »Setzen Sie sich. Das wird Ihr Territorium sein. Der Schreibtisch am Fenster und ...«, er zeigte auf eine windschiefe Anrichte nahe der Tür, »... und diese Theke mit der Kaffeemaschine drauf. Kaffeekochen gehört bei uns dazu, wenn man neu ist. Jedenfalls so lange, bis der nächste Grünschnabel auftaucht.«
Falk nickte stumm. Er wußte nicht recht, was er von Nixdorff halten sollte.
Der nahm ihm das Grübeln ab und lieferte gleich den nächsten Gedankenanstoß. »Soso. Sie sind aus Hannover ...«
»Eigentlich aus Celle«, platzte Falk dazwischen.
Nixdorff winkte ab. »Egal. Hannover oder Celle – aus dem Westen also.«
Ach, daher wehte der Wind! Falk hatte es offenbar mit einem eingeschworenen Ossi zu tun. Mit jemandem, der Westdeutschen skeptisch gegenüberstand.
Abermals ließ Nixdorff Falk keine Zeit zum Nachdenken. »Sie werden mir zustimmen, daß es zwischen Juristen im Osten und Westen unseres Landes gewisse Unterschiede gibt. Auch wenn die Wende etliche Jahre zurückliegt.«
Falk wußte nicht, was er antworten sollte. Keinesfalls mochte er durch eine falsche Reaktion das Verhältnis zu seinem neuen Chef schon am Anfang trüben. Er zögerte: »Unterschiede? Ich wüßte nicht –«
Sein Vorgesetzter schob die Brille vor bis an die Nasenspitze und taxierte Falk aus pfiffig blitzenden Augen. »Recht und Recht muß nicht unbedingt das gleiche sein. Ich habe eine völlig andere Ausbildung als Sie genossen, mein Freund.« Falk zuckte unschlüssig mit den Schul-

tern. Er spürte eine Hitze der Unsicherheit in sich aufsteigen. Nixdorff setzte in trockenem Tonfall fort: »Wir fällen unsere Urteile zwar mittlerweile auf der gleichen Rechtsbasis. Und trotzdem wage ich es, die Behauptung aufzustellen, daß Entscheidungen über ein und dasselbe Vergehen im Westen anders ausfallen könnten als im Osten.«
Was will der Typ mir denn damit sagen? Falk war innerlich aufgewühlt. Dennoch rang er sich dazu durch, Nixdorff weiter stumm zuzuhören.
»Genauso, wie bayerische Richter meiner Auffassung nach das Strafmaß satter ausschöpfen als etwa die Kollegen aus Niedersachsen.«
Ah, endlich kommt er von der Ossi-Wessi-Schiene herunter, dachte Falk erleichtert.
Nixdorff trat näher, setzte sich auf Falks Schreibtischkante. »Worauf es aber am meisten ankommt, ist nicht die Rechtsprechung an sich. Nicht das Urteil, wahrscheinlich auch nicht der Prozeß. Das Entscheidende ist die Vorbereitung. Verstehen Sie, Herr Schiller? In der Vorbereitung eines Prozesses liegt die Wurzel des ganzen Verfahrens begraben.« Er hob den Blick und gab Falk mit dieser einfachen, aber wirkungsvollen Geste zu verstehen, daß er jetzt zum Kern seines Vortrages kommen würde. »In dieser Vorbereitungsphase existiert eben kein Unterschied zwischen Ost und West. Und ebensowenig zwischen Bayern und Niedersachsen. Hier gibt es nur einen Unterschied: den zwischen Mensch und Mensch. Zwischen gutem Juristen und schlechtem Juristen.«
»Und?« Falks kurze Frage stand plump im Raum. Für ihn waren die weitschweifigen Ausführungen des anderen zu pauschal. All diese Dinge hingen doch hauptsächlich davon aber, ob Zivil-, Straf- oder Verwaltungsrecht …
Nixdorff zog fragend die linke Braue hoch. »Sie denken, daß lediglich die Art des Verfahrens eine Rolle spielt? Nein, aber nein! Einzig und allein auf Sie selbst kommt es an. Auf die Person Falk Schiller.« Falk ärgerte sich über die großväterliche Belehrung. Gerade, als er zur Gegenrede anheben wollte, setzte Nixdorff wieder an: »Und um

herauszufinden, ob Sie einen guten oder einen schlechten Juristen abgeben, werde ich Sie an der Lösung der kniffligsten Fälle beteiligen, die mir unterkommen.« Nixdorff strahlte selbstzufrieden. »Eine bessere Möglichkeit, sich auf ihren späteren Berufsalltag einzustellen, werden Sie kaum finden.«

Falk nahm abermals Anlauf zum Protest. Seit wann hatte sich eine Pressestelle um die Aufklärung von Straftaten zu kümmern? Sein neuer Boß schien eine reichlich unorthodoxe Arbeitsauffassung zu vertreten. In diesem Moment aber schoß ihm der Fall des greisenhaften Vergewaltigers durch den Kopf, von dem ihm seine Reisebekanntschaft Cathérine erzählt hatte. War der nicht knifflig genug? Daher sagte er nur brav: »Ich bin gespannt.«

Nixdorff erhob sich von Falks Schreibtisch, führte mit geheimnisumwitterter Stimme aus: »Fangen wir gleich an. Es geht um ein Verbrechen, das der Staatsanwaltschaft vor zwei Wochen von der Polizei übergeben wurde. Opfer ist ein vierunddreißigjähriger Ingenieur. Er starb durch einen Sturz aus achtzig Metern Höhe. Das Problem ist nur – es gibt bisher keinen Täter.«

»Wie kann die Staatsanwaltschaft übernehmen, wenn es keinen Angeklagten gibt? Ich meine – wenn es Selbstmord ...«

»Kein Selbstmord!« unterbrach ihn Nixdorff scharf. »Die Kollegen von der Kripo sind sich absolut sicher. Hundertprozentig. Sie haben uns einen Verdächtigen geliefert. Beziehungsweise eine Verdächtige: die Ehefrau des Toten. Sie ist die allein Begünstigte einer recht ansehnlichen Lebensversicherung.«

»Ich dachte, es gibt keinen Täter?« warf Falk ein.

»In meinen Augen ist sie nicht die Täterin. Das ist ja die Crux an dieser Sache. Hier!« Nixdorff warf einen Stoß Akten auf Falks Tisch. »Schauen Sie sich die Unterlagen heute abend in Ruhe durch. Sie werden zu derselben Überzeugung gelangen wie ich.« Falk griff sich die oberste Akte. Er sollte sich die Arbeit also mit nach Hause nehmen. Sein Chef erwartete nicht nur vollen Einsatz am Tage, sondern auch nach Feierabend. Falk legte den Papierstoß zurück auf die anderen Schuber, ließ sich seinen leichten Anflug von Mißmut aber nicht anmerken.

3

Das Schmuckstück war besudelt. Der stattliche Wagen, ein gepflegter Jeep Wrangler im dezenten Grün englischer Sportwagen, war über und über mit weißem Schaum bespritzt.

Falk ließ seine Einkaufstüten auf den Boden sinken. Vor dem Wagen übte sich ein Mann in eigentümlichen Verrenkungen. Immer wieder sprang er in die Höhe und stieß wilde Flüche aus. Er war groß, kräftig gebaut, trug ein bunt kariertes Hemd. Seine langen dunkelblonden Haare hatte er zu einem Zopf zusammengebunden. Kurz: Er sah genauso aus, wie sich Falk den Besitzer eines PS-starken, robusten Geländewagens vorgestellt hatte. Und er benahm sich auch so.

Falk trat näher. Eigentlich hatte er sich den ersten Tag in seiner neuen Heimatstadt nicht ganz so verworren und voller irritierender Eindrücke gewünscht. Nach der Bekanntschaft mit Cathérine und seiner ziemlich nervenzehrenden Begegnung mit Dr. Nixdorff wollte er wenigstens am Abend ausspannen. Deshalb hatte er nach seinem kurzen Zwischenstopp im Supermarkt die Abkürzung durch die Tiefgarage gewählt. Er wollte seinen neuen Nachbarn in dem Mehrfamilienhaus der Dresdner Neustadt möglichst aus dem Weg gehen. Zumindest heute.

Und nun das! Falk näherte sich dem Zopfträger, der wie Rumpelstilzchen um den Jeep tanzte. »Ist wohl Ihr Wagen, was?«

Der andere stellte das chaotische Hüpfen unverzüglich ein. Er taxierte Falk mit herausfordernden hellblauen Augen.

»Und ob das mein Wagen ist!« Er fegte mit einer kräftigen Handbewegung eine Fuhre Schaum vom Autodach. »Diese Schweine haben ihn das dritte Mal eingenebelt! Abartig! Noch einmal werden sie das nicht schaffen! Ich erwische diese kleinen Kacker! Darauf kannst du einen lassen.«

»Eingenebelt?« Falk sah den Schaum, konnte sich aber nicht vorstellen, wo er herkam.

Der andere bückte sich, zog einen Feuerlöscher unter dem Wagen hervor. »Damit haben sie's gemacht. Jedesmal dasselbe. Diese kleinen Stinker spazieren in die Garage, schnappen sich den nächstbesten Löscher und lassen den Mist auf die Autos ab. Haben die deinen etwa noch nicht erwischt?«

»Ich habe gar kein Auto. Außerdem bin ich neu hier. Ich habe heute erst meine Arbeit –«

Der Jeepfahrer lachte rauh. »Neu hier? Na, dann kann ich nur sagen: Willkommen in der Neustadt!« Er reichte Falk seine fleischige Hand. »Dirk Grabowski. Und ich sage dir gleich: Die Dresdner Neustadt ist so was wie Kreuzberg in Berlin. Selbst wenn sie hier die tollsten Neubauten hinsetzen – es bleibt der Aufruhr, die Szene, das alternative Leben. Scheißegal, wie du's nennen willst. Auf jeden Fall kannste dein Auto hier nicht parken. Die haben einfach was gegen große Karren.«

Das Siezen konnte Falk bei diesem Mitbewohner wohl sein lassen. »Warum parkst du dein Auto nicht woanders?«

»Ja, soll ich's fünf Kilometer weiter auf der anderen Elbseite abstellen?« fuhr Dirk Grabowski auf. »Wenn ich hier wohne, will ich hier auch parken. Ich werde diese Ferkel erwischen und ihren dummen Scherzen ein Ende machen.« Seine Behauptung duldete keinen Widerspruch. »Und weil diese Bestien auch mein Kellerabteil aufgebrochen und mir keine einzige Büchse Bier übriggelassen haben, gehe ich jetzt zu Laura.« Er wendete sich ohne ein weiteres Wort ab.

Falk konnte kaum so schnell reagieren. »Moment«, rief er Grabowski hinterher. »Erstens: Wer ist Laura?«

Der Zopfträger drehte sich um: »Laura? Sie ist ein sehr, sehr unschuldiges Wesen. Eine ungepflückte Blume. Eine Augenweide. Und eine ganz große Ausnahme in diesem Viertel.« Er wollte gerade weitergehen, als ihm etwas einfiel: »Gibt es ein Zweitens?«
»Ja, gibt es. Zweitens: Darf ich mitkommen?«
Laura entpuppte sich tatsächlich als Unschuld in Person. Blondes, ganz weich fallendes Haar. Nachthimmelschwarz schimmernde Hose, glattgebügeltes schlichtes Hemd. Ein Blick, der vor Naivität strotzte. An ihrer Halskette baumelte harmlos ein kleines silbernes Kreuz.
Laura arbeitete als Bedienung in der »Grotte«, einer Kneipe nur zwei Häuserblocks vom Mehrfamilienhaus von Falk und Dirk Grabowski entfernt. Die Grotte lag gute vier Meter unterhalb der Erde. Eine spärlich beleuchtete Stiege führte hinab in die heimelige Kellerkneipe.
»Das ist mein Reich«, verkündete Dirk großspurig. »Hier kann ich den Frust aus meiner Firma runterspülen. Und hier kann ich Laura genießen. Heile Welt pur.«
Falk setzte sich neben Dirk auf einen schmalen Hocker direkt an der Bar. Beide bestellten ein Schwarzbier. Laura servierte die Getränke, ohne den Männern ein einziges Mal in die Augen zu schauen. Falk war erstaunt. Für eine Bedienung in Dresdens Kneipenviertel hatte sie sich eine ungewöhnliche Zurückhaltung bewahrt.
»Du bist also mein neuer Nachbar«, stellte Dirk betonungslos fest und hob sein Glas.
»Genau der«, scherzte Falk, ohne aber eine Reaktion hervorzurufen.
Grabowski trank in einem Zug das halbe Glas leer und begann, über sein Leben zu klagen: »Ich powere mich für diese Mistfirma völlig aus. Medizintechnik. Eigentlich mein Steckenpferd. Aber die speisen mich mit Pippifax ab. Mit Kindereien.«
»Naja, mir könnte es bald ähnlich gehen …«, setzte Falk an.
Doch sein Trinkkumpan interessierte sich offenbar wenig für Falks Geschichte. »Ich fühle mich ausgelaugt. Aufge-

rieben. Für nichts und wieder nichts.« Grabowski starrte in sein Glas. Der Blick wurde leer, während seine Worte wie kantige Bauklötze aus seinem Mund purzelten. Falk spürte, daß er sich darauf einstellen mußte, die nächste halbe Stunde oder Stunde still und brav zuzuhören. Der andere wollte seinen Frust loswerden. Und zwar ohne jede Unterbrechung. Falk kam ihm da gerade recht als geduldiger Zuhörer. Naja, dachte er sich, sollte er nur. Vielleicht war seine Geschichte ja sogar interessant.
War sie nicht. Das merkte Falk nach spätestens zehn Minuten. In dieser Zeit hatte Grabowski ihm fünf von zwanzig Kollegen aus seiner Abteilung genauestens beschrieben, ohne auch nur an einem ein gutes Haar zu lassen. Eigentlich wollte Falk nach dem zweiten Schwarzbier gehen. Doch ganz so selbstbezogen und unsensibel war Grabowski anscheinend nicht. Als hätte er Falks Unbehagen gespürt, wechselte er abrupt das Thema: auf Laura. Mit einem unauffälligen Handzeichen deutete er auf die scheue Bedienung, die gerade am anderen Ende des schlauchförmigen Raumes abkassierte.
»Sie ist Studentin. Rat mal, in welchem Fach?«
Falk zuckte die Schultern. »Ich habe nicht die geringste Ahnung.«
Grabowski grinste: »Das Kreuz um ihren Hals ist ein Hinweis.«
»Ach – nein. Das ist nicht dein Ernst!«
»Doch, doch«, beteuerte Grabowski. »Theologie. Die Kleine will tatsächlich Pastorin oder so was werden«, sagte er belustigt, fügte jedoch entschuldigend hinzu: »Da ist ja im Grunde nichts dran auszusetzen. Aber daß sie ausgerechnet in der Grotte ihr Haushaltsgeld aufbessert ...« Auf Falks fragenden Blick ergänzte er mit gedämpfter Stimme: »Naja, die Miezen, die vor ihr diesen Job gemacht haben, würde ich eher in die Kategorie Flittchen einstufen.«
Falk betrachtete Laura aus dem Augenwinkel. Brav. Durch und durch anständig. Grabowski mußte sich schwer täuschen, wenn auch aus Laura ein Flittchen, wie

er es nannte, werden sollte. Falk würde sie im Auge behalten.
Beim Ausschlagen von Einladungen, noch dazu solchen, die mit der Einnahme eines Schlummertrunks verbunden sind, war Falk nie gut gewesen. Grabowski mußte ihn deshalb nicht lange bitten, mit ihm in seine Wohnung zu kommen. Alles in allem hatte Grabowskis Bleibe den gleichen schlichten Grundriß wie die von Falk. Die Inneneinrichtung allerdings gab Aufschluß über die speziellen Charakterzüge und Vorlieben seines Nachbarn. Getreu Falks selbstgezimmerter Philosophie: Zeige mir deine Wohnung, und ich sage dir, wer du bist.
Da war zunächst die Hausbar: eine breite Auswahl harter Alkoholika (außer am geklauten Dosenbier mangelte es an nichts). Falk fielen die vielen Automodelle auf, die überall in dem kombinierten Wohn- und Arbeitszimmer verteilt waren. Durchweg Miniaturen von stark motorisierten Typen. Wagen als männliches Attribut. An den Wänden hingen Fotos: Grabowski als Taucher. Grabowski in seinem Geländewagen. Grabowski in Volksarmeeuniform. Dieser Mann konnte seinen Hang zum Narzißmus kaum leugnen.
Und dann das Bücherregal! Aufs engste vollgestellt. Erschlagend für die kleine Wohnung. Eine mindestens zwanzigteilige Taschenbuchreihe mit grellorangefarbenem Rücken stach heraus. Falk legte den Kopf schräg, um die Aufschrift der Buchrücken entziffern zu können. »Malcolm Scuola? Eine ganze Sammlung über Malcolm Scuola? Wer, zum Teufel, ist das?«
»Malcolm Scuola? Das bin ich.« Grabowski brach in ein grunzendes Lachen aus. Er hatte ein Glas in der Hand, das offenbar mit etwas Stärkerem als Schwarzbier gefüllt war, und steuerte unverzüglich auf einen ledernen Schwingsessel zu. »Malcolm Scuola ist meine Lieblingsromanfigur. Privatdetektiv. Er trinkt viel, hat kaum Geld, noch weniger Glück bei Weibern. Und seine Fälle löst er selten oder nie. So gesehen ein durch und durch sympathischer Mann.« Wieder füllte sein Grunzen den Raum.

Falk beschloß gerade, den Abend nun wirklich schleunigst zu beenden, als sein Blick auf eine weitere Reihe von Bänden fiel. Sachbücher diesmal. Werke über die russische Geschichte. Nein, genauer: über die Geschichte der Romanows, der letzten russischen Zarenfamilie. Es waren Abhandlungen in deutscher, zwei in englischer Sprache. Falk griff sich eines der seitenstarken Bücher. »The Fall of the Romanovs«, herausgegeben von der Yale University. Er schlug den Wälzer ungläubig auf, blätterte darin herum. Schwieriges Englisch, viel Fachvokabular. Und sicher kein billiger Band. So etwas kaufte sich nur jemand, der ein echtes Interesse an diesem historischen Fall hatte.

Sollte sich Falk in seinem Gegenüber getäuscht haben? Hatte Grabowski mehr auf dem Kasten, als nach den ersten Eindrücken zu erwarten stand?

Dieser drückte sich noch tiefer in seinen Sessel und erklärte mit sonorer Stimme: »Mein Beruf, so ungern ich ihn ausübe, läßt mich selbst in meiner Freizeit nicht los. Wir statten Institute für Genforschung mit technischem Equipment aus. Selbstverständlich auch die Industrie.«

Falk wollte nicht in den Kopf, was Grabowskis Beruf mit den Romanows zu tun haben sollte. Gentechnik hatte in den ersten beiden Jahrzehnten dieses Jahrhunderts wohl kaum eine Rolle gespielt. Bevor Falk diesen Einwand aussprechen konnte, setzte der andere fort:

»Die Kaiserfamilie ist 1918 in Jekaterinburg, dem späteren Swerdlowsk, ermordet und verscharrt worden ...«

»Das weiß ich.« Falk wurde ungeduldig.

»Ich muß ausholen, wenn du meine Leidenschaft wirklich begreifen willst«, entgegnete der andere trocken.

Oho, hörte er da Leidenschaft? Offenbar hatte Falk an einer Herzenssache seines Nachbarn gerührt. Er nickte ihm aufmunternd zu.

»Im März 1917, nach dem großen Volksaufstand in St. Petersburg, trat Zar Nikolai II. zurück. Zauderer, der er nun mal war, hätte das schon Monate früher passieren müssen. Aber egal. Zunächst haben ihn die Bolschewiki nach Sibirien verbannt. In die gleiche unwirtliche Gegend, in die er jahrelang selbst seine Widersacher hatte deportieren lassen. 1918 dann der Wechsel nach Jekaterinburg. Aber er wurde nicht in einen Kerker, ein feuchtes Verlies geworfen. Nein, nein! Die Zarenfamilie lebte in der Gefangenschaft durchaus nobel. In einer herrschaftlichen Villa. Mit gewissen Einschränkungen, versteht sich: Die Türen waren verrammelt, die Fenster weiß gestrichen – der Kontakt zur Außenwelt blieb ihnen verwehrt.«

Was gab das jetzt? Eine Geschichtsstunde? Falk suchte nach dem Kühlschrank. Vielleicht würde er doch noch ein Bier auftreiben. Eins konnte jedenfalls nicht schaden, wenn er diese Lektion in verstaubter Historie verkraften wollte.

Grabowski setzte unbeirrt fort: »Bis zum letzten Tag war nicht klar, was mit den Romanows geschehen sollte. Trotzki war für einen Schauprozeß. Wohl mit einer Hinrichtung als Resultat. Lenin meinte, die Familie brächte ihm lebend mehr ein. Man hätte sie bei anderen Monarchien gegen Bares austauschen können. Aber da waren diese Konterrevolutionäre – die schafften es bis ziemlich dicht an das Zarenexil heran.« Grabowski ging in seiner Erzählung sichtlich auf. »Am 16. Juli kam das entscheidende Telegramm. Mit einem klaren Befehl von ganz oben: Auslöschen! Lenin hatte es höchstpersönlich angeordnet. Die Gefahr, daß der Zar befreit werden könnte, war einfach zu groß geworden.«

Falk stand vorm Kühlschrank. Ein Fünfziger-Jahre-Modell. Grabowski hatte sicher einige Scheine für diese Rarität auf den Tisch legen müssen. Zu Falks Beruhigung war das Bier, das er unter eingeschweißtem Würfelschinken fand, trotz der vorsintflutlichen Technik des Küchengeräts erfrischend temperiert. Eiswasser perlte von der Dose.

»Die Familie hat nicht das Geringste geahnt. Mitten in der Nacht wurden sie geweckt. Mit einer glatten Lüge hat man sie aus ihren Zimmern gelockt. Die Lage in der Stadt sei unsicher. Von wegen Schutz und so sollten sie besser ihre Siebensachen packen und abreisen. Das mit dem Packen haben sie nach bestem Gewissen getan. Fast eine Stunde brauchte die Familie, bis sie soweit war.«

Falk schossen Bilder aus Geschichtsbüchern durch den Kopf, aus denen er in der Schulzeit über die russische Revolution hatte lesen müssen. Er erinnerte sich vor allem an unscharfe Schwarzweißfotos der Zarentöchter. An die jungen, naiven Gesichter. Verwöhnte Mädchen, die nie mit Leid und Elend in Berührung gekommen waren. Er versuchte sich vorzustellen, was in diesen unreifen Wesen in den letzten Stunden ihres kurzen Lebens vorgegangen sein mochte. Hatten sie überhaupt begriffen, was mit ihnen geschah? Hätten sie eine Möglichkeit zur Flucht – wenn es denn eine gegeben hätte – genutzt oder aus Unwissenheit um die wahre Gefahr verstreichen lassen?

»Alexandra, die Zarin, war sechsundvierzig, ihre älteste Tochter Olga gerade zweiundzwanzig. Tatjana war einundzwanzig, Marija neunzehn und die kleine Anastassija erst siebzehn. Der jüngste war Alexej, dreizehn. Sein Vater trug ihn mit seinen fünfzig Jahren die steile Treppe bis in den angeblich sicheren Keller hinunter, weil der Junior unter der alten Erbkrankheit der Familie litt. Er war Bluter. Jeder kleine Stolperer hätte sein Ende bedeuten können.« Grabowski legte eine dramaturgische Pause ein.

»Da standen sie nun. Die Romanows. Ahnen einer Monarchenfamilie, deren Wurzeln bis ins sechzehnte Jahrhundert, bis auf Iwan den Schrecklichen zurückreichten. Völlig nichtsahnend standen sie sich die Beine in den Bauch und warteten. Keine Spur von Mißtrauen, nicht das leiseste Anzeichen von Argwohn.«

Falk sah die Zarenfamilie bildlich vor sich: die Zarin und ihre Töchter in knöchellange Kleider gehüllt, der Monarch selbst in einer leicht beschädigten, aber immer noch Würde ausstrahlenden Uniform. Ihnen gegenüber die Mörder, die wahrscheinlich aus Unsicherheit und Furcht vor dem Unausweichlichen nervös von einem Fuß

auf den anderen traten. Die Augen niedergeschlagen, Schweiß auf der Stirn.
»Niemand aus der Familie konnte mehr etwas sagen. Etwas Tröstendes, einen Protest oder so was. Es ging alles viel zu schnell. Der erste Schuß«, Grabowski pochte mit der Faust auf seinen Brustkorb, »traf Zar Nikolai direkt ins Herz. Er war auf der Stelle erledigt. Ohne langen Todeskampf. Die Mädels hatten das schlechtere Los gezogen.« Er schnitt eine Grimasse, aus der schwer abzulesen war, ob sie tatsächlich Bedauern ausdrücken sollte. »Unter ihren Kleidern trugen sie eng geschnürte Korsetts – und, stell dir das vor, darunter hielten sie Diamanten aus dem Familienschatz versteckt. Die Kugeln prallten an den Klunkern glatt ab. Die Großfürstinnen bluteten wie aus Wasserfällen, aber sie starben nicht, weil die Geschosse einfach nicht tief genug eindringen konnten.« Er schüttelte verächtlich den Kopf. »Die Mörder halfen mit den Bajonettspitzen ihrer Gewehre nach. Sie stachen die Mädchen ab wie Schlachtvieh.«

4

»Na, was meinen Sie, Schiller: War es Mord?«
Dr. Nixdorffs Augen waren durch seine starken Brillengläser wie durch eine Lupe vergrößert. So wie er Falk jetzt ansah, erwartungsvoll und hoffnungsfroh, wirkte er auf ihn wie ein Streber. Das brav gescheitelte Haar erhärtete den Eindruck.
»Ich bin nicht sicher«, sagte Falk nach langem Zögern.
Nixdorff reagierte enttäuscht. Der Schimmer aus seinen Augen verschwand. »Haben Sie gestern abend nicht mehr nachgedacht? Über unseren kleinen Fall?«
»Über einen Fall schon«, antwortete Falk wahrheitsgemäß. »Einen ziemlich gewichtigen sogar.« Er dachte an die Hinrichtung der Zarenfamilie, über die ihm Dirk Grabowski bis zwei Uhr nachts und bis ins letzte blutrünstige

Detail in den Ohren gelegen hatte. »Aber an die Sache mit dem Sprung vom Hochhaus – ehrlich gesagt – nicht mehr.«

Sein Chef betrachtete ihn nachdenklich. »Nun ja.« Er erhob sich von seinem Schreibtischstuhl, ging zu einem der Wandregale, fischte sich aus einem der korrekt aufgestellten Schuber einen zusammengehefteten Stoß Papiere heraus. »Bitte schön. Das sind sie noch einmal: die Ermittlungsergebnisse. Eine knappe Zusammenfassung diesmal. Falls Ihnen die anderen Unterlagen zu umfangreich waren. Sie können sie heute studieren. In aller Ruhe. Ich habe sonst keine weiteren Aufgaben für Sie. Finden Sie heraus, was an dieser Sache faul ist.«

»Ist das nicht Angelegenheit der Kripo?« begehrte Falk auf.

Nixdorff ließ ihm keine Wahl: »Die Presse wird nicht ewig stillhalten. Wenn wir uns zu lange auf die Polizei herausreden, sind wir am Ende – um es salopp zu sagen – die Gelackmeierten.« Er blieb gut zwei Meter von Falks Schreibtisch entfernt stehen, warf die Papiere zu ihm herüber. Falk mußte einen Satz nach vorn machen, um die Akten zu fassen zu kriegen. Im nächsten Moment hatte Nixdorff den Raum verlassen. Ohne ein weiteres Wort zu verlieren.

Falk war verblüfft über die Reaktion seines Vorgesetzten. War das eine Art, seine Untergebenen für Versäumnisse zu rügen? Indem er ihnen eine neue Chance gab?

Er rieb sich die Schläfen. Die Nacht war lang gewesen. Er verfluchte das Schwarzbier. Falk nahm sich die erste Seite des Kripoberichts vor. Die Personalien des Toten waren fein säuberlich aufgelistet. Falk überflog die nichtssagenden Daten: Frank Sander, geboren am 25. Februar 1963 in Schwerin. Ingenieur. Zuletzt tätig bei der Firma blablabla. Ein Spezialunternehmen für Klimatechnik.

Falk blätterte um. Er konnte sich nur mühsam auf die Zeilen konzentrieren. Seine Gedanken glitten immer wieder ab. Zu der schrecklichen Geschichte der Zarenfamilie. Falk hatte selbst viel später, als er wach in seinem Bett lag

und die Zimmerdecke über ihm nicht aufhören wollte zu kreisen, an dieses Drama denken müssen. Grabowskis eigentliche Geschichte ging neben dem in epischer Breite dargelegten historischen Ereignis glattweg unter: Falk blieb es ein Rätsel, warum sich sein Nachbar dermaßen für diesen tiefdunklen Teil der russischen Historie begeisterte. Er konnte Grabowskis Erklärung kaum aufnehmen. Die Schilderungen über die niedergemetzelten Zarentöchter erschlugen ihn, und der Alkohol in seinem Blut sorgte für ein übriges. Sechs Bier! Das einzige, was er von Grabowskis letzten Ausführungen aufschnappte, war etwas sehr Vages über Gentechnologie. Grabowski bezeichnete sich selbst als Bio-Hacker. Ein Wort, das Falk nie zuvor gehört hatte und über das er sich an diesem Abend keine tieferen Gedanken mehr machen wollte.
Er würde Grabowski danach fragen. Beim nächsten Treffen in der Grotte vielleicht. Und er würde ihn fragen, was um Himmels willen Genetik mit den Romanows zu tun hatte. Diesen Zusammenhang zu erklären, war Grabowski ihm bis zum Schluß schuldig geblieben.
Er knabberte an seinem Kuli, konzentrierte sich auf die Arbeit. Frank Sander muß schlimm zugerichtet gewesen sein. Falk beneidete die Männer vom Erkennungsdienst nicht. Dem Bericht zufolge war der Schädel des Getöteten nach dem Sturz aus achtzig Metern Höhe wie eine reife Wassermelone geplatzt. Sander war laut den Ermittlungen von ganz oben, wohl vom Dach des Hochhauses, gefallen. Befragungen der Bewohner in den darunterliegenden Wohnungen hatten jedenfalls ergeben, daß er diese nicht betreten hatte. Die schlichte Möglichkeit, daß der Mann jemanden in diesem Haus besucht und dieser ihn über den Balkon direkt in den Abgrund und damit ins Jenseits befördert hatte, schied aus. Nur das Dach kam in Frage.
Die Variante, Sander könnte von einem Bekannten, der in dem Wohnsilo lebte, aufs Dach gelockt und hinuntergestoßen worden sein, fiel ebenfalls weg. Die Fahnder hatten bereits alle Einwohner des Hauses überprüft. Laut Bericht hielt niemand von ihnen Kontakt zu Sander. Nie-

mand kannte ihn, niemand hatte ihn je zuvor in diesem Haus gesehen.
Eine verzwickte Angelegenheit, die ihm Nixdorff untergeschoben hatte. Falk ließ seinen Drehstuhl herumfahren. Er schaute aus dem Fenster, verfolgte geistesabwesend die akrobatischen Sturzflüge einiger verspäteter Schwalben. Eine knifflige Sache. Was hatte dieser Sander auf dem Hochhausdach zu suchen? Und wer hatte einen Grund, ihm den tödlichen Stoß zu versetzen?
Falk wandte sich wieder dem Polizeibericht zu. Er hob ihn an und bemerkte erst jetzt den Brief darunter. Adressat und Absender waren in schwungvoller, breiter Schrift mit schwarzer Tinte gezeichnet. Der Brief kam von Cathérine.

5

Er mußte mit diesem dämlichen Bummelzug ganz hinaus bis Bad Schandau fahren. Das dauerte eine Ewigkeit. Dabei hätte er mit seinem Wochenende, dem ersten in Dresden, weiß Gott Besseres anfangen können. Er hätte die Umzugskisten auspacken können, die sich in seiner Wohnung stapelten und allmählich Staub ansetzten, oder endlich ein ausführliches Telefonat mit seiner Mutter führen – letzteres konnte er andererseits gut und gerne ein paar weitere Tage aufschieben. Der Abstand zu seiner Familie tat ihm mal ganz gut.
Die Zeit wollte nicht verstreichen in diesem überbesetzten doppelstöckigen Nahverkehrswaggon. Falk hatte es zwischendurch mehrfach bereut, die Verabredung mit Cathérine überhaupt angenommen zu haben. Wer war sie denn? Eine zufällige Begegnung. Eine völlig fremde Person, zu der er nach diesem Treffen wahrscheinlich ohnehin kaum Kontakt haben würde.
Für lange Minuten, in denen er das Rumpeln des Zuges als besonders lästig empfand, überlegte sich Falk, was er

eigentlich von dem Treffen erwartete, zu dem ihn Cathérine in ihrem Brief eingeladen hatte. Wollte er mit ihr ins Bett? Schon möglich. Vielleicht. Vielleicht auch nicht. Wollte er sie sich als Vertraute für seine neue Arbeit warmhalten? Nein. Sicher nicht. Denn eine Liaison aus Staatsanwaltschaft und Verteidigung – das konnte nach allen Erfahrungswerten seines jungen Juristenlebens nicht gut gehen.
Der gebrochene Arm ließ ihn all seine Bedenken spontan vergessen: Cathérine stand wenige Meter vor ihm, als Falk in Bad Schandau aus dem Zug stieg. Ihr rechter Arm war in weißen Gips gehüllt, der sich als starker Kontrast von ihrem knöchellangen schwarzen Trenchcoat abhob. Die grauen Strähnen in ihrem Haar und der leicht gequälte Gesichtsausdruck ließen sie älter aussehen.
Cathérine nahm es ihm ab, den ersten Satz zu sprechen. »Ich bin ausgerutscht. Einfach so. Eine Stufe vor meiner Haustür muß sich gelöst haben.«
Falk musterte sie ausgiebig. Er schwieg länger, als ihm selbst lieb war.
Wieder war es Cathérine, die das Wort ergriff. Sie bemühte sich um einen lockeren Tonfall. »Gut, daß es der rechte ist.«
Falk starrte sie ungläubig an. »Gut? Was ist daran gut?«
»Naja,« antwortete Cathérine mit listigem Lächeln. »Ich bin Linkshänderin. Wenn ich mir den linken Arm gebrochen hätte, könnte ich meine Kanzlei für ein paar Wochen zusperren. Aber so …«
Sie schlenderten an einer Reihe stattlicher Kurhäuser vorbei. Stolze Gebäude aus einer wohlhabenden Zeit. Wie eine Festungsanlage ragten sie in unmittelbarer Nähe vom Elbufer empor, im Unterschied zu einer Burg strahlten ihre Fassaden mit ihren elegant schlanken Fenstern und der verspielten Architektur allerdings warme Gastfreundschaft aus. Vor jedem der Gebäude lag ein Garten, mit Weinstöcken gegen neugierige Blicke abgeschirmt. Falk betrachtete die hohen Fassaden der Pensionen. Ihm fiel auf, daß an vielen Stellen der Putz ab-

bröckelte. Von den Fensterrahmen blätterte der Lack, und die Dächer konnten dringend ein paar neue Ziegel vertragen. Aber gerade dieser leicht verwahrloste Eindruck machte die Häuserreihe interessant. Falk liebte den morbiden Charme des Vergänglichen.
Cathérine ließ es sich nicht nehmen, beide Tickets zu zahlen. Falk protestierte, doch sie gab ihm keine Chance, das Portemonnaie zu zücken. Er nickte dankend, als sie ihm einen der Fahrscheine reichte. Von dem weiß gestrichenen Kassenhäuschen, vor dem sich für diese fortgeschrittene Jahreszeit erstaunlich viele Ausflügler sammelten, waren es nur wenige Schritte bis ans Ufer. Der Strom breitete sich ruhig und erhaben vor den beiden aus. Die Farbe des Wassers wechselte zwischen Braun, einem undefinierbaren Grün und warmen Zinnobertönen. Auf seiner Oberfläche schwammen Inseln aus Blättern vorbei. So viele, als hätten sich alle Bäume des Elbufers abgesprochen, am heutigen Tag gemeinsam ihr Laubkleid abzuwerfen.
Minuten später hatten sie den schmalen Steg passiert und saßen in der verglasten Frontpartie eines Elbkahns. »Wußten Sie, daß Dresden die größte Raddampferflotte der Welt unterhält? Größer noch als die von New Orleans?«
»Nein, keine Ahnung«, gestand Falk. Ihm fiel die bestechende Natürlichkeit von Cathérines Gesicht auf. Statt Schminke sah er wache Augen.
Das Schiff legte ab. »Was mich am meisten ärgern würde – also, wenn ich den linken gebrochen hätte –, wäre, daß ich den vergewaltigenden Opa abgeben müßte.« Cathérine schüttelte den Kopf. »Das hätte wirklich einen Verlust bedeutet. Immerhin ein Fall, auf den ich Jahre gewartet habe.«
Schade eigentlich. Kaum hatten sie sich ein paar Augenblicke lang gesehen, fachsimpelte Cathérine über ihren Job. Falk lehnte sich in seinem Sitz zurück, ließ den Blick über die imposante Landschaft gleiten. Schroffe Felsen säumten den Fluß zu beiden Seiten.

»Mein Klient hat mir inzwischen allerhand aus seiner Vergangenheit gebeichtet. Er war nicht ohne, dieser Mann. Wenn ihm eine Frau gefiel, wenn er auf sie stand, dann nahm er sie sich. Das sagte er mir wörtlich.«
Klingt nach einem potentiellen Vergewaltiger, dachte sich Falk. Cathérine sollte diesen Auftrag lieber fallen lassen wie eine heiße Kartoffel.
»Der alte Herr prahlt und brüstet sich, ganz so, wie man es in seiner Generation gelernt hat – und es wohl heute noch lernt. Ein echter Mann fackelt nicht lange, er schnappt sich das Mädel seines Geschmacks. – Vielleicht aber spuckt er bloß große Töne.«
»Schön«, unterbrach sie Falk. »Wer sagt Ihnen, daß er es nicht wirklich war? Der Fall liegt vierzig oder fünfzig Jahre zurück, ja? Woher wollen Sie wissen, daß er nur ein Maulheld ist? Kann es nicht sein, daß der Mann früher, als er voll im Saft stand, tatsächlich einfach so nach den Frauen gegriffen hat?«
Cathérine strich sich durchs Haar. Sie betrachtete Falk ebenso genau, wie er es zuvor bei ihr getan hatte. »Sicher. Womöglich ist er ein Vergewaltiger. Vielleicht hat er vor all den Jahren sogar mehrere Frauen geschändet. Natürlich, das ist möglich. Das ist alles im Bereich des Wahrscheinlichen. Herrje, ich bin selber immer wieder hin- und hergerissen.« Sie deutete nach rechts aus dem Fenster. »Sehen Sie die Felsnadeln dort? Das Elbsandsteingebirge. Im Sommer zieht es die Knickerbockerträger mit ihren Rucksäcken und Wanderstöcken wie ein Magnet an.« Sie beugte sich vor, preßte ihre linke Hand gegen die Scheibe. »Schade, die Verglasung reflektiert so stark. Im Sommer kann man auf dem Oberdeck sitzen, da bekommt man weit mehr mit von dieser traumhaften Landschaft.«
Falk beobachtete aufmerksam, wie Cathérine sich aus ihrem Mantel schälte. Der Gips war zwar ein Handikap, helfen lassen wollte sie sich dennoch nicht. Drunter trug sie eine eng anliegende, grün-schwarz karierte Hose, ein locker fallendes schwarzes Sweatshirt, ein großes golde-

nes Amulett. Falk fielen ihre Oberschenkel ins Auge, über denen sich die Hose an einigen Stellen deutlich spannte. Die Schlankste war sie nicht. Gleichwohl strahlte sie Weiblichkeit pur aus. Falk fühlte mehr als Sympathie für sie. Seine Gefühle waren jetzt stärker als bei ihrem ersten Treffen im Zug nach Dresden.

»Nach jedem Gespräch mit meinem Klienten weiche ich von meinem anfänglichen Eindruck mehr ab.« Cathérine hatte schnell zu ihrem Thema zurückgefunden. Sie wählte einen aufgeräumten Gesichtsausdruck, um ihrer Theorie das nötige Gewicht zu verleihen: »Gut, das klingt unwissenschaftlich. Und widersprüchlich. Ich glaube, ich habe mich in dem Mann getäuscht. Er kann es nicht gewesen sein. So, wie er einerseits beteuert, daß er seinerzeit der Weiberheld schlechthin gewesen sei, so behauptet er gleichzeitig, daß er diese Vergewaltigung niemals begangen habe.« Sie suchte in Falks Gesicht nach Zeichen einer Bestätigung. »Das paßt einfach nicht zusammen, verstehen Sie? Ich denke: Dieser Mann war ein Aufreißer. Und ein Großmaul. Und bestimmt nicht zimperlich im Umgang mit Frauen. Aber diese Vergewaltigung – die hat ihm jemand untergeschoben.«

Wie erbärmlich lächerlich diese Situation war, durchfuhr es Falk. Da ereiferte sich Cathérine inbrünstig für ein Jahrzehnte zurückliegendes Verfahren, während er sich eigentlich genau in dieser Minute mit einem brandaktuellen, viel wichtigeren Ereignis auseinandersetzen mußte: mit dem Todessturz des Ingenieurs Frank Sander. Er hatte seinem Chef versprochen, sich die Unterlagen dieses Wochenende anzusehen.

Für Gedanken über seine eigene Arbeit ließ ihm Cathérine keine Zeit. »Ich habe inzwischen herausfinden können, was aus seinem vermeintlichen Opfer geworden ist.«

»Na, das ist der halbe Sieg! Fragen Sie die Frau aus. Treiben Sie sie in die Enge. Wenn sie widerruft, ist die Angelegenheit gegessen«, freute sich Falk für seine Bekannte und über das Ende dieses Gesprächsthemas.

Cathérine sah nicht so aus, als würde sie ebenso darüber denken. »Leider komme ich gute sechs Jahre zu spät. Das Opfer ist längst tot. Friedlich verschieden.« Cathérine schüttelte den Kopf. »Nein, nein. Da muß ich wohl früher ansetzen. Bei den Freunden meines Klienten. Bei seinen alten Bekannten. Ich will herausbekommen, wer in den frühen Fünfzigern etwas gegen ihn hatte. Wer einen Grund gehabt hat, ihm diese teuflische Falle zu stellen.«

Falk war verdutzt. »Sie glauben allen Ernstes an eine Falle?« Seine Kollegin schien ihm etwas voreilig zu urteilen. Trotz ihrer beruflichen Erfahrung, ihrer Reife, hatte sie sich einen kindlichen Hang zu fixen Entschlüssen bewahrt. Aus einem Vergewaltiger wurde auf die Schnelle das Opfer einer Verschwörung.

Cathérine spürte seine Vorbehalte. Minutenlang sagte sie kein Wort. Da auch Falk nichts einfiel, um das unangenehme Schweigen zu brechen, beschränkte er sich darauf, aus den Panoramafenstern zu starren. Ein Raddampfer kam ihnen entgegen. Als der Oldtimer mit seinen gewaltigen Schaufelrädern und dem urig antiquierten Schornstein an ihnen vorbeiglitt, brachen die anderen Fahrgäste in wildes Winken und Zurufen aus.

Falk registrierte, daß Cathérine dieser Teil des Ausflugs nicht behagte. Ihre Hände verkrampften sich, sie blinzelte nervös. Wahrscheinlich empfand sie in diesem Augenblick – genau wie Falk selbst – diese Bootsfahrt als eine ziemlich spießige Angelegenheit. Etwas für Familien oder Rentner. Nicht gerade das Ideale für ein erstes Rendezvous – wenn es denn überhaupt eines war.

Die Stimmung blieb frostig. Falks Versuche, das Gespräch in Gang zu bringen, scheiterten kläglich. Erst als der Ausflugsdampfer eine hoch aufragende Stahlbrücke passierte, taute Cathérine wieder auf. »Das ist das Blaue Wunder. Die schönste Brücke Dresdens. Ich habe mal versucht, die Verstrebungen dieses Stahlkolosses zu zählen. Aber da sie so weit verästelt und dermaßen verwinkelt sind, habe ich's schnell aufgegeben.«

Falk konnte sein Grinsen nicht unterdrücken.

»Du brauchst dich nicht über mich lustig zu machen.« Spontan wechselte Cathérine zum »du«. »Diese Brücke hat ganz andere Fans. Im Zweiten Weltkrieg sollte sie gesprengt werden. Kurz vor Kriegsende, von der SS. Zwei Dresdner haben das unabhängig voneinander sabotiert. Sie sind so lange in dem Stahlgerippe herumgeklettert, bis alle Sprengsätze entschärft waren. Wenn die SS sie geschnappt hätte, wären die beiden erschossen worden.«
Jetzt oder nie, dachte sich Falk. »Es kann nicht mehr lange dauern, bis wir am Ziel sind. Wie wär's, hätten Sie Lust, daß wir uns bald wieder treffen?« Er hatte bis zu diesem Moment selbst nicht gewußt, ob er diese Frage stellen würde. Denn er war sich keineswegs sicher, ob eine wirkliche Freundschaft zwischen ihnen entstehen könnte.
Cathérines herzliches Lächeln verriet ihre Freude über seine Frage. »Nur unter einer Bedingung«, sagte sie und hob verspielt drohend den Zeigefinger.
»Da bin ich neugierig ...«
»Die Bedingung lautet, uns ab jetzt zu duzen. Dieses aufgesetzte ›Sie‹ finde ich ziemlich albern.«
Damit hast du doch längst angefangen, wollte er sagen, ließ es aber bleiben. Das Duzen war schließlich ganz in seinem Sinn. Er hatte ebenfalls schon daran gedacht, es ihr anzubieten. »Geht klar. Wann und wo sehen wir uns? Vielleicht mal abends?«
»Ich will mich schleunigst mit meinem Klienten treffen, das geht vor. Ich werde wohl meinen ›Opa‹ morgen zum Kaffee ausführen. Aber die Tage danach bin ich frei. Am besten, wir telefonieren, einverstanden?«
Sicher würde sie ablehnen, wenn er sie darum bitten würde, bei dem Treffen mit dem alten Herrn dabeizusein. Schließlich war der greise Vergewaltiger ihr Fall, da hatte Falk nichts zu suchen. Er konnte allerdings seine Neugierde kaum mehr leugnen.

6

Das Café hatte zwei Etagen. Eine in weitem Bogen geschwungene Treppe führte ins Obergeschoß. Kleine, zierliche Tische waren dicht an dicht gestellt und fast alle besetzt. Die schweren Tapeten, die dunklen Teppiche, die beiden imposanten Kronleuchter und nicht zuletzt die große, weit in den Raum reichende Kuchentheke ließen den an sich großzügigen Saal beklemmend eng wirken. Die zumeist betagten Gäste mochten das überladene Ambiente als behaglich empfinden. Falk tat dies nicht.

Deshalb konnte er kaum nachvollziehen, weshalb sich ein junges Paar am Ecktisch nahe der Fensterfront ausgerechnet dieses Klatschtanten-Mekka ausgesucht hatte, um hier sein Was-auch-immer zu schlürfen. Beide sahen ausgesprochen flippig aus. Auf Teenie-Look zurechtgemacht. Der junge Mann, höchstens zwei- oder dreiundzwanzig, trug mattschwarz schimmernde Hosen, dazu ein ebenfalls schwarzes Hemd. Aus Seide, mit schrillen Blumen- und Vogelsymbolen in Giftgrün und Neonrot. Das Hemd reichte ihm bis zu den Knien, darüber hatte er sich lässig ein Jackett geworfen. An ihr fielen Falk zuerst die Haare auf: bis auf Daumenbreite zurückgeschnitten, knallorange gefärbt. Sie steckte in einem dunkelblauen Seidenanzug, der aussah wie ein Pyjama. Das Gesicht der Frau war aschfahl geschminkt. Die dunklen langen Wimpern und der schwarze Lidstrich bildeten einen starken Kontrast. Ihr Freund hatte sein schwarzes Haar mit Gel zurückgekämmt, seine Wangen zierten sauber anrasierte Koteletten.

Während er sich noch über das offenbar verirrte Szene-Pärchen wunderte, fiel Falk schlagartig ein, daß er sich schleunigst selbst um einen Platz bemühen mußte. Und zwar noch bevor Cathérine und ihr Klient hier auftauchen würden. Sie hieße es nie im Leben gut, daß er an der Unterredung teilnahm. Und sein Chef, Dr. Nixdorff, würde sein Verhalten sicher ebensowenig billigen.

Nixdorff – bei dem Gedanken an diesen Namen befiel Falk ein schlechtes Gewissen. Zwar hatte er sich nach der Elbfahrt in die Unterlagen über den »fliegenden Ingenieur« vertieft. Ja, er hatte sogar eine Theorie entwickelt, wie der Mann zu Tode gekommen sein könnte. Diese hatte seinen Vorgesetzten nicht überzeugt. Falk hatte angeregt, die Firma des Toten zu kontaktieren. Zwar wußte Falk bereits aus den Kripounterlagen, daß Frank Sander nicht beruflich in dem Plattenbau zu tun hatte. Aber vielleicht konnte sich ein Kollege besser in Sanders Verhalten hineindenken. Immerhin war er Klimatechniker, womöglich hatte Sander also Anregungen für seine Arbeit in anderen Gebäuden gesucht. Wie gesagt: Nixdorff hatte diese Idee lediglich mit einem müden Lächeln quittiert – und Falk erneut ins Grübeln darüber gebracht. »Ziemlich unwahrscheinlich«, war sein einziger, entmutigender Kommentar. Falk sollte sich lieber auf seinen Hosenboden setzen und an einer Theorie basteln, mit der man endlich vor die Presse treten könnte.
Der Schreck fuhr Falk durch die Glieder: An der Kuchentheke stand sie. Cathérine – nur wenige Schritte von ihm entfernt. Neben ihr ein alter Mann. Langer, grüner Lodenmantel, lichtes, weißes Haar, rundes Gesicht mit einem großen Leberfleck über der rechten Augenbraue. Ihr Klient, der Opa. Kein Zweifel.
Blitzschnell fuhr Falk herum. Neben einem altmodischen Raumteiler, an dem mehrere Tageszeitungen baumelten, erspähte er einen freien Platz. Momente später saß er und hielt sich schützend die Speisekarte vors Gesicht.
Keine Sekunde zu früh. Er hörte Cathérines Stimme in unmittelbarer Nähe. Falk wagte es nicht, den Blick über die Karte zu heben. Beunruhigt stellte er fest, daß Cathérines Stimme nicht leiser wurde.
Vorsichtig lugte Falk über den Rand seiner Deckung hinweg. Er hatte Glück. Cathérine saß mit ihrem Begleiter nur zwei Tische von Falks Platz entfernt. So nahe, daß er beinahe jedes Wort verstehen konnte. Cathérine zeigte ihm den Rücken. Während Falk das Gesicht ihres Klien-

ten gut im Blick hatte, konnte sie ihn nicht sehen. Erleichtert ließ Falk die Speisekarte sinken.

»Ich kann das alles nur noch einmal wiederholen. Aber ich sehe nicht ein, was Sie damit erreichen wollen, liebe Frau.« Die Stimme des Mannes klang sicher. Dennoch hatte Falk den Eindruck, als wären die Worte von einem leichten Zittern überlagert. Der Mann sah elend aus. Falk musterte seinen Ausdruck: tief hängende Tränensäcke, ein trüber Schleier, der sich über seine Augen gelegt hatte. Die Gesichtsfarbe war grau und leblos.

»Tut mir leid, aber anders kommen wir nun mal nicht weiter. Wenn ich nicht weiß, wer Ihre Feinde waren, kann ich mich schließlich nicht auf die Suche nach demjenigen machen, der Ihnen diese Suppe eingebrockt hat. Und wenn wir denjenigen nicht erwischen, bleiben nur Sie übrig, der die Tat begangen haben kann.« Cathérines Stimme war wesentlich sachlicher als bei dem Treffen mit Falk. Ihre wohlgewählten Worte gaben ihr den Touch der cleveren Anwältin. Streng, aber nicht scheltend. Eloquent und sachlich, aber keineswegs unterkühlt. Selbst ihre gewellten Haare erschienen Falk nun deutlich aufgeräumter, so als könnten sie zwischen Beruf und Freizeit unterscheiden und sich mal struppig, mal gebändigt legen. Nur eine feine silberne Strähne wollte sich nicht ins Bild fügen und stand frech ab.

»Feinde! Wenn ich das schon höre. Woher sollte ich denn Feinde haben? Ich war ein ganz normaler Bürger. Ohne Vorlieben, die anderen mißfallen konnten. Ich habe niemandem je etwas weggenommen, habe keinen betrogen. Selbst wenn ich mal einen über den Durst getrunken habe, bin ich keinem meiner Bekannten zu nahe getreten. Woher soll ich bloß einen Feind nehmen? Es gibt keinen. Basta.«

Der Kaffee wurde serviert. Cathérines Klient hatte dazu einen Apfelstrudel bestellt, seine Anwältin beließ es beim Getränk. »Gut. Ich kann mir zwar beim besten Willen niemanden vorstellen, der so perfekt ist, daß er keine Feinde hat. Aber ich muß mich auf Ihre Aussage verlassen. Ge-

hen wir also noch weiter zurück. Kommen wir auf Ihre Eltern zu sprechen.« Falk bemerkte, wie sich die Brauen des Alten kurz verengten. Cathérine sprach weiter: »Nehmen wir an, die Verunglimpfungskampagne war gar nicht gegen Sie selbst, sondern gegen Ihre Eltern gemünzt. Wenn denen jemand schaden wollte, wie hätte er dies besser erreichen können, als ihnen ihren Sohn zu nehmen? Und noch dazu auf eine so ehrenrührige Weise.«
Guter Ansatz, dachte sich Falk. Doch der alte Herr schien nicht mit Cathérine übereinzustimmen: »Ich hatte nie Eltern. Das heißt: meinen Vater habe ich nie kennengelernt. Als kleines Kind zog ich mit meiner Mutter aus Norddeutschland nach Dresden. Wir hatten in Jever ein kleines Haus. Als ich geboren wurde – als Uneheliches –, wollte meine Mutter dem Dorfklatsch aus dem Wege gehen. Deshalb der Umzug.« Er sprach, ohne dabei eine Miene zu verziehen. Das Ganze war unendlich lange her. Der alte Herr hatte offenbar keine gefühlsmäßige Beziehung mehr zu diesen Ereignissen. »Meine Mutter starb 1974.« Und nach einer Pause: »Sie hatte ebensowenig Feinde in ihrem Leben, wie ich je welche hatte.«
Cathérine schüttelte störrisch ihren Kopf. Verlor Falks neue Bekannte gerade ihre Contenance? Er war neugierig, was sie als nächstes aus dem Hut zaubern würde. »Das nehme ich Ihnen nicht ab, Herr Schellenbaum.« Aha, Schellenbaum, notierte sich Falk in Gedanken. »Sie können mir vielleicht weismachen, daß Sie keine Feinde hatten. Aber Sie können nicht für Ihre Mutter sprechen. Wissen Sie wirklich alles darüber, was damals in Jever passiert ist? Sagten Sie nicht, Sie wären noch ein Kind gewesen? Daß Ihre Mutter wegen der Schande eines unehelichen Sohnes ihre Heimat verlassen hat, hat sie Ihnen erzählt. Aber theoretisch sind noch ganz andere Gründe möglich, die den Umzug notwendig werden ließen.«
»Ich bitte Sie! Was für andere Gründe sollte eine einfache Frau wie meine Mutter gehabt haben? Diese Spekulationen führen uns nicht weiter.«

Falk registrierte, daß Cathérine ihre Tasse heftig abstellte. Er hörte deutlich das Klirren des Porzellans. »Herr Schellenbaum: Sie haben mich engagiert, und wenn Sie meine Hilfe wollen, müssen Sie mit mir zusammenarbeiten. Es nutzt nichts, wenn Sie jede Spur, die ich auftue, augenblicklich mit Ihren kontraproduktiven Einwänden zuschütten.«
Alle Achtung, die Frau hatte Pep! Falk gratulierte ihr insgeheim zu ihrem forschen Umgang mit dem Klienten.
Falk wollte sich nun selbst einen Kaffee gönnen. Er schaute sich nach einer der hektisch umhereilenden Kellnerinnen um. In seinem Versteck neben dem Raumteiler hatte ihn offenbar niemand als Kunden erkannt.
Sein Blick fiel dabei auf das Szene-Pärchen am Fenster. Falk stutzte. Die beiden hatten ihre Stühle gedreht, schauten direkt auf Cathérine und ihren Klienten. Sie schienen regelrecht an den Lippen des alten Mannes zu kleben.
»Versuchen Sie, soviel wie möglich über Ihre Vorfahren herauszubekommen.« Cathérine hatte ihre dreisten Beobachter nicht bemerkt. Sie redete unverwandt weiter. »Gibt es kein Stammbuch, das uns mehr über die Zeit Ihrer Familie in Jever verraten könnte?«
Falk konnte seinen Blick nicht von dem Pärchen lassen. Die beiden starrten für seinen Geschmack viel zu penetrant auf Cathérine und ihren Klienten. Das war entschieden mehr als naive Neugierde. Falk wäre am liebsten aufgestanden, um die beiden zurechtzuweisen.
»Kein Stammbuch.« Der alte Mann schüttelte den Kopf. »Ich weiß so gut wie nichts über die Schellenbaums in Jever. Die letzten Kontakte zu den Verwandten rissen nach dem Mauerbau ab.«
»Aha!« Cathérine machte mit ihrem Stuhl einen kleinen Satz nach vorn. »Sie haben noch Verwandte in Jever!«
Es konnte nicht mehr lange dauern, bis Falk der Kragen platzte! Die Bleichgeschminkte im Pyjama und ihr Freund ließen nicht davon ab, Cathérines vertrauliches Gespräch zu belauschen. Fehlte nur, daß sie die Hände an die Ohren hielten, um ja jede Silbe mitzubekommen.

Ehe Falk darüber nachdenken konnte, wie er Cathérine auf die unerwünschten Lauscher aufmerksam machen konnte, ohne sich dabei bloßzustellen, drehte der junge Mann mit den Koteletten seinen Kopf und starrte Falk mit grimmiger Miene an. Reflexartig schaute Falk in eine andere Richtung. Er ließ fünf, zehn Sekunden verstreichen, bevor er erneut zu dem Pärchen hinübersah.
Das Ergebnis war beunruhigend: Der Typ hatte seinen Blick fest auf Falk geheftet. Seine Freundin beobachtete weiter den Tisch, an dem Cathérine saß.
Falk wurde die Situation unheimlich. Er bekam kaum mit, was Cathérine ihrem Klienten vorschlug: »Listen Sie mir die Namen und – wenn möglich – die alten Adressen ihrer Verwandten auf. Ich setze mich mit ihnen in Verbindung. Wer weiß: Mit etwas Glück finden wir vielleicht dort ein Teil zu diesem verwirrenden Puzzle.«
Er konnte diese beklemmende Lage nicht länger aushalten: Auf der einen Seite Cathérine, die sich jederzeit umdrehen und ihn erkennen könnte. Auf der anderen dieser undurchschaubare Mensch, der ihn anstarrte. Falk entschied, seine Bestellung sausenzulassen und sich statt dessen schleunigst zu verziehen.
Ohne sich umzusehen, schob er seinen Stuhl zurück und ging. Er passierte bereits die inzwischen bis auf kümmerliche Reste geplünderte Kuchentheke, als er aus dem Augenwinkel einen Schatten bemerkte. Instinktiv schaute er beiseite – und erkannte den jungen Mann mit dem Blümchenhemd, der ebenfalls aufgestanden war.
Das mußte ein Zufall sein, versuchte sich Falk zu beruhigen. Wahrscheinlich wollte sich der Typ ein Stück Kuchen sichern, ehe auch das letzte in den Piranha-Mäulern der Klatschtanten verschwunden war.
Als Falk den Ausgang fast erreicht hatte, war der Schatten noch immer hinter ihm. Er beschloß, die Probe aufs Exempel zu machen, und wechselte den Kurs, steuerte geradewegs auf die Toiletten zu. Wenn ihm sein Verfolger nachging, konnte das kein Zufall mehr sein.
Es war ein Fehler.

Kaum hatte Falk die Tür zum WC geöffnet, spürte er eine kraftvolle Hand auf seiner Schulter. Er wurde herumgeschleudert und gegen die gekachelte Wand gestoßen. Er bekam gerade noch mit, wie zwei ältere Herren fluchtartig den Raum verließen. Augenblicke später spürte Falk einen dumpfen Schmerz in der Magengrube.
Falk war nie ein Held gewesen. Schon in der Grundschule hatte er hinnehmen müssen, wie ihn eine Gruppe älterer Schüler verprügelte, um an sein Taschengeld zu kommen. Er konnte sich nicht wehren, war vollauf damit beschäftigt, sein Gesicht zu schützen. Ein weiteres Mal, er war dreizehn, kam ihm sein Vater zur Hilfe. Wieder hatte ihn eine ganze Bande überfallen. Falk hatte das Gefühl, während der Attacke neben sich gestanden und alles aus der Sicht eines unbeteiligten Beobachters mitverfolgt zu haben. Als ihm sein Vater später das Blut von der Nase wischte, nannte er ihn einen Feigling.
Ein zweiter Schlag landete in den Nieren. Er fuhr auf, sah dem Mann direkt ins Gesicht. Was wollte dieser Kerl von ihm? Der Typ machte nicht den Eindruck, als wollte er sein Handeln erklären, sondern holte abermals aus. Der dritte Schlag war eindeutig der härteste. Er traf Falk abermals in den Bauch. Stöhnend ging er zu Boden.

7

»Warum hast du ihm nicht die Zähne eingeschlagen?« Dirk Grabowski stand die Neugierde ins Gesicht geschrieben. Er wäre wohl zu gern bei der Prügelei dabeigewesen.
Falks Nachbar trug sein Haar an diesem Abend offen. Der Zopf war verschwunden. Sein dichtes Haar umspielte das massige Gesicht wie Brandung einen Felsbrocken. Die sympathische Grobschlächtigkeit seines neuen Freundes erinnerte Falk an den französischen Filmschauspieler Gérard Depardieu. »Ich schlage nun mal keine Blödmän-

ner. Ich hätte womöglich seine letzten Hirnzellen abgetötet, und so inhuman bin ich nicht«, seufzte Falk.
»Quatsch.« Grabowski packte ihn an den Schultern. »Du hättest diesem Typen die Fresse polieren müssen. Nur das hätte ihm vor Augen geführt, sich für seine Schlägereien einen anderen auszusuchen. Du wirst sehen: So macht er dich das nächste Mal wieder fertig.«
Falk war dieses Thema unangenehm. Eine Blamage. Er wollte nicht, daß die ganze Grotte von seiner schmählichen Niederlage Wind bekam. Hilfesuchend schaute er sich nach Laura um, um ein Schwarzbier zu ordern. Die Bedienung war in dem dunklen Raumschlauch nirgends auszumachen.
Er lehnte sich zurück, um ein wenig zu entspannen und vor allen Dingen seinen Bauch zu entlasten, der höllisch schmerzte. Das war nicht einfach, denn auf den ausgedienten Kirchenbänken, die in der Grotte als Sitzgelegenheiten dienten, konnte man es sich nur begrenzt gemütlich machen.
»Warum hast du den Kerl nicht wenigstens aufgehalten, bis die Polizei kam?«
»Bis ich wieder japsen konnte, war er längst weg. Mensch, Dirk, ich habe minutenlang keine Luft bekommen. Da war es mir herzlich egal, was dieser Typ macht. Und die Polizei hätte kaum etwas tun können. Ich kannte den Schläger nicht einmal!«
»Also, erstens …«, setzte Grabowski an und hielt Laura am Zipfel ihres T-Shirts fest, als sie gerade mit beladenem Tablett an ihrem Tisch vorbeikam. »Erstens vergiß den Dirk. Keiner meiner Freunde nennt mich so. Sag Malcolm zu mir.«
»Malcolm?« Falk grinste. »Du meinst doch nicht etwa den Malcolm? Den albernen Detektiv, von dem du diese Groschenromane bei dir zu Hause stehen hast?«
Grabowski war sichtlich getroffen. Beleidigt setzte er sich zur Wehr: »Doch. Genau den meine ich! Malcolm ist im übrigen nicht albern. Er hätte sich jedenfalls nicht so weicheimäßig verprügeln lassen wie du.«

»Wollt ihr was bestellen, oder soll ich hier als Zierde stehen?«
Laura stand, fest an Grabowskis Hand, neben dem Tisch.
»Ja, bitte. Ein Schwarzbier für mich.«
»Für mich auch eins, Laura.« Grabowski ließ die Finger von ihrem T-Shirt. Doch nur, um im nächsten Moment nach ihrem Handgelenk zu schnappen. »Was haben wir denn da? Ein Armband.«
Laura versuchte, sich aus seinem Griff zu winden. »Ja, aber das geht dich nichts an.«
»Oho! Was steht denn da für ein Name drauf?« Grabowski bog sich Lauras Arm so zurecht, daß er die Gravur auf dem Armband entziffern konnte. »Michael. Mmmmh. Ob das wohl der Freund der kleinen Laura ist?«
»Laß sie in Ruhe, Grabowski!« Falk empfand diese Anmache als geschmacklos.
»Malcolm!«
»Meinetwegen auch Malcolm. Aber laß sie in Ruhe!« Augenblicklich löste sich Grabowskis Griff von Lauras Arm. Die Kellnerin ging sofort weiter. »Du bist ziemlich unfair der Kleinen gegenüber«, moserte Falk. »Kann mir nicht vorstellen, daß du auf diese Weise Eindruck auf sie machst, Grobian.«
»Das vielleicht nicht. Aber wenn sie damit nicht fertig werden kann, wird sie hier nicht lange durchhalten. Glaub mir: In einer Kneipe wie der Grotte wird man wesentlich brutaler angemacht, als ich es eben vorgeführt habe.«
Falk lehnte sich verärgert zurück. Er starrte wortlos auf die unverputzte Backsteinwand zu seiner Rechten und nahm sich vor, seinen Nachbarn für einige Minuten keines Blickes zu würdigen.
Er sah zu Laura, die mit Unschuldsmiene am Tresen lehnte und sich etwas Rotes in den Mund schob. Ein Bonbon? Eine Frucht? Die ausgelassene Stimmung in der Kneipe, die aufmunternde Musik, schließlich die Aussicht auf einen bierseligen Ausklang dieses miesen Tages ließen

ihn schnell von seinem Vorsatz abkommen. »O.k., Malcolm. Vergessen wir die Sache.« Falk beugte sich vor. Aber nur so weit, daß er nicht versehentlich mit dem Ärmel unter eine der Petroleumlampen geriet, die über den Tischen baumelten. Die antiquierten Leuchten verbreiteten zwar ein angenehm warmes Licht, neigten aber dazu, schwer lösliche Flecken auf Hemdsärmeln zu hinterlassen – sie leckten.

Grabowski belohnte Falks Friedensangebot mit einem Schulterklopfen. »Vergeben und vergessen. Ich nehme an, du willst von mir wissen, wie meine Geschichte weitergeht.« Er zückte eine Pfeife, dazu eine silberne Dose mit Tabak.

Laura servierte die Schwarzbiere. Sie schenkte Falk ein angedeutetes Lächeln, Grabowski aber ließ sie links liegen. »Was für eine Geschichte?«

Grabowski begann, in genüßlicher Langsamkeit seine Pfeife zu stopfen. »Naja, ich sage nur: Romanows und Bio-Hacker und so ...« Ja, da war ihm sein Nachbar allerdings noch eine Erklärung schuldig. Dieser beendete die Zelebration des Pfeifestopfens, zündete sein Werk an, nahm zwei ausgiebige Züge. »Ich will dich nicht länger schmoren lassen. Nun also der Rest meiner Geschichte.«

So wie Grabowski aus jeder Kleinigkeit einen Staatsakt machte, konnte sich dieser Abend abermals bis in den Morgen hinziehen. Falk machte sich auf einiges gefaßt.

»Du erinnerst dich? Die Romanows ausgelöscht, erschossen, erstochen, vernichtet. Zwei Tage vor dem großen Abschlachten hatten die Kommandanten ein Grab für die Zarenfamilie ausgespäht. Gute zwanzig Kilometer vom Ort des Gemetzels entfernt. Mitten in einem Moorgebiet. Die Meuchelmörder haben ihre adligen Opfer ausgezogen. Vielleicht waren sie kaltschnäuzig genug, um noch einmal nach den Titten der Zarin und ihrer Töchter zu grapschen. Alle sieben wurden in einen schmalen Schacht geworfen. Um die Opfer unkenntlich zu machen, haben sie Säure über sie geschüttet.« Grabowskis Pfeife ver-

strömte einen süßlichen Qualm. »Das ätzende Zeug hat den Leichen nicht viel antun können. In ihrer Unsicherheit warfen die Killer ein paar Handgranaten hinterher. Erst dann griffen sie zu den Schaufeln.«
Warum erzählt er mir diese brutalen Scheußlichkeiten? Falk war von Abscheu erfüllt. Er wollte nichts mehr hören von der furchtbaren Tragödie. »Komm endlich zur Sache, Malcolm! Und erspar mir die blutigen Einzelheiten.«
»Einen Augenblick wirst du dich gedulden müssen, Weichei. Der Mord an der Zarenfamilie ist jahrelang vertuscht worden. Sicher, man hat einen Gürtel gefunden. Und auch eine Brille. Beide Gegenstände sollen dem Zaren gehört haben. Aber die Leichen blieben verschwunden – und damit der finale Beweis, daß die Familie tatsächlich ausgelöscht wurde. Doch jetzt kommt's: Ein Freizeit-Archäologe hat das Geheimnis gelüftet. Die Leichen müssen kurz nach dem Schlachtfest noch einmal ausgegraben worden sein, fand er heraus. Um die Spuren zu verwischen, hat man sie keine vierundzwanzig Stunden nach den tödlichen Schüssen umgebettet. Der Hobby-Schaufler spürte auch diese zweite Gruft auf. 1979 hat er die Toten ausgegraben. Jedenfalls drei von ihnen.«
Das war Falk neu. Er konnte sich nicht erinnern, jemals etwas über diese spektakuläre Entdeckung gelesen oder gehört zu haben.
Grabowski ließ ihm keine Zeit, seine Bedenken vorzubringen: »Natürlich hatte der gute Mann viel zuviel Schiß, um seinen Fund offiziellen Stellen zu melden. Das traute er sich erst '89, als Gorbatschow längst fest im Sessel saß. Zwei weitere Jahre hat es gedauert, bis die Exhumierung endlich beginnen konnte. Sie holten die Knochen von sechs Blaublütlern aus der Erde.«
»Sechs? Ich dachte, es waren sieben Familienangehörige?«
»Tja, da fehlte wohl einer.« Grabowski heftete seinen Blick auf den Po von Laura. Die stand am Tisch gegenüber und hatte sich, um die Rechnung zu schreiben, vornüber

gebeugt. »Schau dir diesen Arsch an! Zum Reinkneifen!«
»Zum Teufel mit ihrem Arsch! Was ist passiert mit dem siebten Familienmitglied?«
Grabowski war sichtlich verwundert über Falks energischen Einspruch. »Das weiß ich nicht«, antwortete er prompt. »Ich habe keinen Schimmer.«
Falk spürte den Ärger in sich aufsteigen. »Was? Keinen Schimmer? Du willst mir weismachen, daß du diese ganze angestaubte Geschichte vom alten Zaren haarklein ausgebreitet hast, um mir dann ein offenes Ende zu servieren?«
»Ja.« Grabowski blieb ruhig. »Genau das will ich dir sagen. Genau an diesem Punkt nämlich setzt mein Hobby an. Du weißt, die Sache mit dem Bio-Hacker. Ich hab's mir fest vorgenommen: Ich will herausfinden, wo die fehlende Zarentochter abgeblieben ist.«

8

Dr. Nixdorff sah nicht so aus, als würde er Falks Zuspätkommen ohne Murren entschuldigen. Seine Stirn lag in Falten, die sonst so freundlichen Augen lauerten mißmutig. Der Chef hatte ihn vor der Bürotür abgefangen. Er machte keine Umschweife: »Wenn Sie meinen, sich gleich in den ersten Wochen bei mir unbeliebt machen zu müssen, tun Sie das, Herr Schiller.«
Falk versuchte gar nicht erst, ihm seine Verspätung zu erklären. Er hatte schlichtweg verschlafen.
»Ich will Ihnen zugute halten, daß Sie mit Ihrem Gedankenansatz in Sachen Frank Sander goldrichtig lagen. Der Mann hatte offenbar wirklich geschäftlich in dem Hochhaus zu tun.«
»Bitte?« Das war ja eine tolle Neuigkeit! Lag sein Instinkt also doch richtig. Und das, obwohl er sich nur oberflächlich mit der Materie befaßt hatte.

Nixdorff verzog das Gesicht. Er duldete in diesem Augenblick keine Unterbrechung. »Sander war mit der Konstruktion einer neuen Generation von Klimaanlagen beschäftigt, mit der sanierte Plattenbauten ausgestattet werden sollen. Und da hat er sich allem Anschein nach Anregungen in besagtem Gebäude geholt. Ein Kollege bestätigte inzwischen, daß Sander auch in anderen Hochhäusern Anlagen in Augenschein genommen hat. Sie lagen demnach richtig mit Ihrer Hypothese. Aber ...«
Oh, Gott, jetzt wurde es ernst, sorgte sich Falk.
»Aber es mangelt nach wie vor an einem Motiv für den Mord. Erst recht an einem Mörder. Außerdem«, Nixdorffs Gesichtsfarbe ging in ein kräftiges Rot über, »hasse ich es, wenn meine Leute zu spät kommen. Sie werden sehen, Herr Schiller, ich lasse meinen Mitarbeitern alle nur erdenklichen Freiheiten. Doch bitte erscheinen Sie ab jetzt pünktlich zur Arbeit. Haben wir uns verstanden?« Falk nickte schuldbewußt. »Da ist noch etwas: Ich denke, Sie haben ausreichend Freizeit, um Ihren Privatangelegenheiten nachzukommen. Also verschonen Sie unser Büro bitte mit Besuchen von Freunden. Oder vielmehr Freundinnen. Treffen Sie sich mit Ihren Bekannten abends, meinetwegen auch in der Mittagspause. Aber sagen Sie ihnen, sie sollen gefälligst nicht schon morgens um acht hier auf der Matte stehen.«
Ehe der verdatterte Falk fragen konnte, von wem Nixdorff sprach, war sein Chef verschwunden. Mit roten Wangen und aufgeplustert wie ein Gockel hatte er auf dem Absatz kehrtgemacht und war abmarschiert. Falk sah ihm wortlos nach, wie er den endlosen Säulengang entlangschritt und dabei noch kleiner wurde, als er ohnehin schon war.
Besuch im Büro? Eine Freundin? Um diese Uhrzeit? Falk ging in Gedanken durch, wen er in Dresden kannte. Da war – von der Bedienung Laura mal abgesehen – nur Cathérine. Ja, sie konnte es sein. Vielleicht hatte sie zufällig heute morgen einen Termin im Gericht. Falk freute sich, sie wieder zu sehen. Voller Erwartung drückte er die

Klinke, öffnete schwungvoll die Bürotür – und machte große Augen.
Sie war zierlich, ihr Alter schwer abzuschätzen. Vielleicht Mitte zwanzig. Dunkles Haar. Pagenschnitt mit sorgfältig gezogenem Scheitel. Braune Augen. Schöne braune Augen. Ihr Gesicht war – ja, wie war es? Interessant ist das einzige Wort gewesen, das Falk spontan einfiel. Dieses Gesicht hatte etwas Kindliches an sich. Etwas Zierliches, Zerbrechliches. Ganz so wie die grazile Figur. Andererseits verriet der Ausdruck ihrer Augen und auch ihr Mund, daß dieses Persönchen eine ganze Menge Lebenserfahrung hatte. Es lag etwas Abgeklärtes in ihrem Blick.
Die Frau hatte dezent zwei kleine Perlen an die Ohren gesteckt. Kein weiterer Schmuck. Angenehm unauffällig auch die Art, wie sie sich schminkte: zarter Lidstrich, ein Hauch von Rouge. Lediglich das Rot ihres Lippenstiftes war für Falks Geschmack ein wenig zu kräftig. Sie trug ein – ebenfalls dezentes – Kostüm. Grau, ganz leicht ins Grünliche fließend. Die Jacke mit großen Knöpfen. Der Rock ziemlich knapp.
»Ähm ... sollte ich Sie kennen?« Falk wußte nicht recht, wie er die Unbekannte ansprechen sollte. Womöglich war es eine Kommilitonin, an die er sich in diesen Sekunden nicht erinnern konnte.
Dann wurde ihm klar: Diese Frau kannte er nicht, nein, ganz gewiß nicht. Denn dieses Lächeln hatte er nie zuvor in seinem Leben gesehen. Sonst hätte er sich daran erinnert. Falk wußte nicht, ob es der Mund war, der ihn faszinierte. Oder die feinen Fältchen, die sich um ihre Augen legten. Ihr Lächeln ließ seinen Atem stocken. Es war wie das Lachen eines kleinen Mädchens. Unschuldig und herzlich. Gleichzeitig jedoch verrucht wie das einer Frau, die es verstand, einen Mann um den Finger zu wickeln.
»Nein, ich glaube nicht, daß Sie mich kennen, Herr Schiller.«
Ihre Stimme war dunkel. Nicht das, was er erwartet hatte.
»Na, dann bin ich neugierig, was Sie zu mir treibt«, erkundigte er sich forsch.

Seine Gesprächspartnerin schaute sich unsicher im Raum um, setzte sich dann auf Nixdorffs Stuhl. Falk war verunsichert. Das Ganze kam ihm eher aufgesetzt vor. Schließlich sprach sie weiter: »Ich komme zu Ihnen, weil ich Ihre Hilfe brauche.«
War es dieser Satz oder waren es ihre Beine, die sie im selben Moment betont langsam übereinanderschlug? Oder aber war es dieses nicht Greifbare, das Laszive, das von der Frau ausging? Er spürte ein deutliches Kribbeln in der Leistengegend.
Die Frau wußte genau, wie ihre Augen wirkten. »Wenn ich Ihnen meine Sorgen geschildert habe, werden Sie mich wahrscheinlich vor die Tür setzen.«
Werde ich nicht! Und genau das ist ihr bewußt, dachte Falk. Er hütete sich davor, seine Gedanken in irgendeiner Form preiszugeben, war sich jedoch im klaren darüber, es längst getan zu haben.
»Ich brauche Ihre Hilfe, weil ich« – langsamer Augenaufschlag –, »weil ich mich von meinem Zuhälter trennen möchte.« Sie atmete tief durch.
Falk fühlte sich wie geplättet. Mit allem hatte er gerechnet. Aber das? Was sollte er damit anfangen? Zuhälter? Diese Frau – eine Nutte?
Sie erhob sich, reichte ihm gerade bis zur Schulter. »Konstanze.«
»Konstanze? Wie die Frau von Mozart?« Falk biß sich auf die Lippen.
Konstanze lächelte. »Netter Vergleich.«
Sie krempelte den Ärmel ihrer Kostümjacke hoch. »Ich könnte zur Polizei gehen und meinen Zuhälter verpfeifen.« Der Oberarm war grünblau verfärbt und geschwollen. »Aber die würden mich bloß vertrösten und wieder wegschicken. Und dann gäbe es die doppelte Tracht Prügel. Habe ich alles schon durchgemacht. Nein, die einzige Chance für mich sehe ich darin, direkt zur Staatsanwaltschaft zu gehen.« Sie blickte Falk herausfordernd an.
»Staatsanwaltschaft?« Er fühlte sich unwohl in seiner Haut. »Wie kommen Sie gerade auf mich?«

Diese Frage war Konstanze entweder peinlich, oder sie wollte sich selbst erst eine Erwiderung darauf zurechtlegen. Eine halbe Minute verrann, bevor die Antwort kam: »Unter meinen Kunden sind einige Herren aus diesem Hause. Ich bekam den Tip, es bei Ihnen zu probieren.«
Hatte da jemand versucht, ihm den Schwarzen Peter zuzuschieben? Sollte sich Falk gleich zum Auftakt seines Gastspiels in Dresden die Finger an einer so heißen Sache verbrennen? Egal. Er konnte diese Frau wohl kaum vor die Tür setzen. Die blauen Flecken auf ihrem Arm sprachen Bände. Und einem jungen Mädchen, das aus dem horizontalen Gewerbe aussteigen wollte, mußte man schließlich helfen. »So einfach, wie Sie sich das vielleicht vorstellen, geht das nicht.« Falk gab sich Mühe, so sachlich wie nur möglich zu klingen. »Ich brauche Beweise. Handfeste Beweise für das Unrecht, das Ihnen geschehen ist.« Auf Konstanzes fragenden Blick hin ergänzte Falk: »Als erstes sollten Sie zu einem Arzt gehen und sich Ihre Verletzungen attestieren lassen. Dann haben wir schon mal was in der Hand.«
»Wir?« Konstanze strahlte. »Heißt das, Sie wollen mir helfen?«
Falk hob abwehrend die Hände. »Moment, Moment. Ich kann Ihnen hier und jetzt gar nichts versprechen. Sie sind in der Pressestelle, wir sind überhaupt nicht zuständig.« Eine blöde Floskel, schalt er sich selbst. Doch was sollte er anderes sagen? Sie war bei ihm klipp und klar an der falschen Adresse. »Ich rate Ihnen lediglich, zu einem Arzt zu gehen und sich Ihre Blessuren bestätigen zu lassen. Ob und wie und wer Ihnen danach weiterhelfen könnte, muß ich mir in Ruhe überlegen.« Keine Reaktion. »Sie platzen herein und erwarten, daß alles gut wird. Ich kenne mich im, äh, Milieu nicht aus. Keinen blassen Schimmer davon.«
»Wirklich keinen?« Konstanzes feines Lächeln verriet Zweifel.
Nun gut, keinen Schimmer mochte übertrieben sein. Falk war vor Jahren mit einem Freund von seiner Heimatstadt

Celle aus nach Hannover gefahren und hatte sich nach einem ausgedehnten Kneipenbummel im Steintorviertel umgesehen. Die Puffmeile. Sein Freund hatte ihn in ein Mehrfamilienhaus gelotst. Nur, daß dort nicht eine einzige Familie wohnte. In den offenen Wohnungstüren standen, saßen oder lehnten junge Mädchen in Strapsen, hautengen Stretchhosen oder durchsichtigen Nachthemdchen.
Die beiden Freunde waren damals nur durch den Hausflur gegangen, hatten sich ansprechen lassen und einige Huren genauer angesehen. Aber Falk hatte keinerlei Lust verspürt, mit einer von ihnen ins Zimmer zu gehen.
»Sie müssen ein außergewöhnlich braves Bürschchen sein«, spottete Konstanze. »Jeder dritte Mann kauft sich regelmäßig Liebe. Mindestens jeder dritte. Und mehr als jeder zweite hatte wenigstens einmal im Leben Sex mit einer Hure.« Wieder ein langer, wortloser Blick. Dann stand sie plötzlich auf. »Naja, mir kann's nur recht sein. Schließlich will ich Sie nicht als Kunden gewinnen, sondern als meinen Helden, der mich aus diesem Sumpf herauszieht.«
Konstanze reichte ihm flüchtig die Hand. Falk konnte ihre Finger kaum spüren, schon hatte sie sie wieder zurückgezogen. »Ich melde mich.« In der Tür stieß sie beinahe mit Dr. Nixdorff zusammen. Der drückte sich steif an den Rahmen und ließ sie wortlos passieren.
»Hübsche Frau«, bemerkte er ausdruckslos, nachdem er die Tür hinter Konstanze geschlossen hatte. Falk wußte nicht, ob Nixdorff das als echtes Kompliment meinte oder bloß höflichkeitshalber sagte. Immerhin mußte er davon ausgehen, daß sie Falks Freundin war.
Um dieses Mißverständnis aufzuklären, stellte er richtig: »Das war kein privater Besuch, Dr. Nixdorff. Eine Frau, die unsere Hilfe sucht.«
Nixdorff blickte ihn fragend an. »Lassen Sie mal hören!«
Zehn Minuten später wußte Falk, daß sein Ansehen in den Augen seines Chefs erneut gesunken war. Nixdorff

hatte ihm strikt untersagt, der Prostituierten in irgendeiner Form zu helfen. Er sollte ihren vollen Namen aufnehmen und die Adresse. Alles weitere würden die für solche Fälle zuständigen Leute übernehmen. Keinesfalls aber dürfte sich Falk, der Referendar, der blutige Anfänger, damit befassen.
Und weil er gerade dabei war, seinem Azubi die Leviten zu lesen, brachte Nixdorff Falks Kontakt mit Cathérine zur Sprache: »Sie schnüffeln in Sachen Paul Schellenbaum herum.« Falk hatte seinen Boß bisher nicht so eindringlich sprechen hören. »Lassen Sie Ihre Finger davon! Schlagen Sie sich die Prostituierte aus dem Kopf und ebenso den Rentner. Das sind Dinge, die Sie von Ihren eigentlichen Aufgaben ablenken – und Sie außerdem in große Schwierigkeiten bringen können.« Seine Worte wurden ein wenig versöhnlicher: »Sehen Sie, Herr Schiller, später können Sie sich Ihre Fälle selbst aussuchen. Aber jetzt, unter meiner Aufsicht, fälle ich die Entscheidungen. Und ich erwarte von meinen Mitarbeitern, daß sie diese einfache und klare Regel befolgen.«

9

Probleme mit Frauen? Er war nicht umwerfend gutaussehend, hatte weder besonders markante Züge, noch war er groß und breit gebaut. Doch er war, alles in allem, zufrieden mit sich. Wenn er in den Spiegel guckte, sah er einen kräftigen Schopf dunkelblonder Haare, zwei wache Augen und ein offenes, intelligentes Lächeln. Nein, er konnte sich nicht beklagen.
Daß sich allerdings zwei Frauen gleichzeitig um ihn bemühten, war Falk niemals passiert. Bis heute. Er saß in dem beigen Schwingsessel, einem der wenigen Einrichtungsstücke in seiner bisher spärlich möblierten Wohnung, und lauschte ungläubig der Stimme Cathérines:

»Sah es nicht schön aus, dieses bunte Laub auf dem Wasser? Ich habe unsere Elbfahrt genossen, Falk! Es war ein wunderschöner Ausflug.« Pause. »Falk ...« Pause. »Ich glaube, ich war auf dem Dampfer nicht unbedingt die Freundlichste. Weißt du, ich ...« Das leise Klirren einer Tasse. »Ich möchte dir gern etwas erklären. – Mince, comment est-ce que je peux te l'expliquer? Das mit uns, also wir ...« Wieder ein leises Klirren. »Merde, il faut que je le dise. – Ich bin verheiratet.«

Falk verzog keine Miene.

»Seit sieben Jahren bin ich ihm treu. Ich habe diesen Mann einmal aus ganzem Herzen geliebt.« Sie schluckte. »Aber für mich ist diese Sache vorbei. Schon seit zwei Jahren. Ach, was sage ich: Seit mindestens drei Jahren kann ich für meinen Mann nichts mehr empfinden. Er läßt mich kalt. Vor drei Monaten bin ich ausgezogen. In ein kleines Apartment. Er rechnet damit, daß ich zurückkehre.«

Falk war froh, daß er Cathérine nicht gegenüber saß. Er hätte nicht gewußt, wie er auf die Beichte reagieren sollte.

»Du wirst dich fragen, warum ich dir das erzähle. Wir kennen uns schließlich kaum. Aber ... wahrscheinlich ahnst du, was kommt. Falk, versteh mich bitte nicht falsch: Ich halte dich nicht für einen Rettungsring, nach dem ich greifen möchte. Du bist für mich kein Strohhalm, an dem ich mich aus meinem grauen Eheleben heraushangeln will.«

Doch genau das dachte Falk in diesem Moment.

»Falk – ich habe mich in dich verliebt.«

Falk atmete tief durch. Er drückte sich so weit wie möglich in seinem Sessel zurück.

Piiiiiiep. Die nächste Nachricht. Wieder eine weibliche Stimme. Falk brauchte einige Sekunden, bevor er Konstanze erkannte. Sie klang verzweifelt.

»Dieser Mistkerl hat mich beobachtet. Vor eurem Gericht hat er mich abgefangen. Sie müßten mein Gesicht sehen! Der Typ hat auf mich eingedroschen wie auf einen Sand-

sack. Meine Lippen sind aufgeplatzt.« Schluchzen. »Der macht mich alle! Er ahnt, was ich vorhabe. Niemals läßt er mich freiwillig gehen.« Rascheln von Papiertaschentüchern. »Sie müssen die Regeln unserer Branche verstehen: Der Typ hat mich erst vor einem halben Jahr gekauft. Dreißigtausend Mark hat er meinem alten Zuhälter bezahlt. Soviel wie für 'nen Mittelklassewagen. Ein Golf mit ein paar Extras. Ich muß das abarbeiten, sagt er. Wenn ich vorher abhaue, bin ich geliefert. Der stellt mich kalt.«
Falk spürte, wie sich seine Fäuste ballten.
»Herr Schiller ... Falk! Hol mich hier raus! Ich weiß nicht mehr weiter. Du bist der einzige, den ich außerhalb der Szene kenne.«
Er beugte sich vor, starrte den Anrufbeantworter beschwörend an.
»Falk, ich haue von hier ab! Ich komme zu dir! Ich weiß, du wirst mir helfen. Du machst es nicht umsonst.« Wieder das Rascheln von Taschentüchern. Dann ein gehauchtes »Bis bald«.
Falk stand langsam auf. Er spulte das Band zurück und hörte sich beide Nachrichten noch einmal an.

10

Der Draht war kaum dicker als ein Haar. Eine Handbreit über dem Betonboden spannte er sich von einer Wand des Kellerabteils bis zur gegenüberliegenden. Dirk Grabowski, schnaufend auf allen vieren, mühte sich mit einer Zange, die feine Schnur strammer zu spannen. Falk hockte neben ihm und sah zu.
»Damit werde ich die kleinen Wichser kriegen.« Grabowski grinste. Das hauchdünne Kabel war mit einer Alarmanlage verbunden, die über Funk ein Signal in Grabowskis Wohnung auslöste, sobald es jemand dehnte. Eine Falle für die Jungs, die sich an seinen Biervorräten vergriffen hatten.

Auf das Bier allein kam es Grabowski allerdings kaum an. Das hatte Falk inzwischen erkannt: Das Kellerabteil beherbergte einen beeindruckenden Fundus an technischen Apparaturen, eine vorbildlich ausgestattete Heimwerkstatt und ein brechend volles Regal mit Chemikerutensilien wie Kolben, Reagenzgläser, Bunsenbrenner. Kein Wunder, daß Falks Nachbar sich solche Sorgen über einen weiteren Einbruch machte. In diesem Hobbylabor steckten etliche tausend Mark.

»Steigst du etwa mit diesem Zeug deiner Zarentochter nach?« fragte Falk, der sich immer noch nicht im klaren darüber war, was er sich unter der Arbeit eines Bio-Hackers vorzustellen hatte.

Grabowski nickte gequält. Er drehte mit aller Kraft an der Haltevorrichtung des Drahtes. »Ja, ja. Frankensteins Labor im Miniaturformat. Am wichtigsten ist das PCR-Gerät.« Er deutete mit dem Ellenbogen in Richtung eines unscheinbaren Apparates.

Falk taxierte die Maschine. Von der Form her ähnlich wie eine einfache Ladenkasse. Nur ohne Zahlenfeld. »Was leistet dieser Wunderkasten?«

»Wenn ich dir das jetzt erklären soll, hocken wir hier unten bis heute nacht.«

»Dann eben nur eine kurze Zusammenfassung.«

»Kurz? Du machst wohl Witze. Das ist eine hochkomplexe Materie.«

»Glaub mir: Ich habe mich schon öfters mit hochkomplexen Materien auseinandergesetzt«, konterte Falk sarkastisch. Grabowskis Überheblichkeit ging ihm auf den Geist.

»Einverstanden. Versuchen wir's: Schon mal was von Chromosomen gehört?«

Falk nickte beiläufig. »Du brauchst nicht bei Adam und Eva anzufangen.«

»Doch, genau das muß ich: Es geht nämlich um die Anfänge allen Lebens. Chromosomen sind die Schlüssel dazu. Du mußt sie dir bildlich vorstellen, um ihre Funktion begreifen zu können: Chromosomen sind wie Ketten aufgebaut. Statt Perlen enthalten diese Kettenmoleküle Abfolgen von Nukleotiden. Darin ist das komplette genetische Programm eines Organismus verborgen. Quasi ein Bauplan für jedes Lebewesen.« Stöhnend kroch Grabowski ans andere Ende des Drahtes, um auch hier nachzuspannen. »Mit diesen Erbmolekülen besitzt jedes Geschöpf auf diesem Globus, jeder Fisch, jede Wanze und jeder angehende Jurist, ein unverwechselbares Erkennungszeichen. Besser als ein Ausweis – vor allem fälschungssicherer. Und weil der genetische Code in jeder einzelnen Körperzelle steckt, im Haar genauso wie im Speichel, gibt es diese Blaupausen in billionenfacher Ausfertigung.«

»Gut zu wissen. Bei so vielen Kopien können meine Baupläne wohl kaum verlorengehen. Wahrscheinlich werden noch Jahre nach meinem Tod einige Falk-Schiller-Gene durch die Weltgeschichte wirbeln«, witzelte Falk.

Grabowski legte die Zange beiseite. »Donnerwetter! Mein Nachbar hat das Prinzip durchschaut.«

Falk stutzte: »Ist das dein Ernst? Du meinst, Genreste von deiner russischen Prinzessin könnten noch existieren?«

»Davon bin ich überzeugt. Mit meinem PCR werde ich ihnen auf die Schliche kommen.« Mühsam stemmte er seinen schweren Körper nach oben. Lange Haarsträhnen klebten ihm im verschwitzten Gesicht. »Also gut, Nachbar, das war's. Auch ein Bier?« Kaum auf den Beinen, schnappte sich Grabowski zwei Büchsen Schwarzbier aus einem der drei Kartons. Eine Dose hielt er Falk auffordernd entgegen. »Trinken wir auf Laura. Auf dich und Laura!«

»Ein bißchen früh für 'n Bier, oder? Und außerdem: Wieso auf Laura und mich?«

Grabowski schlug die Dose sachte an Falks Hand, worauf dieser automatisch zugriff. »Denkst du, ich bin blind? Malcolm Scuola entgeht nichts. Vor allem nicht, wenn sich ein heißes Techtelmechtel anbahnt.«

»Steck mal diesen blöden Malcolm weg!« Falk war verärgert. »Wie kommst du darauf, daß ich und Laura …«

»Ihre Augen, Falk.« Grabowski lächelte süffisant. »Sie mag dich, die Kleine. Ich an deiner Stelle würde nicht lange zögern. Wer weiß, wann du so schnell eine echte Jungfrau ins Bett –«

»Hör auf mit dem Scheiß!« Falk stellte die Bierdose zurück in den Karton. »Malcolm Scuola ist ein lausiger Detektiv. Ich habe jedenfalls nichts davon mitbekommen, daß mich Laura angesehen hat. Außerdem habe ich genug mit anderen Frauen am Hut. Das langt vollkommen.«

»Oh, ja! Der Herr hat ja bereits zwei Damen an seiner Seite. Ich vergaß. Eine verheiratete und eine, die auf den Strich geht. Ich verstehe gar nicht, warum du die Jungfrau nicht dazunimmst. Wäre doch 'ne runde Sache.«

Falk verpaßte Grabowski einen Knuff in den Magen. »Du Spinner. Ich gehe jetzt. Habe keine Lust, mit dir den Rest des Tages zu verzechen.«

»Halt, warte auf mich!« Grabowski holte ihn ein, als Falk bereits im Fahrstuhl stand. Er schob sich neben ihn in die enge Kabine. »Nichts für ungut. Vergiß einfach, was ich da über Laura gesagt habe. Ich dachte nur, es würde dich freuen.«

»Am besten, du vergißt die Sache«, gab Falk bissig zurück. »Laura ist sicher ein nettes Mädchen. Aber sie wird zu Hause einen ebenso netten Freund haben. Kennst du etwa nicht die goldene Regel? Mach niemals eine Thekenhilfe an! So was ist noch nie gut gegangen.«

Die Lifttür glitt auf. Falks Wohnungstür lag dem Fahrstuhl direkt gegenüber. Er erkannte die zierliche Frau, die dort mit angezogenen Beinen und gesenktem Kopf kauerte, auf Anhieb. Er hatte ihren Besuch bereits befürchtet.

»Und wie steht es mit der zweiten goldenen Regel?« zischte Grabowski. Falk starrte ihn ausdruckslos an. »Laß dich niemals mit einer Nutte ein.« Grabowski kramte seinen Schlüsselbund aus der Hosentasche und verschwand.

11

Eines war Falk klar: Er saß in der Klemme. Eine unangenehme, verzwickte Situation. Er fühlte sich überfordert. Kaum zwei Wochen in Dresden, und er war auf dem besten Weg, sich sowohl in seinem Privatleben als auch im Beruf hoffnungslos zu verzetteln. Ihm fehlte der Überblick. Er vermißte den ruhenden Pol in seinem Alltag. Er sehnte sich nach einer kurzen Verschnaufpause ohne neue Überraschungen.

Erbärmlich albern kam er sich vor. Wie ein Kind beim Versteckspiel saß er in der Hocke. Versteckt hinter dem mächtigen Motorraum von Grabowskis Jeep. Er spürte dasselbe aufregende Prickeln in sich aufsteigen, das ihn früher bei Blindekuh überfallen hatte.

Schon zuvor im Supermarkt hatte er gemeint, beobachtet zu werden. Ein unbestimmtes Gefühl.

Wie ein Schutzschild preßte er die Einkaufstüte fest an seinen Körper, als er das leise Knirschen von Sand auf dem Betonboden hörte. Also doch! Es war ihm jemand gefolgt. Bis hinunter in die Tiefgarage. Falk hielt den Atem an. Er lauschte. Wann folgte das nächste verräterische Geräusch?

Eine volle Minute verstrich. Nichts. Dennoch traute er sich nicht aus seinem Versteck. Allmählich schliefen ihm die Beine ein.

Probleme! Nichts als Probleme! Die Sache mit Cathérine steckte ihm in den Knochen. Wie sollte er auf ihre Liebeserklärung reagieren? Gut, sie war eine interessante Frau. Ja, wahrscheinlich hätte er nichts gegen eine Romanze mit ihr einzuwenden. Aber daß sie verheiratet war, irritierte ihn. Was wollte sie? Sicher keinen One-night-Stand.

Und dann Konstanze. Die Undurchschaubare. Falk hatte ihr klipp und klar zu verstehen gegeben, daß er nichts für sie tun konnte. Auf keinen Fall wollte er sie in seine Wohnung lassen. Aber genauso hätte er gegen eine Wand anreden können. Das heißt – wenn Wände weinen könnten. Denn statt einer Antwort kamen Tränen. Kein Wort, nur lautes Schluchzen. Vorsätze hin oder her: Um die mehr als peinliche Situation im Treppenhaus zu beenden, ließ er sie schließlich herein. Die Tränen aber flossen weiter. Konstanzes dezent geschminktes Gesicht zerlief wie ein Tuschkasten, über den man einen Becher Wasser kippt. Falk stand ihr entschlußlos gegenüber. Einerseits hätte er dieses heulende, völlig zerzauste Geschöpf liebend gern in den Arm genommen und fest gedrückt. Andererseits war sie eine Prostituierte. Eine Frau, mit der er unter normalen Umständen nie im Leben etwas anfangen würde. Falk räumte seinen Schlafsack aus dem Schrank und reichte ihn ihr wortlos. Das Schluchzen hielt für eine halbe Stunde an. Dann wurde es ruhig in der Wohnung. Falk starrte an die Decke und konnte nicht einschlafen.

Wieder knirschte der Sand. Er erschrak. Diesmal war das Geräusch ganz nahe! Er konnte die Ungewißheit nicht länger ertragen. Vorsichtig richtete er sich auf. Aber nur so weit, daß seine Augen gerade über den Kühlergrill des Geländewagens reichten.

Er sah eine schlanke junge Frau. Braun-orange gestreifte Hose, bauchnabelfreies schwarzes T-Shirt, darüber eine knappe plüschige Jacke. Obwohl sie ihm den Rücken zukehrte, erkannte er sie sofort: das Mädchen aus dem Café. Dieser schräge Jil-Sander-Verschnitt. Das abgedrehte Model, dessen Freund ihn verprügelt hatte.

Augenblicklich war Falk in seiner Versenkung verschwunden. Er drückte sich an die bulligen Reifen des Jeeps. Fieberhaft dachte er darüber nach, ob er aufstehen und seine Verfolgerin zur Rede stellen sollte. Einige Fragen könnte er damit sofort klären. Andererseits war sie beim letzten Mal, im Café, in Begleitung dieses kotelettentragenden Schlägers gekommen. Woher sollte Falk wissen, daß er nicht dabei war? Vielleicht wartete dieser Grobian nur darauf, daß er sich zeigte, um ihm abermals in den Magen zu boxen.

Allerdings – wenn er dabei wäre, hätte er seine Freundin wohl kaum allein in die Garage geschickt. Der Typ hätte

sie begleitet. Ganz sicher. Schließlich mußte Falk ihm in der sonst menschenleeren Tiefgarage als ein wehrloses Opfer erscheinen. Das Mädchen handelte diesmal allein. Darüber war sich Falk jetzt im klaren.
Er holte tief Luft. Blitzschnell erhob er sich, um im nächsten Moment um den Wagen herumzuschießen und seinen unerwünschten Schatten zu stellen. – Aber da war niemand mehr. Nur Autos. Falks Verfolgerin war verschwunden.
Fünfzehn Minuten später lag Falk in der Badewanne. Irritierter denn je. Auf der Ablage stand eine Flasche Rotwein. Das Wasser war zu heiß, er schwitzte. Er versetzte dem Schaum einen müden Stoß und hörte dem Knistern der platzenden Bläschen zu. Er war viel zu verspannt, um wirklich abschalten zu können. Falk hielt sich die Nase zu und tauchte unter. Dies war nicht sein Tag. Dies war wahrscheinlich auch nicht seine Woche. Dies war nicht seine Stadt.

12

»Komm schon! Spuck's aus! Das nehme ich dir nicht ab! Ich glaub dir kein Wort. Das kannst du mir nicht weismachen.« Grabowskis Redefluß war kaum zu stoppen. »Daß du eine Nutte bei dir pennen läßt, ist unglaublich genug. Abartig! Daß du aber wegen einer Frau – einer weiteren, versteht sich – die ausdrücklichen Befehle deines Chefs ignorierst und wegen dieser Lady noch dazu eine Fahrt von sechs- oder siebenhundert Kilometern auf dich nimmst, grenzt an Wahnsinn. Oder vielmehr Schwachsinn. Armer Nachbar.«
Es nieselte. Es war klamm. Es war noch dunkel. Sie standen sich vor der pittoresken Ruine der Dresdener Frauenkirche gegenüber. Falk war auf dem Weg zur Arbeit, hatte vorher schnell ein paar Erledigungen in der Stadt machen wollen. Aber die konnte er jetzt vergessen.

So bald wurde er Grabowski nicht los. »Erstens gibt mein Chef keine Befehle, höchstens Anweisungen«, verbesserte Falk. »Zweitens und drittens und viertens kann es dir schnurzegal sein, wer bei mir übernachtet, Malcolm!« Falks Tonfall war ausgesprochen scharf. »Außerdem unternehme ich die Fahrt nach Jever nicht um der Liebe willen …«

»Oh, das hast du fein ausgedrückt«, kam es platt zurück. Falk räusperte sich verärgert. »Dirk! Grabowski! Malcolm! Wir kennen uns seit kaum drei Wochen. Ich meine nicht, daß ich dir Rechenschaft schuldig bin.«

Grabowski packte Falk an den Oberarmen. Er drückte zu: »Spürst du das? Würdest du das Gefühl als Schmerz bezeichnen?«

»Ja, autsch, ja«, stammelte Falk.

»Du bist mir vielleicht keine Rechenschaft schuldig, Nachbar. Aber ich habe das unbestimmte Gefühl, daß du mir nichts verheimlichen solltest. Nimm's mir nicht übel: Du kommst mir vor wie diese bläulich schimmernden Fliegen. Die werden von Scheiße förmlich angezogen. Offen gesagt, Nachbar: Du steckst mittendrin.» Er holte tief Luft. Dabei hob er seinen Blick zu den Kränen, die rund um den zerbombten Dom aufgereiht waren. »Manchmal frage ich mich, wozu die diesen Blödsinn überhaupt machen. Ich meine: Dieses Ding verschlingt Millionen! Warum bauen sie es wieder auf? Warum? Wir haben jahrzehntelang in Frieden mit der Ruine gelebt. Wir hatten uns daran gewöhnt. Die Trümmerwüste hat niemanden gestört. Im Gegenteil: Es war ein Mahnmal. Ein Ort, an dem man stehenblieb und sich besann. Die kaputte Kirche hat zehnmal mehr zum Nachdenken angeregt als jedes heile Bauwerk dieser Erde.«

Falk mußte unwillkürlich lächeln. Die Wut war verflogen. Das Verhalten seines Nachbarn war dermaßen plump, daß es ihn schon wieder sympathisch machte. Falk griff nach Grabowskis Händen und löste sie von seinem Arm. »Da kann ich dir kaum widersprechen. O.k., Malcolm. Laß uns zurück zum Thema kommen. Ich versuche es dir

zu erklären: Ich fahre nach Jever, weil dieses wunderschöne Örtchen immer einen Besuch wert ist.«
Sein Nachbar verzog das Gesicht.
»Und weil ich ohnehin in Richtung Norden fahren muß, um ein paar Sachen aus Celle zu holen.«
Grabowski quittierte das mit einem schiefen Grinsen. »Jever, Celle? Pah! Wir reden hier über Dresden. Über Dresdens großartige Vergangenheit! Statt diese Kirche aufzubauen, hätte ich die Kohle in eine Lasershow gesteckt.«
»Lasershow?« Falk war verblüfft.
»Ja! Ein Dutzend Laser hätten die Kirche in ihrer ganzen Pracht Nacht für Nacht auferstehen lassen. Als riesigen Lichtdom! In Originalgröße! Das wäre um einiges billiger gekommen als diese völlig überflüssige Rekonstruktion und würde wahrscheinlich mehr Touristen anlocken als eine Replik.«
Falk beschloß, Grabowskis Ausführungen über das Bauwerk zu ignorieren. »Ich interessiere mich für die Vergangenheit dieses vergewaltigenden Großvaters. Der Mann hat etwas. Wie soll ich sagen? Er hat eine gewisse – Aura. Etwas Geheimnisvolles. Ich muß mehr über seine Wurzeln erfahren. Ich glaube, wenn Cathérine ihren Fall jemals vor Gericht bringen will, dann sind die Ansatzpunkte dafür in Jever zu suchen.« Er verschwieg eine Liste mit Namen von Verwandten, die er von Cathérine bekommen hatte.
»Ist sie bei eurem letzten Treffen auf ihre Liebeserklärung eingegangen?« fragte Grabowski unvermittelt.
Falk war über den plötzlichen Wechsel ins Intime überrascht. »Nein. Mit keinem Wort. Ich glaube, es war ihr peinlich. Sie hat die Sache einfach überspielt.«
»Und du?«
Falk kam sich vor wie bei einem Verhör. Es war ihm höchstpeinlich, seinem Freund etwas über Cathérines Nachricht auf seinem Anrufbeantworter erzählt zu haben. »Ich habe natürlich ebenfalls nichts gesagt.«
»Natürlich.« Grabowski beäugte Falk abschätzig. »Der Nachteil an euch Wessis ist, daß ihr so schrecklich unred-

lich seid. Und ihr merkt gar nicht, was ihr euch damit alles verbaut.«

»Schön und gut, Malcolm.« Falk wandte sich zum Gehen. »Ich werde mich bemühen, zu einem guten Ossi zu mutieren. Aber gib mir Zeit. Wenigstens noch ein, zwei Wochen.« Mit diesen Worten ließ Falk seinen Freund allein.

»Frag sie nach dem Piepser.«

»Was?« Falk blieb stehen, drehte sich zögernd um. »Was für einen Piepser?«

»Na, wegen dieses Typen, der von dem Hochhaus gestoßen wurde. Frag die Bullen, ob sie seinen Piepser gefunden haben und wo er lag.«

Falk wußte nicht, was er mit dem Hinweis anfangen sollte: »Wie kommst du darauf, daß der Tote so ein Gerät bei sich getragen hat?«

»Intuition«, meinte Grabowski selbstgefällig, stellte aber richtig: »Nein, Unsinn. Reine Logik: Jeder anständige Ingenieur trägt sein Handy oder wenigstens seinen Piepser ständig bei sich. Damit er für seinen Boß zu erreichen ist. Hak bei den Bullen nach, wo dieses Ding abgeblieben ist. Wer weiß: Vielleicht bringt's was.«

13

Das mit dem Piepser war tatsächlich kein schlechter Tip. Weiß der Himmel, wie Grabowski darauf gekommen war. In den Unterlagen der Kripo tauchte dieses Gerät jedenfalls mit keiner Silbe auf. Falk beschloß, seine Kompetenzen kurzerhand zu überschreiten, suchte sich die Nummer von Frank Sanders Arbeitgeber aus dem Telefonbuch und ließ sich direkt zum Chef des Verstorbenen durchstellen.

Ja, sagte der, natürlich hätten alle seine Leute einen Piepser bei sich. Klar, auch Sander besaß einen. Wo der geblieben sei? Nachdenkliche Pause. Der Bauunternehmer

hatte keine Ahnung. Dabei erinnerte er sich genau, Sander an dessen Todestag angepiept zu haben. Er habe sich gewundert, sagte er, daß sich der stets zuverlässige Sander nicht meldete. Aber das habe sich ja inzwischen geklärt …
Falk bedankte sich höflich und hängte ein. Wo war der Piepser? Wer konnte ein Interesse daran haben, ein solches Gerät zu klauen? Spielende Kinder vielleicht, die das Teil in der Nähe des Tatorts gefunden hatten?
»Ich glaube kaum, daß uns das weiterführt.«
Die Stimme ließ Falk herumfahren. Im Türrahmen des Büros stand Dr. Nixdorff und schaute ihn über seine Brille hinweg finster an. Falk fiel nichts ein, was in dieser Situation Sinnvolles hätte gesagt werden können.
»Trotzdem ein guter Ansatz.« Der Ton des Chefs wurde milder, als er nähertrat. »Ich merke langsam: Ich habe mir da eine aufgeweckte Laus in meinen Pelz setzen lassen. So viel steht fest: Ein pflegeleichter Mitarbeiter sind Sie nicht.«
Laus? Falk eine Laus? »Herr Dr. –«, weiter kam er nicht.
»Vergessen Sie's. Arbeiten Sie einfach weiter. Der Fall Frank Sander scheint Sie ja endlich zu interessieren, da werde ich mich hüten, Sie aufzuhalten.«
Von wegen interessieren. Er war nicht mit dem Herzen bei der Sache. Der Durchbruch mit dem Piepser hatte seinen Ehrgeiz nur kurz anstacheln können. Lustlos zog er seinen Stuhl zurück an den Schreibtisch.
Als hätte Nixdorff das Wort Herz aus Falks Gedanken herausgelesen, reichte er ihm einen Zettel: »Hier möchten Sie anrufen. Eine Kollegin. Sie sagte, es sei dringend.«
Es war Cathérines Nummer. Nixdorff war anzumerken, daß er sehr wohl wußte, wie Falk zu dieser Kollegin stand. Daß es sich wieder einmal um eine Privatangelegenheit handelte und daß diese nicht das geringste mit Falks Job zu tun hatte. Den Zusammenhang mit dem Fall Schellenbaum erkannte er diesmal wohl nicht. Cathérine war schlau genug gewesen, ihren Namen zu verschweigen.

Falk überlegte, ob er zum Telefonieren in einen anderen Raum gehen sollte. Aber das würde seinen Chef stärker in seiner Meinung bestätigen, daß Falk nicht zwischen Arbeit und Freizeit unterscheiden konnte. Er beschloß, das Gespräch mit Cathérine so sachlich wie möglich abzuhandeln. Als ginge es tatsächlich um etwas streng Dienstliches.

»Hallo, Cathérine, sind Sie es selbst?«

»Seit wann sind wir wieder beim steifen Sie, mon cher ami?«

Falk räusperte sich. »Dr. Nixdorff hat mir eben gerade Ihre Nachricht gegeben. Ich konnte nicht früher zurückrufen. Gibt es etwas Neues in dieser Sache?«

Ein Lachen. »Was für eine Sache? Ich hoffe, du meinst damit nicht mich. Ich wollte bloß wissen, wann es losgeht. Unsere Tour nach Jever! Wann brechen wir auf?«

»Ja, das ist nett, wenn Sie daran denken. Ich werde dieser Frage nachgehen.«

Cathérines Stimme klang jetzt schroff: »Sag mal, bist du heute mit dem falschen Bein aufgestanden? Was ist los? Wenn du nicht reden kannst, weil dein Chef daneben steht, ruf später an. Aber spiel nicht dieses dumme Theater.« Sie legte auf.

»Ja, wirklich ein sehr wertvoller Hinweis«, sprach Falk gegen das Tuten im Hörer an. »Ich werde ihn berücksichtigen. Danke für Ihren Anruf.« Er kam sich ausgesprochen albern vor und wagte es nicht, in Richtung seines Chefs zu blicken. Falk beugte sich über die Unterlagen auf seinem Tisch und entschied, sich bis zur Mittagspause wortlos in seine Arbeit zu vertiefen. Nixdorff hielt ihn nicht ab.

Auch nach der Pause machte Falk konzentriert weiter und erarbeitete Vorschläge für diverse Presseerklärungen. Die meisten davon billigte Nixdorff mit einem anerkennenden Nicken, nahm höchstens feine Stilkorrekturen vor.

Falk rechnete damit, zu Hause von jemandem erwartet zu werden. Höchstwahrscheinlich lauerte Grabowski vor seiner Wohnungstür, um ihn auf eine Runde Schwarzbier in die Grotte abzuschleppen. Ebenso könnte er aber auch Cathérine begegnen. Wie er sie einschätzte, ließ sie sich das Telefonat vom Vormittag nicht ohne eine Reaktion bieten. Sie würde ihn zur Rede stellen.

Tatsächlich hatte er Besuch. Als sich die Lifttür öffnete, kam ihm Konstanze entgegen.

»Endlich bist du da!« Sie griff ihn bei der Hand, zog ihn zu seiner Wohnungstür.

Falk fiel auf, daß Konstanze viel besser aussah als bei ihrer letzten Begegnung. Sie hatte nicht mehr dieses verheulte Gesicht. Blaues Auge und aufgeplatzte Lippe waren gut verheilt; besonders hart konnte der Zuhälter nicht zugeschlagen haben. Ihr Make-up war tadellos, und sie hatte ein frisches, sportliches Parfüm aufgelegt. Falk schaute sich kurz im Hausflur um. Keine Spur von seinem Nachbarn. Falk schloß die Wohnungstür auf, im gleichen Moment drängte ihn Konstanze energisch hinein.

»Nicht so eilig, Konstanze.« Er zog die Tür zu. »Oder verfolgt dich dein Zuhälter?«

Konstanze grinste. Falk fielen ihre weißen, gleichmäßigen Zähne auf. Sie trug einen langen beigen Mantel. »Nein, keine Sorge. Er ahnt zwar, was ich vorhabe. Aber von dir weiß er nichts. Deine Adresse findet er in keinem Notizbuch. Die trage ich in meinem Herzen – und da kommt dieser Scheißtyp nicht ran.«

Falk hob skeptisch die Brauen. »Dieses junge Pärchen, das es sich zum Hobby gemacht hat, mich zu verprügeln, gehört nicht zufällig zu eurem Clan?«

Konstanze stutzte. »Was für ein Pärchen? Ich habe keine Ahnung!«

»Vergiß es.« Falk zog seine Jacke aus. »Darf ich dir was zu trinken anbieten? Aber ich sage gleich: Viel Zeit habe ich nicht. Und eine weitere Übernachtung bei mir kommt nicht in Frage. Ich brauche meine Wohnung für mich selbst.« Diese Ausflucht klang unbeholfen, aber entschlossen.

Konstanze tapste einige Momente unschlüssig von einem Fuß auf den anderen. Dann lächelte sie Falk abermals an. Diesmal nicht ganz so offen. Fast schüchtern.
Dieser unschuldige Eindruck, die scheue Zurückhaltung verschwanden augenblicklich, als Konstanze ihren Mantel öffnete. Falk hielt unwillkürlich die Luft an, seine Kehle schnürte sich zusammen.
Konstanze trug ein schwarzes Kleid. Der Ausschnitt endete unterhalb ihres Bauchnabels. Zwei Streifen aus hauchdünnem Tuch legten sich wie luftige Segel um ihren Busen – der zarte Stoff wurde nur von ihren Brüsten gehalten. Der Saum des Minis lag so hoch, daß Falk ihren Oberschenkel fast vollständig zu sehen bekam. Sportliche Beine, durchtrainiert und schlank.
Falks Phantasie schlug Kapriolen. Er kam sich vor, als würde ihm ein Gourmetessen vorgesetzt. Ihm lief das Wasser im Mund zusammen. Der Appetit auf Sex war geweckt.
Konstanze schloß den Mantel wieder. Langsam zog sie ihn zusammen, so als würden die Vorhänge einer Bühne zugezogen. Falk konnte seine Miene kaum mehr kontrollieren. Enttäuschung stand in seinem Gesicht. Konstanze nutzte die Situation: »Hilfst du mir, Falk?«
Ihm war voll und ganz klar, daß Konstanzes Auftritt inszeniert war. Sie wollte ihn mit ihren Reizen ködern. Und er war drauf und dran, auf dieses Spiel einzugehen. Trotzdem sagte er nichts. Er starrte sie bloß wortlos an.
Auch Konstanze blickte ihn an. Ihre Augen verrieten leise Unsicherheit. Hatte sie mit einem schnelleren Sieg gerechnet? »Hilfst du mir, Falk?« Die Stimme zitterte.
Falk faßte sich. Er wollte endlich wissen, wohin ihn dieser Abend führte. »O.k. Setz dich und erzähle.« Die Aufforderung an seine Gesprächspartnerin, sich zu setzen, bereute er im nächsten Moment. Als sich Konstanze niederließ und der hauchdünne Stoff ihres Kleides zur Seite rutschte, ohne jedoch zu viel preiszugeben, war es um Falks Fassung geschehen. Er spürte unbändige Lust auf diese geballte Ladung Weiblichkeit!

Konstanze kühlte ihn mit ihrem sachlichen Tonfall ab. Ein wenig zumindest. »Du hörst jetzt den ersten Teil meiner Geschichte. Sie ist nicht sonderlich originell. Aber das macht nichts, im Gewerbe gibt's nicht viel Originelles. Bei uns herrschen die Klischees. Je abgeschmackter, desto besser.« Konstanze sah sich um. Falk interpretierte das als Bitte um ein Getränk. Er ging zu seinem Kühlschrank, hörte ihr dabei weiter zu. »Es fing in einer Diskothek an.« Ein schelmisches Lächeln huschte über ihre Lippen. »Mißwahlen habe ich geliebt. Die Aufmerksamkeit all dieser Leute, die Blitzlichter, die Presseartikel – ich war eine kleine Berühmtheit.« Ihre Augen verrieten plötzlich Resignation, als sie fortfuhr: »Naja, wenigstens in Zwickau. Da komme ich her.»

Hört man nicht, dachte Falk, der den Zwickauer Dialekt nicht ausstehen konnte.

»Sechzehn war ich. Genauer: Sechzehneinhalb. Da hat mich dieser Hypnotiseur angesprochen. Alle nannten ihn Charly. Ein starker Typ.« Nun leuchteten ihre Augen verliebt. Falk war beeindruckt von Konstanzes schnell wechselndem Mienenspiel. »Er sah irgendwie so aus wie Magnum. Du weißt: der smarte Ferrari-Fahrer aus Hawaii. Wir waren alle verknallt in ihn. Klar, der Typ war älter als meine Freundinnen und ich. Viel älter, um genau zu sein. Aber seine Shows waren brillant. Bei mir hat die Hypnose zwar nie gewirkt. Und ich glaube, diejenigen, bei denen es klappte, hat er dafür bezahlt. Aber das war uns egal. Wir fanden ihn einfach süß.«

Falk hatte sich wieder im Griff. »Apropos süß: Ich kann dir nur Sherry oder Martini anbieten.«

Konstanze registrierte diese Unterbrechung kaum. Sie zeigte auf die Martini-Flasche, die Falk in der rechten Hand hielt, und redete weiter: »Ich wußte nicht, daß Charly sich seinen Mercedes Cabrio nicht allein durch die Shows verdient hatte. Als er mich ansprach, ob ich ihn nach der Disko in eine Bar begleiten wollte, sagte ich natürlich ja.«

Falk ahnte bereits, wie es weitergehen würde. Aber er sagte nichts, sondern blickte Konstanze nur traurig an.

»Er hat Nachschub für den Strich gebraucht.« Das verliebte Flackern war aus ihren Augen verschwunden. »Seine Wahl traf nicht zufällig auf mich. Ich war die Zwickauer Disko-Queen: Haare bis zum Arsch, darauf stehen die Freier, hat er mir später gesagt. Tja, und vor allem war ich jung. So jung, daß er mich noch als Frischfleisch verkaufen konnte. Als eine, nach der sich alle Männer die Finger lecken. Vor allem die grauen Alten. Ja, die stehen drauf, wenn sie das Gefühl haben, es einer Jungfrau so richtig zu besorgen.« Nackter Ekel war es, was Falk aus Konstanzes Gesicht herauszulesen glaubte. »Aber das kam erst später. Am Anfang war Charly ein echter Freund. Viel reifer als diese ganzen Bubis aus der Schule. Viel vernünftiger. Viel männlicher. Charly machte aus mir eine Frau.« Konstanze wendete verlegen den Blick ab, als sie sagte: »Ich war glücklich.« Dann schwieg sie.

Falk wußte nicht, wie er die plötzliche Pause überbrücken sollte. Schließlich fragte er freiheraus: »Wie hat er dich dazu gebracht ..., ähem, naja, wie ...«

Er erntete ein nachsichtiges Lächeln. »Mit Liebenswürdigkeit.«

»Was?«

»Er war einfach nur nett zu mir. Er hat mich verwöhnt. Er hat mich beschenkt. Er hat mich in seinem Mercedes zur Schule gefahren und mit mir angegeben. Ich war sein ein und alles. Das glaubte ich jedenfalls. Und meine Freundinnen auch. Diese Zicken waren neidisch auf mich. Ha! Ich sag dir, die sind grün angelaufen vor Neid!« Konstanze kippte den Martini. »Naja, das Ganze war fein und gut und prima, bis er anfing, mich an seine Freunde auszuleihen.«

»Er hat was?«

»In der Disko und auf Feten waren mir seine Kumpels schon immer sehr zugeneigt. Mit Küßchen hier und Streicheln da. Das fand ich nicht besonders cool, aber das war o.k. Waren ja schließlich Charlys Freunde.« Wieder ein Schluck Martini. »Aber dann haben sie mir an die Brust

gefaßt. Und zwischen die Beine. Charly hat nur gelacht. Der war kein Stück sauer! Von Eifersucht keine Spur. Naja, ich habe die Typen machen lassen. Ich wollte sehen, wann Charly endlich einschreitet. Natürlich war da Alkohol im Spiel. Auch Ecstasy, manchmal.« Sie fuhr sich mit den Händen durchs Haar. »Ach, Scheiß! Charly ist nie dazwischengegangen. Und ich habe nicht mehr nein sagen können.«
»Wieso? Das verstehe ich nicht.« Falk konnte noch immer nicht nachvollziehen, wie sich eine Sechzehnjährige so leichtfertig wegwerfen konnte.
»Weil man nicht merkt, wann die Schwelle überschritten ist, Falk. Deshalb. Du schlitterst da einfach rein. Als ob du mitten im Spaß auf dem Eis das Gleichgewicht verlierst und die dünne Schicht unter dir nachgibt. Du brichst ein.«
»Aber weshalb? Du mußt gemerkt haben, daß da was faul war.« Falk konnte, mochte, wollte nicht begreifen. Er schaute Konstanze herausfordernd an.
Sie begegnete seinem Blick mit einem verführerischen Grinsen, zupfte sich kokett an der Unterlippe. Sie beugte sich vor. So weit, daß sich das zarte Kleid, dieser Hauch eines Nichts, von ihrem Busen löste.
Sie hatte wunderschöne, feste Brüste, genau eine Handvoll. Falk vergaß augenblicklich alles, was ihn eben noch beschäftigt hatte.
Konstanzes Stimme kam ihm noch dunkler vor, als sie raunte: »Der Übergang ist fließend, Falk. Ich konnte es nicht aufhalten. Ich war nicht stark genug.« Sie stellte das Glas ab. Ihre Finger schmiegten sich um seine Hände. »Ich denke, daß auch du nicht lange widerstehen kannst.«
Konstanzes Augen waren wie ... – wie die eines Hypnotiseurs. Falk spürte, wie seine Hände vor Erregung und Unsicherheit zitterten.
Das »Nein!« fiel ihm unendlich schwer.

14

Falk fuhr nach Jever. Er dachte an Dirk Grabowski. Was war das für ein Mensch? Sein primitives, machohaftes Gehabe. Sein herrisches Auftreten. Das protzige Auto. Klar, Falks Nachbar steckte voller Komplexe, die er mit seiner überzogen männlichen Art zu überspielen versuchte. Eine billige, brüchige Fassade. Grabowskis ganzes Ego zehrte von den Erfolgen eines fiktiven Schundromanhelden, dieses Malcolm Scuola. Aus Falks Sicht ziemlich unsympathische Züge.

Gleichzeitig war Falk ihm dankbar. Dirk war der einzige wirklich aufrichtige Vertraute in der neuen Heimat. Grabowski war der einzige, der ihm Ratschläge gab und sich an langen Grotte-Abenden Falks Probleme anhörte. Scuola war der einzige, der ihn davor gewarnt hatte, Konstanze mit auf die Reise an die Nordsee zu nehmen.

Aber die Warnung war verpufft. Falk hatte sich von Grabowskis eindringlichen Appellen ebensowenig abhalten lassen wie von Cathérines leisen Bitten. Konstanze saß neben ihm. Auf dem Weg nach Jever.

Am Himmel hingen zerrissene Wolken. Die Sonne stand tief, aber war klar und hell wie selten. Falk atmete die Luft in vollen Zügen, schmeckte das Salz auf seinen Lippen. Das Meer! Er hatte ein Zimmer in einer Pension gemietet. Nicht weit entfernt vom Schloß, einem Gebäude, das durch seine ungewöhnlichen Proportionen auffiel: Das Bauwerk selbst war bescheiden. Passend zu der kleinen Stadt mit ihren geduckten Häusern. Im Hof jedoch erhob sich ein gewaltiger Turm. Trutzig und stark. Optisch erschlug er den Haupttrakt des Schlosses. Falk kannte das Bild; das alles andere als schöne Anwesen ziert das Etikett jeder Bierflasche, die den Namen des Ortes trägt. Die Brauerei war es auch, die den Kern der Stadt prägte. Die beiden hoch aufragenden Hopfentürme, rundum verspiegelt, unterstrichen den Anspruch, das alte Schloß längst als tatsächliches Wahrzeichen der Stadt abgelöst zu haben.

Falks erster Besuch galt dem Rathaus. Im Einwohnermeldeamt bat er um Informationen darüber, was aus der Verwandtschaft von Cathérines Klienten geworden sein mochte. Die Ergebnisse allerdings blieben dünn.
»Hey, laß uns ans Meer fahren. Hier ist nichts los.« Konstanze verzog gelangweilt den Mund. Beide hatten das Amt gerade verlassen und standen jetzt auf einem menschenleeren Platz vor einer Kirche aus zinnoberroten Backsteinen. Konstanze tänzelte verspielt um Falk herum. »Machen wir Pause, ja?«
»Ich habe gerade erst angefangen.«
»Wir können in eines dieser süßen Fischerdörfchen fahren. Nach Harlesiel oder Sonst-wie-Siel. Wir schauen uns die kleinen bunten Kutter an. Und wir kaufen uns Krabben.« Sie trat näher an Falk heran. »Die können wir heute abend pulen. Ach, bitte!« Sie drängelte wie ein ungeduldiger Teenager.
Falk erinnerte sich gern an die Nordseewochenenden, die er mit seinen Eltern erlebt hatte. Er liebte die winzigen Häfen rings um den Jadebusen. Die windschiefen Katen der Fischer, die von schmalen Dämmen notdürftig gegen Hochfluten geschützt waren. Die kunterbunten Boote, von denen die Farbe in handflächengroßen Stücken abplatzte. Die schmutziggelben Fangnetze, die sich auf der Kaimauer zu großen Haufen türmten. Falks Eltern hatten auch Krabben gekauft. Frisch gekocht, direkt vom Deck. Für eine Einkaufstüte, bis zum Platzen gefüllt mit den rosagrauen Krebstieren, hatten sie nicht mehr als zehn Mark bezahlt. Falk war gespannt, wieviel die Fischer heute verlangen würden.
»Abgemacht? Wir fahren raus ans Meer? Sag bitte, bitte ja!« Konstanze strich abermals um ihn herum, streckte ihm auffordernd die Hand entgegen.
Einmal mehr hatte Falk das Gefühl, Konstanze sei ein Kind. Ihr infantiles Gehabe rührte ihn. Er war ganz in der Stimmung einzuschlagen. Doch ihren Ausflug mußten sie vorerst verschieben. Die Frau, die Falk im Einwohneramt

befragt hatte, tauchte plötzlich an der Tür des Rathauses auf. Sie winkte die beiden zu sich heran.
»Was will die noch?« Konstanze schien diese Unterbrechung ihres Vorhabens ganz und gar nicht zu behagen.
»Das werden wir gleich wissen«, entgegnete Falk trocken. Die Beamtin, eine pummelige Mittvierzigerin mit strohblonden Haaren und freundlichen Augen, sah sich verstohlen um, bevor sie Falk einen Notizzettel zuschob. »Sie sind Jurist, sagten Sie?« Falk nickte wortlos. Die Frau blickte sich abermals um. »Also gut. Dann müßten Sie wissen, daß dies hier mit dem Datenschutz nicht besonders gut zu vereinbaren ist. Von mir haben Sie die Adresse also nicht bekommen, geht das in Ordnung?«
Falk griff sich den Zettel, warf einen flüchtigen Blick darauf. Die Anschrift einer Florentine Wagner, wohnhaft in einem Seniorenstift. Der Name tauchte auch auf Cathérines Liste auf. Falk ließ das Blatt in seiner Jackentasche verschwinden. »Gesetze sind dafür da, sie auszulegen. In diesem Fall würde ich die Datenschutzparagraphen zu Ihren Gunsten interpretieren«, sagte er schmunzelnd. »Davon abgesehen erinnere ich mich ab sofort nicht mehr daran, je eine Auskunft bei Ihnen eingeholt zu haben. O.k.?«
Die Frau lächelte erleichtert. »Viel Erfolg.« Als sich Falk und Konstanze bereits umgewandt hatten, sagte sie: »Und gehen Sie behutsam um mit unserer Florentine. Sie wird die nächsten Frühjahrsstürme nicht erleben.«

15

Florentine Wagner war achtundneunzig. Die Pflegerin, die Falk und Konstanze zum Zimmer der alten Frau führte, machte einen unglücklichen Eindruck. Erst hatte sie es rundweg abgelehnt, die beiden Besucher überhaupt einzulassen. Nur der große Blumenstrauß in Falks Händen und seine Versicherung, nicht länger als eine Viertelstunde zu bleiben, konnten sie umstimmen. »Naja«, hatte sie gesagt, »unsere Florentine bekommt ja sonst kaum Besuch. Ausnahmsweise. Und Sie sind Freunde der Familie? Stimmt das auch?«

»Erwecke ich den Eindruck, daß ich lüge?« entgegnete Falk schroff.

Die Frau im weißen Kittel musterte ihn ausgiebig. Sie betrachtete sein gepflegtes Gesicht, die schwarze, abgesteppte Jacke, unter der ein dunkles Jackett hervorlugte. Sie nickte zufrieden. Dann wanderten ihre Blicke hinüber zu Konstanze. Die trug ihr Haar brav zurückgesteckt unter einem Haarband. Ihr knöchellanger Trench hielt verdeckt, was auch immer darunter verborgen sein mochte. Womöglich nichts als blanke Haut, kam es Falk in den Sinn. Doch die Pflegerin schien zu einem anderen Schluß gelangt zu sein und führte die beiden durch die kahlen Flure des Altenheims.

Im ersten Stock passierten sie eine Gruppe Heimbewohner. Einige im Rollstuhl, andere stützten sich mit ihren dürren, faltigen Armen auf Krücken. Die Alten bemerkten die Besucher offenbar nicht. Wie gebannt starrten sie aus dem großen Fenster, das den Flur in ein kaltes Licht tauchte.

»Guten Tag«, grüßte Falk freundlich.

Die Pflegerin lachte nachsichtig. »Das können Sie sich sparen. Die hören Sie nicht. Sie sind viel zu sehr beschäftigt mit dem Feierabendverkehr.«

Falk blieb verwundert stehen, ging dann noch einmal zurück, um selbst aus dem Fenster sehen zu können. Er hatte einen direkten Blick auf eine viel befahrene Straße. Die Bundesstraße, die mitten durch Jever führt und um diese Uhrzeit einen endlosen Troß aus Fahrzeugen bewältigen mußte.

Fassungslos blickte er in die Gesichter der Heimbewohner. Er sah in glückliche Augen. Zahnlose Münder lächelten an ihm vorbei hinaus auf die Straße. Befremdet blickte er die Pflegerin an.

»Sie bemerken Sie nicht«, sagte diese leise. »Wenigstens nicht jetzt. In ein, zwei Stunden würden sie sich über Ihren Besuch sicher freuen.«
»Warum sitzen diese Leute nicht an einem anderen Fenster? Eines, das nach hinten zum Garten zeigt? Das ist viel schöner als der Lärm und Gestank von den Autos.«
Die Pflegerin zog Falk von der Gruppe am Fenster fort. »Der Garten? Die Wiese und die Obstbäume meinen Sie? Das bedeutet Ruhe und Bewegungslosigkeit. Und davon haben die Menschen hier mehr als genug. Für sie ist die Rush-hour spannender als jeder Krimi.« Auf Falks verwunderten Blick hin ergänzte sie: »Viele von ihnen sind schwerhörig. Aber wenn ein Lkw vorbeifährt, ein voll beladener Lastzug der Brauerei, spüren selbst die Tauben das Dröhnen und Vibrieren des starken Diesels. Dann leben sie auf. Es ist für sie der schönste Moment des Tages.«
Vor dem Zimmer mit der Nummer 3.04 blieben sie stehen. »Hier wohnt Florentine. Ich lasse Sie jetzt allein. Und wie gesagt: nicht länger als eine Viertelstunde. Bitte.« Damit verschwand die Pflegerin.
»Willst du da wirklich reingehen?« Konstanzes Stimmung schien den Nullpunkt erreicht zu haben.
»Natürlich, dafür sind wir ja hier.«
Falk wollte die Klinke drücken, als Konstanze seine Hand zurückzog. »Das kostet uns den Rest dieses wunderschönen Nachmittags, Falk. Laß uns lieber umkehren und die frische Luft genießen. Wir bummeln ein wenig durch die Stadt, essen ein Fischbrötchen, kaufen dir eine Friesenmütze ...«
Falk löste ihren Griff. »Konstanze«, sagte er ernst. »Ich gehe jetzt rein. Wenn du keine Lust dazu hast, kann ich das verstehen. Ich würde sagen, wir treffen uns um sechs vor der Pension, einverstanden?«
Ihr Mund wurde hart. »Du verpaßt was, mein Lieber. Mindestens so viel, wie dir schon in der letzten Nacht entgangen ist. Läßt du das Leben immer ungenutzt an dir vorbeiziehen?« Konstanze drehte sich um und ging.

Darauf konnte und wollte Falk nicht eingehen. Verärgert räusperte er sich, drückte die Klinke.
Das Zimmer lag in einem diffusen Halbdunkel. Die Jalousien hatte man heruntergelassen und die Lamellen schräggestellt. Falk näherte sich zaghaft dem Bett in der Mitte des Raums. Er wagte kaum aufzutreten, etwas in seinem Inneren riet ihm, behutsam vorzugehen. Langsam tastete er sich an den schneeweißen Bettenberg heran, unter dem er sein eigentliches Ziel vermutete. Doch er konnte niemanden erkennen. Er sah nur Laken, Bettbezug und Kissen. Keinen Menschen. Nirgendwo ein Lebenszeichen wie ein Geräusch oder eine Bewegung.
Falk ließ den Blumenstrauß sinken. Mit aller Vorsicht zog er die wolkenhaft aufgeblähte Decke ein wenig zurück. Nun sah er sie. Florentine schlief. Sie hatte ein uraltes Gesicht. Es war winzig und in dem übergroßen Kissen fast vollständig eingesunken. Falk bückte sich, näherte sich behutsam.
Er hörte ein leises Schnaufen. So dünn, daß er es sich genausogut eingebildet haben konnte. Er starrte den puppengroßen Kopf an, musterte die Haut, die so aussah, als sei sie aus Wachs geformt. Sie war mit feinen, bläulichen Linien durchzogen. An Stirn und Wangen nahm Falk ungleichmäßige graue Flecken wahr.
Florentine wachte auf. Sie sah Falk aus starren matten Augen an. Der Hauch eines Lächelns huschte über ihre Lippen. Falk fuhr zusammen. Er hatte plötzlich Gewissensbisse, hierher gekommen zu sein und diese steinalte Frau aus ihrem tiefen Schlaf gerissen zu haben. Ihm erschien es wie ein Frevel, sie wegen eines für sie belanglosen Falls zu belästigen und ihr von dem bißchen kostbarer Zeit zu rauben, die ihr noch blieb.
»Buh!«
Falk schreckte zurück.
»Sie glotzen mich an, als wäre ich ein Geist.«
»Ähem ... – entschuldigen Sie bitte. Aber ich ...« Falk wußte nicht, wie er sich der Greisin gegenüber verhalten

sollte. Ihre forschen Worte standen im krassen Gegensatz zu ihrem Aussehen.
»Mein lieber Herr«, flüsterte die Alte. Ihre Stimme klang warm und vertraulich. Unwillkürlich beugte sich Falk wieder vor, um ihren Worten zu lauschen: »Sie brauchen sich nicht zu fürchten. In fünfzig oder sechzig Jahren sehen Sie genauso aus. Und mit etwas Glück sind Sie dann ebenso gut beieinander wie ich – geistig meine ich.«
Falk lächelte verlegen. »Ich wollte Sie nicht kränken. Es ist nur ...«
»Ich weiß, was in Ihnen vorgeht. Sie sehen mich an und denken: Was für ein altes Wrack! Ein Gesicht wie ein Ballon, aus dem man längst die Luft abgelassen hat. Schlaff und grau. Eine dem Tode Geweihte.«
»Nein, bestimmt nicht, ich ...« Falk bemühte sich vergebens, sich herauszureden.
Die Alte lächelte milde. »Ich glaube, ich kenne Sie nicht. Obwohl ich nicht ganz sicher bin. Mein Gedächtnis macht mir zu schaffen. Im letzten Jahr war es ganz schlimm: Da hat es geschneit – und ich habe steif und fest behauptet, daß ich vorher nie in meinem Leben Schnee gesehen hätte. Der Doktor hat mir einen guten Kalklöser verschrieben.« Sie kicherte. »Ein Zeug, das man wahrscheinlich auch in alte Waschmaschinen schüttet. Aber das ist nicht wichtig. Hauptsache, ich funktioniere wieder. Wenn es dieses Jahr zu schneien beginnt, erinnere ich mich gewiß. Diese feinen, grünen Flocken werde ich nicht noch einmal vergessen.«
»Grün?« Falk war verwirrt.
Das eingefallene, zierliche Gesicht strahlte ihn verschmitzt an: »Reingefallen, junger Mann! Für einen Moment dachten Sie, ich wäre verrückt, habe ich recht? Ein kleiner Scherz, wenn Sie erlauben. – Natürlich weiß ich, daß Schnee rot ist.«
Falk strich sich nervös über die Bartstoppeln.
»Ich merke schon: Sie finden das gar nicht lustig. Gut, einverstanden, beenden wir dieses Spiel. Schnee war, ist und

bleibt weiß. Akzeptieren Sie es nun, daß Sie einem vollwertigen Menschen gegenüberstehen?«
Falk schluckte. Die Alte war nicht auf den Kopf gefallen. Hatte er zunächst geglaubt, nur die kümmerlichen Reste eines menschlichen Wesens vor sich zu haben, mußte er diese einfältige Meinung jetzt tunlichst revidieren. »Sie kennen mich nicht, Frau Wagner. Aber Sie kennen jemanden, der in Schwierigkeiten steckt. Jemanden, dessen einzige Hilfe womöglich Sie sein könnten.«
Falk erzählte. Er erzählte von Cathérines Klienten, seiner Vermutung, daß der Mann unschuldig im Gefängnis gesessen hatte. Und er erzählte von seinen eigenen Erlebnissen. Von dem zwielichtigen Pärchen, das ihm aufgelauert und ihn verprügelt hatte. Von dem Ärger, den ihm sein Chef wegen der Einmischung in diesen Fall bereitete. Falk erzählte sogar von Grabowski, der ihm mit Ratschlägen zur Seite stand. Nur Konstanze ließ er außen vor.
Der winzige Kopf in dem riesigen Laken hörte ihm aufmerksam zu. Kein Zucken, kein Schnaufen, nicht die leiseste Bewegung verriet, was Florentine Wagner über diese Sache dachte. Für einen Augenblick befürchtete Falk sogar, daß sie während seiner Erzählung eingeschlafen sei. Doch dann kam Farbe in ihre fahlen Lippen. Ein leichtes, aber deutlich erkennbares Rosa. »Das ist keine schöne Geschichte. Ich wünschte, ich hätte in meinem Leben nicht mehr davon gehört. Den kleinen Paul habe ich nie wieder gesehen seit damals.« Falk schmunzelte. Von einem Rentner als kleinen Paul zu sprechen, erschien ihm mehr als verschroben. Trotzdem nickte er interessiert. »Seine Mutter hat sich bei uns nie mehr gemeldet. Seit sie fortgegangen sind, nach dem Krieg, so um das Frühjahr '48 herum, weiß ich nichts mehr von ihr. Keine neue Adresse, nichts. Ich habe sie irgendwann einfach vergessen.«
»Ja, aber davor, Frau Wagner. Was war, bevor die beiden Jever verlassen haben? Was ist zum Beispiel mit dem Vater passiert? Ist er im Krieg gefallen?«

Plötzlich stand Angst in den Augen der Alten. Ihr Mund öffnete sich, aber es kam kein Ton heraus. Falk fuhr der Schreck in die Glieder. Nervös schaute er sich nach einer Klingel um, mit der er die Schwester hätte alarmieren können.

»Paul hatte keinen Vater.« Der Satz duldete keinen Widerspruch. »Das war der Grund, weshalb die beiden gehen mußten. Es war eine andere Zeit ... ihr Leumund war einfach dahin. Wissen Sie, Jever ist klein. Wie ein Dorf. Jeder kennt hier jeden. Sie hätte nie wieder eine Chance bekommen. Und Paul genausowenig. Er war ein Bastard. Die Leute hätten ihn geschnitten.«

Falk wollte sich mit dieser Antwort nicht zufriedengeben. »Aber es muß einen Vater gegeben haben. Ich bitte Sie: Kinder sind noch nie ohne das Zutun von Männern entstanden. Was ist passiert mit diesem Mann? Hat er die Mutter sitzenlassen?«

Dürre, kalkweiße Hände krochen unter dem Laken hervor. Sie legten sich schützend über den Mund der Alten. »Ich kann es Ihnen nicht sagen. Es ist zu lange her. Ich kann mich nicht erinnern.«

Hier stimmte etwas nicht. Falk ahnte, daß die Frau etwas verbarg. Deutlich konnte er ihre Furcht spüren, mit der Wahrheit herauszurücken. Er drängte vorsichtig, aber bestimmt: »Die Angelegenheit liegt Jahrzehnte zurück. Sie brauchen sich nicht zu ängstigen. Wer auch immer der Vater war – er ist längst gestorben oder zumindest steinalt. Er kann niemandem mehr etwas anhaben.«

»Ha!« Die Alte richtete sich ein Stück weit auf. »Natürlich ist er tot. Kein Mensch wird hundertzwanzig Jahre alt.«

»Na also. Sie erinnern sich! Wie war sein Name?«

Und wieder stand die nackte Angst in den Augen der Greisin. »Ich kann es nicht sagen.«

Die Tür öffnete sich. Die Schwester, die Falk hierhergeführt hatte, schaute ihn ungeduldig an.

»Moment noch«, bat er. »Geben Sie mir fünf Minuten.«

Die Schwester schüttelte unwirsch den Kopf. »Nicht eine Minute. Sehen Sie nicht, daß Frau Wagner erschöpft ist?«

Falk warf ihr einen flehenden Blick zu, doch die Schwester blieb beharrlich. Mit resoluter Handbewegung forderte sie ihn zum Gehen auf. »Da kann man wohl nichts machen«, gab er kleinlaut auf und nickte der Alten im Bett freundlich zu. »Trotzdem danke, daß Sie mich angehört haben.«
»Die Blumen.« Falk wollte schon den Raum verlassen, als ihn die Greisin auf den Strauß in seiner Hand aufmerksam machte. »Wollen Sie die schönen Rosen etwa wieder mitnehmen?«
»Verzeihung, das will ich sicher nicht.« Peinlich berührt machte er kehrt und legte den Strauß auf dem Nachttisch ab. »Ich sage der Schwester, sie soll eine Vase bringen. Also nochmals vielen Dank. Auf Wied... –«
»Karras!« unterbrach ihn die Alte. Das Wort kam scharf, war dennoch nur ein Flüstern. Die Schwester, die am Türrahmen lehnte, hatte es nicht gehört.
»Was sagten Sie?«
»Karras. Er war es. Karras.«
Falk beugte sich dichter zu ihr hinunter. »Ich verstehe nicht ...«
»Eisen, äh ... Stahl«, stammelte sie. »Der Karras.«
Falk konnte ihre Worte nicht einordnen, sie ergaben für ihn keinen Sinn. »Sie müssen entschuldigen, aber ich –«
Die Schwester ging dazwischen: »Schluß jetzt! Genug ist genug.«

16

Das kleine Pensionszimmer war bescheiden eingerichtet. Falk hatte bei der Suche nach einer Bleibe auf ihre zentrale Lage geachtet. Die Ausstattung war ihm egal. Das hatte ihm zwar einen mißbilligenden Blick von Konstanze eingebracht, war aber für seine Recherchen ungemein wichtig.

»Karras.« Falk murmelte den Namen vor sich hin. Immer wieder. »Karras.« Was wollte ihm die alte Florentine damit sagen? Er strich gedankenverloren durch das Zimmer, griff einen blaßroten Seidenschal, der über einem schäbigen Sessel vorm Fenster lag. Er ließ den Schal durch seine Hände gleiten, hob ihn zum Gesicht, um an dem zarten Stoff zu schnuppern. Ein blumiges, keineswegs aufdringliches Parfüm durchströmte seine Nase. Die Handschrift von Konstanze.
»Karras.« Meinte Florentine tatsächlich den Karras? Den Stahlbaron. Den Pionier aus den Zeiten der übermächtigen Schwerindustrie. In einem Atemzug zu nennen mit Krupp oder Thyssen. Beinahe stolperte Falk. Er bückte sich verwundert, fischte einen schmalen schwarzen Schuh hervor, der halb unter dem Bett lag. Konstanzes Pumps. Falk ging in die Knie, um auch den zweiten hervorzuholen, fand ihn aber nicht. Statt dessen angelte er etwas Leichtes, das an den Rändern ein wenig kratzte. Falk zog es aus dem Halbdunkel: einer von Konstanzes BHs. Schwarz und edel – ungemein aufreizend. Er konnte es sich nicht verkneifen, auch daran zu schnuppern: wieder das blumige Parfüm, diesmal ergänzt durch eine feine Prise salzigen Schweißes.
»Karras.« Wenn Florentine allen Ernstes den Karras meinte, und gesetzt den Fall, daß sie nicht phantasierte oder Falk gar auf den Arm genommen hatte, dann, ja dann hatte Falk entweder ein großes Problem – oder den Fall seines Lebens! Er ließ sich auf der Bettkante nieder, tastete nach der Unebenheit unter sich, zog an einem schwarzen Band. Ein Band mit Klippverschlüssen. Er zerrte Konstanzes dunkelgrün schimmernde Strapse hervor. Die Lady hat sich im ganzen Zimmer ausgebreitet, dachte er. Überall stieß er auf ihre Kleidungsstücke.
Bloß: Wo war Konstanze selbst?
Falk kam nicht dazu, sich darüber lange Gedanken zu machen. Er hörte den Motor eines Autos, das offenbar gerade vor der Pension anhielt. Neugierig ging er zum Fenster und zog die Gardine beiseite. Ein Mercedes. Ein

großer Wagen. Falk kannte sich mit Autos nicht besonders gut aus, zumal er selbst keines besaß. Er ahnte aber: Das monströse Gefährt mußte ein S-Klasse-Modell sein. Oder zumindest etwas dicht darunter. Er sah, wie ein graumelierter Herr, korrekt gekleidet, ausstieg und um den Wagen herumging. Wohl ein neuer Gast, dachte sich Falk und wurde im nächsten Moment eines Besseren belehrt. Der Mann öffnete die Beifahrertür. Niemand anderes als Konstanze stieg aus. Fein rausgeputzt, als wäre sie seine junge Frau.
Falk trat irritiert einen Schritt zurück, schaute sodann erneut zum Pensionseingang hinunter. Er sah, wie sich Konstanze und ihr Begleiter flüchtig umarmten und auf die Wangen küßten. Konstanze löste sich von dem Mann, glitt damenhaft die Treppenstufen hinauf. Der Mercedes-Fahrer setzte sich ohne eine weitere Geste in seinen Wagen und fuhr davon.
Nur wenige Minuten blieben Falk, um das Gesehene zu verarbeiten. Keine Zeit, um sich die Frage zu stellen, wer dieser Mann war und was Konstanze mit ihm zu tun hatte. War das ihr Zuhälter? Hatte sie sich womöglich mit ihm versöhnt? Aber nein! Wie ein Lude sah dieser Typ nicht aus. Durch und durch bürgerlich. Ein Geschäftsmann.
Der Schlüssel klimperte. Konstanze öffnete die Zimmertür – und sah ihn verblüfft an. »Du?«
»Wer sonst?« war alles, was Falk zu dieser Frage einfiel.
Konstanze war sichtlich verlegen. Sie legte ihren Mantel ab. Zu Falks Überraschung trug sie darunter ein hoch geschlossenes Kostüm. Nichts, was seinen Adrenalinspiegel in die Höhe schießen ließ. Er fragte sich, ob ihn diese Feststellung freuen oder bekümmern sollte.
»Ich habe gedacht, du wärst länger in dem Altenheim beschäftigt.«
Falk setzte sich auf die Bettkante. »Nein, die haben da recht hartnäckiges Personal, das seine Heimbewohner hütet wie einen Schatz. Ein paar Worte, und ich mußte verschwinden.«

»Naja.« Sie kicherte, streifte die Schuhe ab, setzte sich neben ihn. »Um so besser. Auf diese Weise haben wir mehr Zeit für uns.«
Als Konstanze neben ihm saß, er ihr Parfüm atmete, in ihm augenblicklich Gedanken an ihren verführerischen Körper aufstiegen, wußte er nicht, ob er sich Konstanzes Annäherungsversuchen noch einmal erfolgreich widersetzen konnte. Doch er wollte nicht länger warten. Die Frage brannte ihm unter den Nägeln: »Wer war dieser Kerl?«
»Wer?«
Wie blöd stellt sie sich eigentlich, ärgerte er sich. »Mercedes-Fahrer. Angegrautes Haar. Typ: Geschäftsmann.«
Konstanze zog ihre Brauen hoch. »Das war eine – äh – Dummheit.«
Dummheit? Falk mochte seinen Ohren nicht trauen. Worauf wollte sie hinaus? »Wer war das?« sagte er kalt.
Konstanze wischte sich über die Stirn. »Es ist sehr unprofessionell, wenn ein Kunde den anderen zu Gesicht bekommt. Das darf Anfängern passieren. Aber nicht mir.«
Für Falk klang es wie eine Selbstkritik. Trotzdem wollte er nicht die folgerichtigen Schlüsse aus dem Gehörten ziehen. »Sag mir einfach, wer dieser Mensch war, und die Sache ist erledigt.«
Jetzt rieb sich Konstanze die Augen. Sie war nervös. Unsicher. Die Worte fielen ihr schwer: »Ein Freier.«
Ein Kunde darf den anderen nicht zu Gesicht bekommen. Konstanzes Worte schnellten Falk durch den Kopf. Er biß sich auf den Daumennagel. Verdammt! »Ein Freier also«, sagte er viel ruhiger, als er wollte. »Und ich? Ich bin für dich also auch nur ein Freier?«
»Um Himmels willen! Nein!« In Konstanzes Gesicht stand echtes Bedauern. »Das habe ich nur so dahergeredet.« Und mit einem verkniffenen Lächeln: »Die Macht der Gewohnheit.«
»Schlechte Gewohnheiten sind das! Willst du mich verarschen?« Zorn stieg in ihm auf. »Du willst doch weg vom

Strich, oder? Und jetzt? Ausgerechnet hier, in Jever, verkaufst du dich! Weshalb?«
Ihr Blick war fest, Falk mußte ihm ausweichen. Konstanze war eine selbstsichere Frau. Wenn sie wollte, konnte sie zerbrechlich und wehrlos wirken. In anderen Situationen knallhart. »Passen Sie gut auf, Herr Schiller. Hören Sie sich genau an, was ich Ihnen zu sagen habe: Ich bin keine Rechtsanwältin. Ich bin nicht Ihresgleichen. Von Gesetzen zu leben, wie Sie es tun, das habe ich nicht gelernt. Ich habe am Ende des Monats nicht eine müde Mark auf meinem Konto, wenn ich nicht dafür arbeite – auf meine Weise.«
»Aber ...« Falk spürte, daß er sie nicht unterbrechen konnte. Konstanze war felsenfest überzeugt von dem, was sie ihm zu erklären versuchte.
»Ich habe dich nicht gebeten, mir beim Ausstieg aus dem Geschäft zu helfen. Ich will lediglich von meinem Zuhälter loskommen.«
»Aber ...« Auch dieser Einwand ging unter. Falk brachte nicht den Mumm auf, tatsächlich einzuhaken.
»Es folgt: Konstanzes Geschichte, Teil zwei.« Sie rückte ein Stück weit von ihm ab, um mit ihrer sachlichen Schilderung zu beginnen. Ihre emotionslos vorgetragenen Worte hörten sich für Falk an, als spräche sie über eine andere Person – aber sicher nicht über sich selbst: »Charly. Du erinnerst dich an Charly? Der Hypnotiseur? Der Kerl hat mich verkauft. Verkauft. Stell dir das mal vor. Stell dir vor, dein Oberlandesrichter, oder wie der sich schimpft, würde dich verkaufen. Charly hat mich hergegeben wie eine Ware.« Konstanzes Augen blieben ohne Ausdruck. »Ich kam nicht dazu, es ihm übelzunehmen. Mein neuer Besitzer hat mir nicht viel Zeit zum Nachdenken gelassen. Er war ein klobiger Kerl. Ein Mann, wie man sich einen Metzger vorstellt. Mit einem Handgriff hätte er mir jeden Knochen brechen können.« Ein willfähriges Lächeln huschte über ihre Lippen. »Aber das tat er nie. Klar: Ich hatte einen höllischen Respekt vor ihm. Ich dachte, ich müßte für ihn anschaffen – so aufgeweckt war ich in-

zwischen, um das zu erkennen. Doch er hat mich geschont.«
»Keine Männer? Der Metzger hat dich nicht für sich arbeiten lassen?« Falk war erstaunt.
Konstanzes Blicke streiften ihn flüchtig. »Doch, natürlich. Aber das waren harmlose Dinge. Ich habe in seinem Kino gearbeitet.«
»Hast du Karten abgerissen?« Falk bereute seine Frage sofort.
»Unter anderem«, ging Konstanze über seinen naiven Einwurf hinweg. »Ich habe mit anderen Mädchen im Schichtdienst gearbeitet. Alles war peinlich genau organisiert. Er war ein Pedant: neun Stunden am Tag, keine Minute länger. Ich war zuständig für Handentspannung.«
Endlich begriff Falk.
»Glotz nicht so! Andere Mädels mußten es den Gästen französisch machen. Das hat zwar ’nen Zehner mehr gebracht, dafür konnten sie sich aber dauernd die Zähne bürsten. Bah!« Sie verzog das Gesicht. »Das war nie mein Ding.« Und sofort wieder in geschäftlich-neutralem Ton: »Aber das gehört nun mal dazu. Neunzig Prozent der Kundschaft will es mit dem Mund.«
»Hör auf!« Falk konnte sich nicht länger bremsen. »Ich will diesen ganzen Mist nicht wissen! Warum hast du dir das alles bieten lassen? Warum läßt du dir das heute noch bieten?«
Konstanzes Augen flackerten unruhig. »Kennst du eine Siebzehnjährige, die in einem halben Jahr hunderttausend Mark verdient hat?«
»Konstanze, mach dir nichts vor! Du durftest sicher nur einen Bruchteil von dem Geld behalten!« Falk hätte sie am liebsten durchgerüttelt.
Sie blieb ruhig. »Selbst nach den Abzügen für meinen Zuhälter, für mein Zimmer und für all den anderen Kram blieb genug übrig. Mehr jedenfalls als bei einer Verkäuferin im Supermarkt.«
»Im Supermarkt hättest du Tiefkühlpizzen verkauft oder Gummibärchen. Aber nicht deine Haut!«

»Möchtest du Tiefkühlpizzen verkaufen?« Konstanzes Lächeln wurde müde. »Männer sind so leicht zu händeln. Unser Handwerk ist in wenigen Wochen zu erlernen. Wir müssen keine Uni besuchen, wir müssen uns nicht drei Jahre lang zu Hungerlöhnen durch irgendeine Lehre quälen.«
Falk spürte, wie sich ihre Hand warm auf seinen Oberschenkel legte.
»Der kleine Abstecher mit dem Mercedes-Typ hat mir glatte fünfhundert Mark eingebracht. Ich habe ihn kaum gespürt, bin aber einen halben Tausender reicher. Kannst du mir mal vorrechnen, wie viele Pizzen ich für dieses Geld verkaufen müßte? Außerdem«, kam es süffisant, »ich mag es, meine Macht über Männer zu spüren. Ich nehme sie von Mal zu Mal weniger ernst.«
Ihre Hand rutschte höher. Falk überlegte, ob er sie beiseite schieben sollte. Die Vernunft riet ihm dazu, sofort aufzustehen, Konstanze rauszuschmeißen und die ganze Sache zu vergessen.
»Mein lieber Falk Schiller.« Konstanzes Blick glitt langsam abwärts. »Männer sind so leicht zu durchschauen. Mit nichts läßt es sich leichter Geld verdienen als mit euch.« Sie streichelte seinen Oberschenkel, beugte sich nach vorn. »Sagte ich es schon? Neunzig Prozent der Männer lieben es französisch.«
Falk hörte das metallische Geräusch seines Reißverschlusses. Ihm ging ein Gedicht von Gottfried Benn durch den Kopf: »Du bist so weich, du gibst von etwas Kunde, von einem Glück aus Sinken und Gefahr, in einer blauen, dunkelblauen Stunde, und wenn sie ging, weiß keiner, ob sie war …«

17

»Zieh dich bitte an, Konstanze.«
»Ich bin angezogen.«
»Das sehe ich – du trägst Strümpfe.« Falk schmiß ihr Jeans und Pullover zu. »Wir haben nicht ewig Zeit. Morgen früh muß ich zurück in Dresden sein, und wir haben vorher noch eine Menge zu erledigen.«
Konstanze hob die Hose mit spitzen Fingern an. »Die habe ich nur für Ausnahmefälle eingepackt. Falls wir eine Wattwanderung unternehmen oder so.« Sie warf sie aufs Bett. »Aber da das nicht ansteht, bleibe ich lieber so, wie ich bin.« Sie drehte eine langsame Pirouette, so daß Falk ihren kleinen, straffen Po bewundern konnte.
Er griff sich die Jeans, drückte sie Konstanze an die Brust. »Anziehen.« Falk wunderte sich selbst, wie barsch sich seine Aufforderung anhörte. Für einen Augenblick überlegte er, ob er sich entschuldigen sollte. Doch das würde womöglich mit einer weiteren Schmuserei enden. Und seine Widerstandskräfte gegenüber Konstanzes Verführungskünsten waren mehr als kümmerlich. Er blieb kühl.
Keine halbe Stunde später schlängelte sich Grabowskis dunkelgrüner Jeep über eine schmale Landstraße in Richtung Küste. Die Sonne hing bereits tief am Himmel. Konstanze hatte es geschafft, Falk den halben Sonntag über im Pensionszimmer festzuhalten. Seine Pläne, nach weiteren früheren Freunden oder sogar Verwandten von Cathérines Klienten zu suchen, waren so gut wie durchkreuzt. Heute würde er kaum noch jemanden zum Reden bewegen können. Und spätestens am frühen Abend müßten sie die Rückreise antreten.
»Wir klappern all die kleinen Dörfer in der Gegend ab«, versuchte sich Falk Mut zu machen, glaubte aber selbst nicht mehr daran, auf eine weitere heiße Spur zu stoßen. »Zuerst Hooksiel, dann Horumersiel, dann Schillig …«
Konstanze sah ihn an. Mit einer Mischung aus Belustigung und Skepsis. Sie hörte Falk eine Weile zu, betätigte

auf einmal unvermittelt einen Schalter an der breiten Konsole. Es hupte ohrenbetäubend.
Der Geländewagen machte einen Schlenker auf die andere Straßenseite. Falk mußte das Steuer fest mit beiden Händen packen, um das Auto in den Griff zu bekommen. Er wollte schimpfen, doch Konstanze kam ihm zuvor.
Seelenruhig sagte sie: »Kompressorbetriebene Luftdruckfanfare. Dein Freund steht auf teuren Schnickschnack.« Sie wollte den nächsten Knopf drücken, Falk aber stieß ihre Hand zurück. Munter redete Konstanze weiter: »Die Edelstahlabdeckung vom Reserverad und dieser riesige verchromte Auspuff – dein Kumpel hat 'ne Stange Geld in sein Hobby gesteckt. Ein Wunder, daß er uns das Baby überhaupt geliehen hat.«
Nach einer schlecht asphaltierten Gabelung wurde die Straße noch schmaler. Sie führte geradewegs auf einen Deich. Der Jahreszeit entsprechend war der Bewuchs überwiegend braun und scheckig. Im Sommer aber mußte der Damm in sattem Grün leuchten. Falk erinnerte sich, wie er als Kind den Schafen hinterhergelaufen war, die in den warmen Monaten das Gras kurz halten.
Der Jeep donnerte über die engen Betonplatten, mit denen der Damm befestigt war. Die beiden hatten jetzt einen weiten Blick über das Meer. Die Nordsee lag fahl und trist vor ihnen. Die ersten hundert Meter nur graues, mit tiefschwarzen Adern durchzogenes Watt. Dahinter das dunkle Wasser, das schmutzigweiße Schauminseln vor sich herschob.
Was hatte Paul Schellenbaum mit der Karras-Dynastie zu tun? Falk überlegte, Konstanze in seine Gedanken einzubeziehen, verwarf es aber. Wie sollte sie ihm helfen können? Er mußte selbst dahinterkommen. Er mußte versuchen, die Zusammenhänge zwischen einer der reichsten Familien Deutschlands und einer Jahrzehnte zurückliegenden Vergewaltigung zu finden, die womöglich nicht einmal eine war. Aber solange er auch nach-

dachte – er fand keine Verbindungen! Nicht die leiseste Andeutung. Falk war kein Stück klüger als vor Antritt seiner Jever-Reise.
Vielleicht hatte die alte Florentine nur phantasiert.

18

Erst jetzt fiel ihm der Fetzen Papier auf, der unter dem rechten Scheibenwischer klemmte und im Fahrtwind flatterte. Ein Strafzettel? Falk fuhr langsamer, beugte sich vor, um das Blatt besser sehen zu können. Er hielt an. »Was …« Konstanze folgte seinem Treiben mit verwundertem Ausdruck. Er stieg aus, ging um den Wagen herum, angelte sich das an den Rändern ausgefranste Blättchen. Kein Strafzettel! Er faltete das Papier auseinander. Eine Botschaft.
Keine Minute später hatte der Wagen gewendet und fuhr den Deich in entgegengesetzter Richtung ab. Konstanze fragte, was das zu bedeuten habe. Zunächst freundlich und interessiert. Als Falk beharrlich schwieg, wurde ihr Ton aggressiver: »Ich habe genug von diesem Hin und Her. Das ist nicht besonders romantisch, was du hier abziehst.«
Falk ignorierte ihre Einwände. Er hatte sich dicht hinters Steuer geklemmt und drückte aufs Gas. Als wollte er der untergehenden Sonne hinterherjagen und so den Tag künstlich verlängern.
Dabei hatte er sowohl für sein Schweigen als auch für seine Hast triftige Gründe: Er sagte nichts, weil er befürchtete, Konstanze würde ihn von seinem Vorhaben abbringen. Und sie hatte ihn an diesem Wochenende wahrlich genug aufgehalten. Er raste, weil er eine halbe Stunde über der Zeit war. Wer auch immer sich mit ihm treffen wollte, hatte den Zeitpunkt auf sechzehn Uhr festgelegt. Jetzt war es halb fünf durch.
Sie näherten sich Wilhelmshaven. Die Silhouette einer riesigen Raffinerie zeichnete sich am Horizont ab. Falk

steuerte den Jeep vom Damm hinunter, bog in eine von Schlaglöchern übersäte Straße ab.
»Ich wüßte tausend Dinge, mit denen man sich die Zeit aufregender vertreiben könnte.« Konstanze setzte einen Schmollmund auf.
Der Wagen schoß über die schmale Piste. Links und rechts tauchten dürre Bäume auf. Fichten. Falk trat das Gaspedal fast bis zum Anschlag durch. Der Motor dröhnte. Konstanzes Miene gefror zusehends.
Immer mehr Bäume säumten den Weg. Der Wald schluckte die mageren Reste des Sonnenlichts.
Viertel vor fünf. Derjenige, der Falk das Briefchen hinter das Wischerblatt gesteckt hatte, war sicher nicht mehr da. Er hatte kaum Hoffnung.
»Hey! Wow!« Konstanze streckte den Arm aus, deutete wild fuchtelnd aus dem Fahrerfenster. Falk drückte ihren Arm grob nach unten; er versperrte ihm die Sicht. Bis er selbst sah, was Konstanze begeisterte: Über den Baumwipfeln ragte eine riesige hellgrüne Masse empor. Der obere Rand war noch von der Sonne beleuchtet.
»Das ist ein ...«
»... ein Schiff«, vollendete Falk Konstanzes Satz.
»Mitten im Wald?«
Der Weg zum Treffpunkt war auf dem Papierschnipsel kurz, aber treffend skizziert. Falk mußte bei der nächsten Abzweigung rechts ab. Er drosselte das Tempo, bog in eine Stichstraße ein. Nach wenigen Metern war beiden klar, was es mit dem stattlichen Frachter auf sich hatte: Der Koloß thronte auf einem Trockendock unmittelbar am Kopfende eines breiten Beckens. Sie fuhren geradewegs auf das Gelände einer Werft. Die Kiefern hatten darüber hinweggetäuscht, wie nahe sie dem Meer waren.
Im Schrittempo fuhr Falk die Backbordflanke des Schiffes ab, das sich wie ein Wolkenkratzer neben ihnen erhob. An der Stahlwand hingen Seile, zwischen denen schmale Brettchen befestigt waren. Auf einem dieser Bretter stand ein Topf Farbe. Den Maler aber konnte er nicht ausmachen. Sie erreichten den Bug, an dem ein riesiger, rost-

roter Anker hing. Überall am Rumpf klebten schwarzgrüne Algen, dazwischen schmutzigweiße Muscheln. Bis hierher waren die Maler offenbar nicht vorgedrungen. Falk legte den Rückwärtsgang ein, ließ den Jeep sachte über den schlecht geteerten Uferweg rollen.
Auch am Heck war niemand zu sehen. Falk schaute zur Schiffsschraube auf. Ein dreiflügeliger Propeller von den Ausmaßen eines Kleiderschranks. Die Schwanzwelle, die die Schraube auf See zum Rotieren bringt, hatte das Volumen eines mittelstarken Baumstamms. Noch imposanter erschien ihm das Ruderblatt. Es hatte die Form eines Hackebeils von überdimensionaler Größe.
»Hast du einen Schimmer, was mit ›Davit‹ gemeint sein könnte?«
»Ach, bricht der Herr sein Schweigen?« erkundigte sich Konstanze süffisant. Falk nickte ungeduldig. Konstanze strich sich über die Nase, wiederholte: »David?«
»Mit teee. Davit«, verbesserte er. »Ich soll zum Davit achtern auf dem Bootsdeck kommen.« Konstanze zuckte die Schultern. »Eine tolle Hilfe bist du nicht.« Er fuhr ein Stück vorwärts, suchte die Schiffsflanke nach einer Leiter oder einem Gerüst ab, über das er an Bord gelangen konnte. Das Licht ließ rapide nach. Das helle Grün des Schiffsbauchs verwandelte sich in ein konturenloses Grau. Sie hatten abermals die Hälfte des Rumpfs abgefahren, da sah er sie: eine unscheinbare dünne Strickleiter, an der die Maler zu ihren Brettern gelangen konnten. Falk stoppte den Wagen. Ein flüchtiger Blick auf seine Begleiterin reichte aus, um zu erkennen, daß sie nicht mitkommen würde. Kommentarlos ließ sie ihn ziehen.
Falk hatte keine Ahnung, was ihn auf dem Frachter erwarten würde. Wer hatte ihm den Zettel ans Auto geheftet? Warum dieser abgelegene Treffpunkt? Im Moment war er allerdings vollauf mit etwas ganz anderem beschäftigt, als eingehender darüber nachzudenken: Die Strickleiter bäumte sich bei jedem seiner Tritte auf, wich mal nach links aus, mal nach rechts. Er hatte ein solches Kletterinstrument seit Ewigkeiten nicht benutzt. Nach

zehn unsicheren Klimmzügen hatte er den Bogen endlich raus. Er schaute sich um. Der Wagen stand gute fünf Meter unter ihm. Ihm wurde flau im Magen, und er beschloß, kein weiteres Mal in die Tiefe zu blicken.

Das Deck war menschenleer wie das gesamte Werftgelände. Falk wunderte sich darüber, warum man nicht wenigstens ein paar Wachmänner abgestellt hatte. Andererseits – in diesem friedlichen Landstrich? Vielleicht vertrauten die Friesen ihren Mitmenschen ganz einfach und hatten großartige Sicherheitsvorkehrungen nicht nötig.

Die Sicht wurde immer schlechter. Zur fortgeschrittenen Dämmerung gesellte sich feiner Nebel. Falk war klar, daß sich die dünnen Schwaden jederzeit zu einer weißen Suppe verdichten konnten. So nah an der Küste war das innerhalb weniger Minuten möglich.

Vor ihm ragte das Steuerhaus mit der ausladenden Brücke auf. Die zerbeulte Stahlfassade war mit Rost überzogen. Falk umrundete das Brückendeck und entdeckte eine schmale Stiege. Er ging die perforierten Stufen zügig hinauf. Nun war er so hoch, daß er einen weiten Blick über die Baumwipfel rings um die Werft hatte. Beunruhigt betrachtete er eine weitere breite Nebelschwade, die über dem Wald züngelte und sich schnurstracks auf das Schiff zubewegte.

Direkt vor ihm lag das Bootsdeck. Auf beiden Seiten waren jeweils zwei Rettungsboote an kleinen Schwenkkränen vertäut, nur wenige Schritte von ihm entfernt. In diesem Moment erreichte der Nebel das Schiff, Falk rutschte das Herz in die Hose.

»Hallo?« war alles, was er herausbekam. Noch dazu recht leise. Er setzte seinen Weg fort, hielt auf die Boote links von ihm zu. Wer hatte ihn hierher bestellt? Wollte ihn jemand reinlegen? fragte er sich, während er sich einem der Rettungsboote näherte. Es war mit einer gewachsten Plane verhängt. Falk musterte es aufmerksam, konnte aber nichts entdecken, was ihn auf die Spur des unbekannten Briefeschreibers hätte bringen können.

Ein Scheppern. Er schnellte herum, sah nichts als eine dumpfe weiße Wand. In dem dichten Nebel konnte er nicht einmal mehr die Boote auf der gegenüberliegenden Seite erkennen. Er steckte mittendrin in der wabernden Suppe. »Hallo?« Auf was hatte er sich bloß eingelassen? Seine Schritte wurden unsicherer, seine Zweifel an dem Sinn dieser Unternehmung dagegen stärker.
Minuten verstrichen, ohne daß etwas passierte. Wer oder was, zum Teufel, sollte dieser Davit sein?
Falk schlich sich zu dem zweiten Boot auf der Backbordseite. Er traute sich kaum mehr aufzutreten. Obwohl es aufgefrischt hatte, schwitzte er unter seiner Jacke. Er begutachtete das andere Boot. Ebenfalls mit einer Plane überzogen. Wartete seine Verabredung darunter? Nein, sicher nicht. Das wäre zu billig. – Und doch würde er gern unter die Plane sehen. Falk stellte sich auf die Zehenspitzen, versuchte, das grobe Tuch anzuheben. Keine Chance. Es war fest verspannt. Er würde sich daran nur die Nägel einreißen.
Was konnte dieser Unbekannte mit Davit gemeint haben? Verflixt, Falk war kein Nautiker! Woher sollte er sich mit seemännischem Kauderwelsch auskennen? Er ging zurück zum ersten Boot. Der Nebel war jetzt so dicht, daß er sich Gedanken darüber machen mußte, wie er überhaupt noch den Weg zurückfinden sollte. Seine Verabredung hatte er verpaßt, das war ihm mittlerweile klar. Kein Zweifel.
Ein schrilles Quietschen ließ ihn aufschrecken. Sein Körper zuckte zusammen. Das Herz setzte aus, um gleich darauf wild zu pumpen.
Wie ihm später sein Freund Dirk Grabowski erklären sollte, ist Davit der fachmännische Ausdruck für einen Bootskran. Für die Halterung also, die ein Rettungsboot festhält, bis es gebraucht wird. Über eine Rolle kann es im Notfall mit zwei kräftigen Seilen hinabgelassen und gewässert werden.
Dem ohrenbetäubenden Quietschen folgte ein Rasseln, darauf ein Poltern. Falk sah sich voller Panik nach allen Seiten um.

Der Davit kann – auch das erfuhr er von Grabowski – ebenso in die entgegengesetzte Richtung geschwenkt werden. Falls sich dabei die Seile lösen, wird das gut eine halbe Tonne schwere Beiboot durch nichts mehr gehalten. Es kracht an Deck und kann einen bösen Unfall verursachen.
Falk reagierte geistesgegenwärtig genug, um einen beherzten Sprung nach vorn zu wagen. Gerade rechtzeitig, sonst hätte ihn der Kiel des Bootes glatt erschlagen. Auf allen vieren saß er auf dem kalten Stahlboden, hörte sein Herz bis zum Hals klopfen.
Er war in eine Falle getappt. Gutgläubig, wie er nun mal ist, hatte er sich leimen lassen. Falk rang nach Luft. Der Schock raubte ihm die Sinne. Er spürte einen salzigen Geschmack auf den Lippen; vor Schreck hatte er sich auf die Zunge gebissen.
Eine verdammt clevere Falle. Hätte es ihn tatsächlich erwischt – wem hätte man Vorwürfe machen können? Er hatte das Werftgelände unbefugt betreten. Ein selbstverschuldeter Unfall. Noch immer klang das Quietschen, Rasseln und Donnern in seinen Ohren nach.
»Das war ich nicht!«
Falk fuhr abermals herum. Woher kam diese Stimme?
»Ist Ihnen etwas passiert?« wisperte es aus dem Nebel. »Wenn Sie verletzt worden wären, hätte jeder gedacht, ich hätte etwas damit zu tun gehabt. Schrecklich!«
Eine geduckte Gestalt löste sich aus dem Dunst. Ein kleiner Mann mit gekrümmtem Rücken und langem strähnigen Haar. Sein Alter war schwer zu schätzen. Falk atmete drei-, viermal tief durch. »Was ist los hier?«
»Ich weiß es nicht. Ist es der Schlendrian? Stellen Sie sich vor: Der Kettenstopper war ebenfalls gelöst. Ich habe es zufällig bemerkt, als ich vorhin am Göschstock stand. Wäre jemand an die Ankerkette gekommen, wäre sie ungebremst heruntergefahren. Gott helfe dem, der sich in der Kette verfangen hätte.«
Die Ankerkette war Falk herzlich egal. Er rappelte sich auf, nahm den ältlichen Mann ins Visier. Ungepflegt.

Schlechte Zähne, verlotterte Klamotten und wenig vertrauenerweckend. »Was war mit diesem Boot?« beharrte er und bemühte sich, sein Gegenüber deutlicher erkennen zu können. Eine armselige Gestalt. Aber wohl kaum eine Bedrohung.
»Der Klabautermann?« Der Fremde wedelte mit den Armen, ließ seine Augen rollen.
»Nehmen Sie mich nicht auf den Arm. Das ist nicht lustig.« Falk hatte sich wieder im Griff. Sein Puls normalisierte sich. »Haben Sie mir den Zettel ans Auto gesteckt?«
Der Mann nickte, schaute unsicher in den Nebel, murmelte etwas von »ins B-Deck gehen, da ist es sicherer« und verschwand im Nebel.
»Halt! Verflucht! Warten Sie!«
Die Männer passierten eine Stahltür, gingen zwei Treppen hinab. In den kärglichen Fluren brannten lediglich Notleuchten. Er helfe auf der Werft ab und an aus, sagte der Fremde. Eigentlich sei er längst pensioniert, aber »die Jungs freuen sich, wenn ich vorbeischaue. Von mir können die eine Menge lernen.«
Eine abgenutzte Holztür trug die Aufschrift Kombüse. »In der Küche sind wir ungestört«, war sich der Alte sicher. Falk folgte ihm zweifelnd. »Kommen Sie mit an die Pantry, da reden wir.«
Die Pantry erwies sich als eine Art Anrichte. Warum der Fremde ausgerechtet dort plaudern wollte, wurde Falk klar, als sein Begleiter unter der Theke eine Flasche hervorzauberte. Verlegen grinsend setzte er an. Falk wartete geduldig, bis er seinen Durst gelöscht hatte. Der Alte schwenkte die Flasche in seine Richtung, Falk lehnte ab.
»Das mit dem Klabautermann«, betonte der Mann, »dürfen Sie nicht auf die leichte Schulter nehmen. Wer zur See gefahren ist, weiß, daß es ihn gibt.«
Falks Ton wurde energischer: »Ich sage Ihnen gleich: Behalten Sie Ihr Seemannsgarn für sich. Ich will nichts hören.«
Das nutzte wenig. Der Alte legte wie auf Kommando los, erzählte Gruseliges über einen gigantischen Raddampfer

namens Great Eastern, zwischen dessen Stahlrippen im Jahr 1857 angeblich ein Werftarbeiter eingeschweißt worden war. Der Geist dieses bedauernswerten Arbeiters hätte an Bord des Schiffes sein Unwesen getrieben und für eine Panne nach der anderen gesorgt.
Falk schaute sich in dem Speisesaal um. Er suchte nach einem Fluchtweg und wollte so schnell wie möglich zurück in seinen Wagen, weg von diesem armen Irren. Er zweifelte stark daran, daß wirklich jemand im Bauch des Schiffes eingeschlossen worden war. Vielleicht hatte sich der Arbeiter ganz einfach abgesetzt, weil er einen besseren Job gefunden hatte.
Der Alte hatte indes noch tollere Legenden auf Lager: »Die Great Eastern hatte einen riesigen Salon. Mittendrin.« Er beschrieb mit den Armen einen Bogen, meinte abfällig: »Dreimal so hoch wie dieser armselige Verschlag. Verzierte Holzdecken, Lüster, samtrote Sessel. Unter einem wandhohen Gemälde knisterte das Feuer eines Kamins. Das Feuer, ja.« Er dämpfte die Stimme: »Schon bei der Probefahrt schlug der Geist zu: auf dem Ärmelkanal. Da schlug er zu.« Er starrte Falk mit Verschwörermiene an. »Ein Donnern als Warnung. Danach barst die Holzvertäfelung, brach das Eisen der Säulen. Und alles verschwand in dichtem schwarzen Ruß.«
»Was war geschehen?« erkundigte sich Falk anstandshalber.
»Der Druck in der Schaufelradmaschine war zu stark. Der Geist hatte die Absperrhähne geschlossen. Bei der Explosion kam ein Dutzend Männer ums Leben.«
»Das ist Unfug!« protestierte Falk. »Im übrigen sind wir hier nicht auf Ihrer Eastern, sondern auf einem ganz gewöhnlichen Frachter.«
Der andere war längst nicht am Ende: »Keine drei Jahre später lotste der Geist die Great Eastern in einen fürchterlichen Sturm. Ein fürchterlicher Sturm, ja. Die Wellen, mächtig wie Berge, rissen die beiden Schaufelräder ab. Das Schiff schlingerte hilflos durch die schäumende See. Der Geist –«

»Hören Sie endlich damit auf!« Falk überlegte erneut, ob er das Gespräch abbrechen und den Alten allein lassen sollte. »Wenn das alles ist, was Sie mir zu sagen haben, bin ich weg. Sofort.«

»Die Great Eastern wurde verschrottet. Und das, obwohl mit dieser stolzen Dame das erste Telegrafenkabel von England nach Amerika verlegt worden war. Ja, das erste Telegrafenkabel«, fuhr der andere unbeirrt fort. »Verschrottet. Ein unrühmliches Ende.« Falk wandte sich zum Gehen. Der Alte sagte leise: »Er hat sie sich alle geschnappt.«

»Was?« fragte Falk entnervt. »Wer hat sich wen geschnappt?«

Der Fremde drehte sich weg. Er ging auf eine Sitzgruppe zu. Billige Plastikstühle, ein schäbiger runder Tisch mit rot-weiß karierter Tischdecke. »Ich habe gehört, daß Sie sich für die Schellenbaums interessieren. Jever ist klein. Da spricht es sich herum, wenn jemand in alten Dingen herumwühlt.«

»Moment mal«, drohte Falk. »Sie werfen einige Dinge durcheinander. Sagen Sie mir klar und deutlich, was Sie von mir wollen.«

»Die Schellenbaums waren anständige Leute«, kam es überzeugt. Der Mann riß sich augenscheinlich zusammen. »Aber er war ein Schwein.« Falk wollte unterbrechen, fragen, wen er diesmal meinte. Doch er zwang sich, still zu bleiben. »Der ist an die Küste gefahren, weit weg von seinem Zuhause.« Der Alte stützte den Kopf auf die Arme. »Der hat sich von seinem Chauffeur durch die Dörfer kutschieren lassen und sich die jungen Dinger ausgesucht wie Blumen beim Blumenhändler. ›Die da nehm ich und die da auch.‹ Wir haben nicht viel Geld. Jever ist keine reiche Stadt. Nie gewesen. Das, was er geboten hat, konnte keine Dorfschönheit ausschlagen. Nein, nicht ausschlagen.« Seine Augen leuchteten. »Glauben Sie mir: Die Schellenbaums waren anständige Leute. – Sie konnte ihn nicht abweisen«, setzte er kleinlaut nach. »So einen Mann kann man doch nicht abweisen. Nein, nicht abweisen. Anständige Leute.« Das Licht flackerte. Er taumelte

zurück zur Theke, hielt sich an einem der Hocker fest. »Sehen Sie. Er ist wieder da.« Seine Stimme war ein Flüstern. »Der Klabautermann«, kam es unheilschwanger.
Falk hatte genug gehört. Aus diesem verwirrten Greis konnte er nicht mehr herausbekommen. Er wollte das Schiff verlassen, bevor das Licht vollends ausfiel.

19

»Ich möchte nicht in deiner Haut stecken.« Dirk Grabowski klang ehrlich betroffen. Müde stützte er seinen Kopf auf die Handfläche und schaute in sein halbgeleertes Bierglas. »Du hast deine Cathérine böse enttäuscht.« Selbst Laura, die heute auffallend fesch zurechtgemacht war, konnte ihn zu keinem Lächeln hinreißen. »Was seid ihr Wessis blöde!«
»Moment mal«, protestierte Falk, der versuchte, es sich auf der kaum gepolsterten Kirchenbank einigermaßen bequem zu machen. »Das hat nichts mit Wessis oder Ossis zu tun.«
»Kein Ossi wäre so dumm, seine Frau gegen eine Nutte einzutauschen.«
Falk rettete sein Schwarzbier im letzten Moment vor einem dicken Spritzer aus der Petroleumleuchte. »Tolle Kunst: Bei euch gab's ja keine.«
Grabowski schüttelte langsam den Kopf. »Falsch, Wessi. Bei uns gab's wohl welche. Zugegeben: Als Normalbürger hatte man es verdammt schwer dranzukommen.«
»Na, also. Spiel nicht den Scheinheiligen, Malcolm.«
Laura servierte Falk das zweite Bier. Sie trug einen beigen Rock, der mit breiten Hosenträgern gehalten wurde. Darunter ein weißes T-Shirt. Falk fiel auf, daß das kleine Kreuz nirgends zu sehen war. Sie hielt es diesmal offenbar unter der Kleidung verborgen. War sie zu oft darauf angesprochen worden und versteckte es deshalb?
»Wie hast du es ihr erklärt?«

Dieser Grabowski! Falk ärgerte sich, ihm überhaupt etwas über sein Wochenende mit Konstanze erzählt zu haben. Jetzt mußte er sich zum zweiten Mal rechtfertigen. Und das, obwohl er weder verheiratet noch sonstwie gebunden war oder irgendwelchen moralischen Vorsätzen hätte treu bleiben müssen. Falk hatte keinen Schwur gebrochen, kein Gebot verletzt – und trotzdem war er in der Defensive. »Ich brauchte nicht viel zu sagen. Das hat Cathérine übernommen. Sie hat Konstanze zwar nie zu Gesicht bekommen, und in Jever war sie natürlich nicht dabei – um so erstaunlicher, wie genau sie sich das Wochenende ausmalen konnte.«
Grabowski hob sein Glas. »Los, stoß mit Malcolm Scuola an, dann geht's dir besser.«
»Wenn's so einfach wäre ...« Falk ließ sein Glas lustlos an Grabowskis klirren. »Sie hat mich gefragt, ob's schön war, mit einer Hure zu schlafen. Ob so etwas eine unerläßliche Erfahrung für einen Mann sei.«
»Und?«
»Ich sagte, daß ich nicht mit ihr geschlafen habe.«
»Du hast sie angelogen?« Grabowskis Augen funkelten böse.
»Seid ihr Verbündete oder was?« wehrte sich Falk. »Nein, ich habe sie nicht angelogen. Ich habe mir von Konstanze ... – naja, sie hat mir ...«
»Einen geblasen«, half Grabowski nach. »Und du meinst, das hat Cathérine beruhigt?«
»Nein, nein. Sicher nicht.« Falk rieb sich das Kinn. »Verdammt – sie hat irgend etwas Französisches vor sich her geschimpft –«
»Wie passend«, witzelte Grabowski.
Falk mußte seine Gedanken ordnen. Zu viel spukte in seinem Kopf herum. Er hatte Cathérine gegenüber ein schlechtes Gewissen. Dabei waren die beiden nur locker befreundet, ja, sie kannten sich erst seit ein paar Wochen! Woher dieser Rechtfertigungsdruck?
»Junge, du bist verliebt in die kleine Französin. Und sie in dich. Mach dir nichts vor: Die Nummer mit der Hure war

ein Fehltritt. Ich traue dieser Angelegenheit sowieso nicht: Eine Prostituierte, die ihren Zuhälter loswerden will – und ausgerechnet mit dem schläft, der ihr bei ihrem Ausstieg helfen soll. Abartig!«

»Ich habe nicht mit ihr geschlafen, Malcolm. Wie oft soll ich dir das sagen?«

Grabowski schob sein Glas beiseite. Er beugte sich über den Tisch, als er fast feierlich erklärte: »Das macht für Frauen keinen Unterschied.«

Falk fielen Grabowskis Augen auf. Bisher hatte er sie kaum wahrgenommen. Er hatte den Menschen Grabowski an sich gesehen: den massigen Körper, die Mähne, die rosigen Wangen. Aber die Augen – die waren für Falk bisher nur ein unverbindliches hellblaues Flackern gewesen. Jetzt sah er die Tiefe in Grabowskis Blick. Was immer sein Nachbar ihm sagen wollte – er meinte es ernst damit.

»Malcolm Scuola hatte nicht viele Frauen. Leider. Aber eines hat Malcolm trotzdem gelernt.« Er holte tief Luft. »Falk, schieß diese Konstanze in den Wind! Weißt du, diese Fickerei mit anderen Weibern –« Grabowski bremste sich, als er Falks heruntergezogene Mundwinkel sah. »Na gut: Diese Blaserei macht eine Frau mehr fertig, als wir Männer uns das vorstellen können. So was trifft sie ganz tief in ihrem Inneren.« Er tippte sich in die Magengrube. »Frauen können leichter vergeben als wir Männer. Sie haben ein größeres Herz. Aber man darf diese Gabe nicht überstrapazieren. Schon gar nicht gleich am Anfang.«

Falk nickte gequält. Sollten Grabowskis Worte ihn aufbauen oder verärgern?

»Du hast dich wie ein Scheißkerl aufgeführt. Du hast dir von einem Paar blanker Titten die Vernunft rauben lassen. Du hast –«

»Stopp, Malcolm!« Falk hielt die Hände wie zur Abwehr nach oben. »Genug von deinen Moralpredigten. Ich bereue ja das Wochenende mit Konstanze. Aber …« Er schaute sich um, ob Laura vielleicht etwas von ihrem intimen Gespräch mitbekommen könnte. Die stand in

sicherer Entfernung hinter dem Tresen und unterhielt sich mit dem Wirt. »... schlecht war's nicht. Basta! Und Konstanze ist ein nettes Mädchen. Ich werde ihr auf jeden Fall helfen.«
Grabowski schüttelte abermals den Kopf. »Ich muß mich wiederholen: Wessis! Wir wären niemals so treudoof.«
Falk wollte heftigst widersprechen, doch plötzlich tauchte Laura neben dem schmalen Tisch der beiden auf. Falk wunderte sich, wie sie es in so kurzer Zeit von der Theke hierher schaffen konnte. Ihm fiel auf, daß die Theologiestudentin ihn viel offener anschaute als bei seinen ersten Besuchen in der Grotte.
»Wollt ihr noch eins?« erkundigte sie sich höflich, jedoch mit forschem Unterton.
»Kommt drauf an«, erwiderte Grabowski. Er ließ seine breiten Schneidezähne aufblitzen.
Laura kräuselte voller Skepsis die Stirn. »Worauf, Malcolm?«
»Naja.« Er strich sich sein Haar glatt. »Du hast dieses nette, goldene Armreifchen von deinem Kerl. Seid ihr etwa verlobt?«
Laura trat einen Schritt zurück. »Wieso?« fragte sie leise.
»Erst die Antwort – dann die nächste Bestellung.«
»Ja, äh ... nein. Er ist nur mein Freund ...«
Falk wunderte sich über die Unsicherheit der Bedienung, mischte sich aber nicht ein.
»Guuuuut«, flötete Grabowski. »Wenn das so ist, nehmen wir zwei frisch Gezapfte.«
Falk wartete einige Sekunden, bevor er fragte: »Was hast du damit bezweckt? Du hast die Kleine völlig aus dem Konzept gebracht.«
Sein Nachbar lehnte sich zufrieden zurück. »Ja, habe ich. Weil ich jetzt weiß, daß sie ihre alte Rolle aufgibt.« Auf Falks fragenden Blick hin ergänzte er: »Ich wette mit dir, sie trägt das Armband beim nächsten Mal nicht mehr. Erst ist das Kreuz verschwunden, nun folgt das Armband.«
Falk lachte laut auf. »Ha! Erzähl ausgerechnet du mir noch mal etwas von moralischen Vorsätzen!«

20

Ein Mondmensch! Ja, wie ein Mondmensch kam er sich vor. Der schneeweiße Schutzanzug, der seinen Körper hermetisch von der Umwelt abschirmte, gewährte ihm lediglich durch einen schmalen Sehschlitz Kontakt zur Außenwelt. Der dickwandige Overall war so schwer, daß Falk nur watschelnd vorwärts kam.

Er fühlte sich erbärmlich lächerlich. Schon der aufwendige Sicherheitscheck erschien ihm übertrieben. Die Ausweiskontrolle am Eingangstor war eine Sache; die ließ er sich gefallen. Und auch, daß er auf dem Firmengelände nur mit einer Magnetstreifenkarte eingelassen wurde, die er vor jeder weiteren Tür in einen Schlitz schieben und auf die Freigabe warten mußte, akzeptierte er.

Aber was zu weit ging, ging zu weit. »Das ist ein Scherz! Sag, daß das ein Scherz ist, Malcolm!«

Grabowski hatte vorm Betreten des Laboratoriums seinen Zeigefinger auf einen Laserabtaster legen müssen. In Sekundenbruchteilen verglich die hochtechnisierte Sicherungseinrichtung die Linien seiner Fingerkuppe mit einem gespeicherten Duplikat. Ein grünes Lämpchen blinkte auf, anschließend konnten beide die Tür passieren.

»Das ist schlimmer als ein billiger Gag aus einem James-Bond-Film«, motzte Falk.

Grabowski blieb ungerührt. »Willst du unser Labor sehen oder nicht?«

Falk bejahte. Er hatte einen mäßigen Tag im Büro hinter sich. Nur die Aussicht auf einen erhellenden Abschluß des Tages hatte ihn bei Laune gehalten. Seinen Nachbarn traf er nach Dienstschluß zufällig in der Tiefgarage. Grabowski war gerade auf dem Weg zurück in sein Labor. Er hatte sich für den Abend Arbeitsstunden reserviert, um mit seiner Forschung in Sachen Romanow voranzukommen.

»Ich dachte, diese Gentechnik könnte jedermann in seiner Garage betreiben?« stichelte Falk, als er in den ballonartigen weißen Schutzanzug stieg.

»Die Romanows sind ein Sonderfall. Die genetischen Spuren sind zu alt, zu dünn. Ein sauberes DNA-Stück zu extrahieren, ist kaum mehr möglich. Meine Ausrüstung zu Hause ist zu klein dafür, da muß ich mit härteren Geschützen aufwarten.«
Sie gingen an einem klobigen Gerät vorbei. Es war aus wuchtigen Metallteilen zusammengesetzt und sah aus wie eine riesige Stanzmaschine. Ein Werkzeug, das Falk in einer Kfz-Werkstatt erwartet hätte, nicht aber in einem Hightech-Labor. Grabowski ahnte wohl seine Gedanken, erklärte unaufgefordert: »Das ist zum Zerstoßen der Zellen. Ein bärenstarker Mörser.«
»Willst du mich veräppeln? Wie sollen winzige Zellen mit einem monströsen Ding wie diesem bearbeitet werden?«
Grabowski watschelte weiter, als er antwortete: »Zugegeben, die Technik ist überholt. Ziemlich vorsintflutlich und taugt nur für pflanzliche oder bakterielle Zellen. Aber im Prinzip ist das Zerstampfen der Zellwände tatsächlich nichts anderes als bloße physische Gewalt. Man knackt die Zellen – im wahrsten Sinne des Wortes.«
Endlich drangen sie ins Allerheiligste des Labors vor. Sie passierten eine Luftschleuse. Bereits die zweite, wie Falk feststellte. »Wozu dieser Aufwand?« wollte er wissen.
»Es gibt drei Sicherheitsstufen für Genlaboratorien. Stufe eins ist die harmloseste. Wir gehen jetzt in eines der Kategorie drei. Also: Nichts anfassen«, witzelte er.
»Sehr komisch«, ärgerte sich Falk. Als sie in einen runden, gelblich ausgeleuchteten Raum traten, spürte Falk ein unangenehmes Gefühl in sich aufsteigen. Der Ausflug in die Welt der Mikrobiologie behagte ihm wider Erwarten doch nicht besonders. Die vielen Sicherungen und Luftschleusen waren nicht aus Jux eingebaut worden – sie waren Hinweis auf die Gefahren, die von diesem Raum ausgingen. »Was ist so brisant an dem ganzen Zirkus?« erkundigte er sich betont cool.
»Meine Zaren-Experimente jedenfalls nicht«, entgegnete der andere. »Die Wissenschaftler arbeiten hier mit Hepa-

titis- und Aids-Viren. Schließlich bauen wir Geräte für die Medizintechnik und nicht für Altertumsforscher. Daß ich den Raum überhaupt nutzen kann, beruht einzig und allein auf der Gefälligkeit meines Chefs. Der hat – warum auch immer – etwas übrig für mein Hobby.«
Aids-Viren? In Falks Magen begann es zu grummeln. Er fühlte sich mehr als unbehaglich, als er sich in der nüchternen Zelle umsah: In einer Ecke brummte ein überdimensionierter Kühlschrank. In seinem Bauch, erklärte Grabowski, froren Gläser voller Chemikalien, Blut und Gewebe bei siebzig Grad unter Null. Milchiges Licht drang durch die verspiegelten Fenster rings um sie herum. Das Ganze wirkte völlig steril, kalt, tot. Um sich selbst auf andere Gedanken zu bringen, fragte Falk seinen Begleiter weiter aus: »Wenn dieses technische Ungetüm draußen im Vorzimmer inzwischen zum alten Eisen zählt, wie knackt man die Zellwände denn heute?«
»Da gibt es ganz verschiedene Methoden. Mir ist die chemische am liebsten. Das geht schnell.« Er deutete auf eine weiße Vitrine im Eck. Durch die verglaste Tür konnte Falk ein Sammelsurium verschiedener Flaschen, Kolben und Reagenzgläser erkennen. Grabowski öffnete das Schränkchen, zog ein Gefäß mit milchig-roter Flüssigkeit heraus. Jetzt griff er in eine Schublade, in der in Reih und Glied Pipetten und Spritzen lagen. »Ich brauche nur einen einzigen Tropfen von dem Zeug.« Vorsichtig schraubte er die Verschlußkappe von dem Fläschchen, tunkte eine der Pipetten ein.
»Was bleibt von den Zellen übrig, wenn du sie mit diesem Saft beträufelst?«
Grabowski ließ einen winzigen Spritzer auf ein Glasschälchen fallen, auf dem er vorher ein paar muttererdenfarbene Krümel ausgebreitet hatte. »Was übrigbleibt? Ich hoffe, nicht viel. Siehst du, diese Mixtur ist eine fein abgestimmte Lösung aus Salzen und Enzymen – eine außerordentlich wirkungsvolle Mischung: Die Zelle löst sich auf. Komplett. Sie zerlegt sich in ihre Bestandteile. Der DNA-Faden mit den Erbinformationen schwimmt an-

schließend frei in der Suppe, so daß ich ihn nur noch herauszufischen brauche.«
Falk beobachtete die Flüssigkeit, die sich jetzt in feinen rosa Fäden auf den Krumen ausbreitete, mit wachsendem Respekt. Er dachte an die Spritzen, die neben den Pipetten in der Schublade lagen. »Was, wenn ein Mensch mit deinem Zellöser in Berührung kommt?«
»Das sollte er tunlichst vermeiden«, sagte Grabowski ernst. Er zog sich einen Drehstuhl heran und beobachtete das Schälchen. »Das sind meine letzten. Wenn es diesmal nicht klappt, kann ich die Sache abschreiben.«
»Deine letzten was? Redest du von den Erdkrümeln?«
Grabowskis Lachen hörte sich unter der Schutzmaske befremdlich leise an. Wie durch einen Schalldämpfer abgeschwächt. »Diese Erdkrumen, wie du sie nennst, sind winzige Splitter herrschaftlicher Gebeine.«
»Du meinst …«, Falk verschlug es die Sprache.
»Ja. Das war das beste Schnäppchen meines Lebens. Ich habe sie bei einer Rußlandreise abgestaubt. Zu Flohmarktpreisen. Ich bin frech wie Oskar zum Leichenschauhaus von Jekaterinburg gegangen, habe angeklopft –«
»Du bindest mir einen Bären auf, Malcolm!« Falk knuffte seinen Freund spielerisch an die Schulter.
»Ich würde es mir ja selbst nicht glauben, wenn ich es nicht erlebt hätte. Falk, in Rußland ist in den letzten Jahren alles möglich. Für harte Dollar oder Mark kriegst du, was auch immer du haben willst. Der Pförtner war jedenfalls sehr aufgeschlossen.«
Falk schüttelte den Kopf. »Du bist verrückt, Malcolm Scuola! Durch und durch verrückt. Wieviel hast du diesem Mann gezahlt?«
Er tippte an sein Bein, danach auf sein Armgelenk. »Eine Jeans und eine Swatch, damit war er zufrieden.«
»Das gibt es nicht!« Falk mochte dem anderen nicht glauben. »Und wer sagt dir, daß dich der Typ nicht übers Ohr gehauen hat? Die Krümel können genausogut von irgendeinem x-beliebigen anderen Toten stammen.«

»Das Risiko mußte ich eingehen. Aber er hat mich nicht beschissen: Ich habe die Proben längst untersucht, sie sind echt.« Seine Stimme wurde leiser. »Ich bin jedenfalls ziemlich sicher. Wenn die Zellen nur nicht in einem so erbärmlichen Zustand wären! Abartig! Ich habe bis jetzt keinen einzigen DNA-Strang isolieren können, der lang genug ist.«

Falk schaute sich nach einem zweiten Hocker um. Seine Beine wurden allmählich müde. Die Luft war stickig. »Also gut: Ich glaube dir diese Räuberpistole. Auch wenn sie verdammt weit hergeholt klingt.«

Grabowski hörte ihm kaum zu, war bereits tief in seiner Untersuchung versunken. »Mir geht es um die Analyse der mitochondrialen DNA. Mitochondrien, Falk, das sind winzige Kraftwerke, die die Zelle mit Energie versorgen. Die nötigen Erbinformationen für ihren Aufbau werden von der Mutter an ihre Kinder vererbt.«

»Was? Männer können das nicht vererben? Aber wir brauchen diese Kraftwerke auch.« Falk kam sich vor wie im Bio-Unterricht. Da hatte er nie oder selten etwas begriffen.

Der andere half bereitwillig nach: »Falsch. Söhne und Töchter erben die Erbinformationen in gleichen Maßen, aber nur die Mädchen können sie später wiederum weitergeben. Deine Mitochondrien tragen also die Erbinformationen von deiner Mutter in sich.«

»Wenn du herausfinden möchtest, ob es Überlebende aus der Zarenfamilie gibt oder vielmehr deren Nachkommen – dann brauchst du Gewebeproben von Frauen. Sehe ich das jetzt richtig?« fragte Falk unsicher.

»Du hörst mir nicht zu, Falk: Auch die männlichen Nachkommen haben die mitochondriale DNA geerbt. Falls die kleine Anastassija das Massaker damals tatsächlich heil überstanden hat und später einen Sohn auf die Welt brachte, dann trägt auch er die Gene der Zarin in sich. Seine Kinder allerdings – und da muß ich dir recht geben – hätten diese Erbinformationen eingebüßt.«

Falk hatte endlich einen Stuhl gefunden, zog ihn unter einem der weiß gekachelten Experimentiertische hervor. »Ist die Mitochondron-Methode –«

»Mitochondrien!« verbesserte Grabowski unwirsch.

»Ja, großer Meister. Soll nicht wieder vorkommen«, machte sich Falk über seinen Freund lustig und war versucht, ihn abermals an die Schulter zu boxen. »Ist diese Methode die einzige, die funktioniert? Oder gibt es auch andere, die weniger abhängig davon sind, ob die Erbanlagen von Männlein oder Weiblein stammen?«

»Selbstverständlich gibt es andere«, sagte Grabowski leichtweg dahin, als könne er ad hoc Tausende nennen.

Falks Skepsis blieb: »Und ... äh, hat eine dieser Methoden jemals irgendein Resultat hervorgebracht? Oder hast du dir den ganzen Hokuspokus im stillen Kämmerlein ganz allein ausgedacht?«

Grabowski richtete sich auf. Er klang erstaunt: »Guckst du kein Fernsehen? Liest du keine Zeitung?«

»Doch, sicher. Aber die Wissenschaftsseite –«

Der andere fuhr ihm über den Mund: »Ich kann dir ein ganzes Dutzend von Erfolgen aufzählen. Die DNA-Analyse ist heute weltweit Standard!«

»Ein Beispiel würde mir reichen«, wandte Falk bescheiden ein.

Grabowski mußte nicht lange grübeln: »Kaspar Hauser. Der Junge, der im letzten Jahrhundert plötzlich in Nürnberg auftauchte. Der nicht reden konnte, und von dem niemand wußte, wer er war ...«

»Jaja, die Geschichte kenne ich, Malcolm.«

»Es hat sich lange das Gerücht gehalten, daß er ein verstoßener Prinz aus dem Hause Baden war. Bis man anhand einer DNA-Spur, die aus Blutresten auf seiner Unterhose gewonnen wurde, und einer Vergleichsprobe zweier Blutspender aus dem Baden-Geschlecht die Wahrheit ans Licht brachte. Die DNA der beiden Baden-Adligen unterschied sich völlig von Hausers. Aus der Traum vom verkannten Prinzen!« Grabowski war kaum zu bremsen: »Beispiel zwei: Josef Mengele, der KZ-Arzt, lebte bis zu seinem Tod in Brasilien. Die Jäger des Auschwitzverbrechers fanden ihn erst, als es für eine Bestrafung zu spät war. Wenigstens aber herrscht jetzt Klarheit, daß er tatsächlich tot ist: Seine Überreste sind mit der DNA-Methode zweifelsfrei identifiziert worden.« Er redete so hektisch, daß die Scheibe seiner Schutzmaske beschlug. »Drittes Beispiel: Jesse James, der legendäre Supergangster aus dem Wilden Westen –«

»Genug! Stopp! Mir langt's!« unterbrach Falk Grabowskis Redefluß. »Du hast mich überzeugt. Deine DNA-Analyse ist brillant. Nicht zu schlagen. Umwerfend gut.«

Grabowski überhörte Falks neckischen Unterton entweder bewußt, oder er reagierte auf seine Weise, indem er sich über seine Probe beugte und keinen Ton mehr von sich gab.

Falk beobachtete seinen Freund einige Minuten mit mäßigem Interesse. In seinem Astronautenanzug wurde es ihm entschieden zu warm. Er sehnte den Moment herbei, in dem sie diese sterile Kammer verlassen konnten.

Doch Grabowski machte nicht den Anschein, als würde er sich beeilen wollen. Falk legte seinen Kopf in den Nacken und ließ die Gedanken kreisen. Unwillkürlich dachte er an Cathérine, das heißt: an ihren Fall. Die Verbindung zwischen ihrem Klienten, einem kleinbürgerlichen Rentner, und dem Stahlkonzern Karras wollte ihm noch immer nicht logisch erscheinen.

Falk reckte sich, beschloß, Grabowski zur Eile zu treiben. Er wollte ihm gerade an die Schulter tippen, als sein Blick abermals auf die Gewebeprobe fiel. Die trübrote Flüssigkeit hatte sämtliche Klümpchen mit zähen Schlieren überzogen. Die Krümel lösten sich allmählich auf. Seine Hand hielt über Grabowskis Rücken inne.

In Falk wuchs plötzlich ein ungeheuerlicher Verdacht.

21

Eine schwarze Limousine gleitet schnurrend über die schmalen, gepflasterten Straßen des Dorfes. Ein älterer Herr am Stock bleibt verwundert stehen und schaut dem Wagen nach. Der Dorfschullehrer, der mit seiner zweiten Klasse unterwegs zu einer Exkursion ist, breitet schützend die Arme aus. Aber das wäre gar nicht nötig, denn seine Zöglinge warten von ganz allein am Bordstein. Wie gebannt starren sie auf den großen Mercedes, der an ihnen vorbeirollt. Nie zuvor haben sie so etwas gesehen. Pferdedroschken, ja. Ein solches Ding jedoch, das brummt und dampft, nein, das kennen sie nicht. Von Automobilen hat ihnen der Lehrer erzählt. Gesehen haben sie bis heute nie eines.

»Bleibt stehen!« mahnt der Lehrer, während die Kinder mit weit geöffneten Augen und Mündern an ihm vorbeisehen. »Geht nicht näher heran!«

Die Vollgummireifen des Wagens zerschneiden eine Pfütze. Zwei Frauen, auf dem Weg zum Markt, reißen erschreckt ihre Einkaufskörbe nach oben. Eine dritte zieht den Saum ihres bodenlangen Rockes höher, damit dieser nicht vom Spritzwasser beschmutzt wird.

Augenblicklich bleibt der Mercedes stehen. Die Frauen verharren in bewegungsloser Ehrfurcht. Das schwarze Ungetüm setzt plötzlich zurück. Es rollt auf sie zu, gibt dabei tiefe Stampfgeräusche von sich, die sie bis hinein in ihre Magengruben spüren können. Die Frauen sind starr vor Schreck. Sie trauen sich nicht wegzulaufen. Der Wagen steht jetzt direkt vor ihnen. Er ist fast so hoch wie eine Kutsche. In seinen Scheiben spiegelt sich das Sonnenlicht, so daß sie nicht erkennen, wer im Inneren sitzt.

Ein Fenster wird hinuntergekurbelt. Ganz langsam. Die Frauen recken ihre Hälse, um mehr sehen zu können. Aber sie wagen es nicht, dichter an die Limousine heranzugehen. Eine Hand kommt zum Vorschein. Eine gepflegte Hand. Die eines Mannes. Er trägt einen großen goldenen Siegelring am Mittelfinger. Und einen zweiten. Einen Ehering, ebenfalls aus Gold.

»Tritt näher«, sagt der Herr im Auto, und es klingt wie ein Befehl.
Die beiden Frauen mit den Körben schauen sich an, drehen sich sodann um, blicken auf die dritte, die noch immer den Saum ihres Rockes in den Händen hält.
»Ja, du. Komm her!«
Das junge Fräulein Schellenbaum ist keine achtzehn Jahre alt. Ein Gesicht wie aus dem Bilderbuch. Weit fallendes, blondes Haar. In den ärmlichen derben Schuhen stecken makellose schlanke Fesseln, die ahnen lassen, was sich für ein wundervoller unverbrauchter Körper unter dem schäbigen Kleid verbirgt.
Das verschüchterte Mädchen setzt einen Schritt nach vorn. Der Herr im Wagen winkt ungeduldig. Sie macht den zweiten Schritt. Die Tür des Mercedes öffnet sich.

Falk konnte sich die Szenerie bildlich ausmalen. Er saß in seinem Schwingsessel, hielt die Augen geschlossen; in dem Kopfhörer säuselte es unaufdringlich.
Dieser verschrobene Narr, der Spinner, der ihn in dichtem Nebel auf einen menschenleeren Frachter gelockt hatte, konnte nur Karras gemeint haben. Genau wie die alte Florentine.
Karras. Ein Schwerenöter. Paul Schellenbaums Mutter mußte eine leichte Beute für ihn gewesen sein.

22

Er schlüpfte in die Rolle Heinrichs IV. auf seinem Gang nach Canossa. Ein Bußgang. Oder treffender: eine Bußfahrt. Falk hatte sich mit dem Taxi bis zu Cathérines Wohnung fahren lassen und sich dabei immer neue Rechtfertigungen zurechtgelegt, mit denen er ihre Wut beschwichtigen könnte.
Doch Cathérine war nicht wütend. Eine Spur Enttäuschung, vielleicht, lag in ihrem Ausdruck. Keine Andeu-

tung aber von Zorn. Sie war nicht aufgebracht, sie war die Ruhe in Person. Wortlos ließ sie ihren unsicheren Besucher eintreten. Der schaute sich, ebenfalls ohne einen Ton zu sagen, in der winzigen Wohnung um. Ein Anderthalb-Zimmer-Apartment. In seiner Schlichtheit etwas für eine Studentin, nicht für eine Anwältin mit eigener Kanzlei.

»Ist ja nur was Vorübergehendes«, erklärte Cathérine, die Falks fragenden Blick richtig deutete.

Er musterte sprachlos die Bleibe seiner Bekannten. Wände, so dünn wie aus Pappe. Das ursprüngliche Weiß der Rauhfaser war von einem speckigen Grau überzogen. Von einem engen Gang ging es zu einem schmalen, dunklen Zimmer, aus dem das penetrante Glucksen eines Heizkörpers drang. Falk warf einen flüchtigen Blick hinein. Auf dem Boden lag eine Matratze mit zerwühlter Bettdecke. An der Wand lehnte ein heruntergekommener Kleiderschrank. Die Türen ließen sich offenbar nicht mehr schließen. Falk sah das Ende eines grauen Kostüms herauslugen. Auf dem Boden neben dem Bett nahm er einen Pappkarton wahr, gefüllt mit Unterwäsche.

»Hier drüben ist's gemütlicher.« Cathérine zog Falk am Ärmel in ein annähernd doppelt so großes Zimmer. Die Einrichtung bestand nur aus zwei einfachen Holzstühlen und einem dazu passenden Tisch, über den Cathérine eine schlichte weiße Decke geworfen hatte. Ein Drittel des Raums war durch eine halbhohe Anrichte abgetrennt, hinter der es aus zwei Töpfen dampfte. Durch zwei schmale, vom Küchendunst beschlagene Fenster fiel das kalte Licht einer Straßenlaterne. »C'est ma suite. Fühl dich wie zu Hause.«

Falks schlechtes Gewissen wurde durch Cathérines Verhalten nicht gerade entlastet. Er fragte sich, wann sie wohl endlich auf die peinlich-pikanten Einzelheiten seiner Jever-Fahrt mit Konstanze zu sprechen kommen würde. Andererseits – zu ihrem Mann konnte oder wollte sie offensichtlich nicht so bald zurück. Vielleicht mochte sie es sich mit Falk deshalb nicht verderben. Genausogut aber

konnte der dicke Hammer noch kommen: In diesem Fall machte sich Cathérine gerade warm für den Angriff.
Aus den beiden dampfenden Töpfen zauberte Cathérine schwarze Bandnudeln mit einer köstlich duftenden Wein-Lachs-Sauce. Sie stellte ein Stück italienischen Hartkäse nebst Reibe dazu, zündete zwei Kerzen an. »Bon Appétit.«
Falk lächelte dankbar, griff den Käse und hobelte einen kleinen Berg weißgelber Flocken auf die Bavette. »Du bist also von zu Hause ausgezogen«, stellte er fest.
Pfiffig kombiniert, schien Cathérines Blick zu sagen. Sie nahm ihm den Käse ab.
»Das heißt, du wohnst nicht mehr bei deinem Mann«, plapperte er weiter.
Schlauberger, sagten ihre Augen. Sie gönnte sich eine doppelte Portion Käse.
»Du hast eure gemeinsame Wohnung demnach aufgegeben.«
»Falk.« Sie legte den Käse grob auf den Tisch. »Nerv mich nicht. Es ist aus mit ihm. Schluß und vorbei.«
Falk stieg eine kräftige Röte ins Gesicht. Er widmete sich seinen Nudeln und schwieg.
Jedoch nicht besonders lange. Er konnte es einfach nicht mehr ertragen. Er wollte das Thema endlich zur Sprache bringen. Entschieden legte er das Besteck beiseite. »Cathérine. Die Sache mit Konstanze ...«
Sie unterbrach ihn scharf: »Halt deinen Mund! Ich will nichts wissen von dieser ... dieser – Schlampe! Ich habe kein Recht, mich da einzumischen.« Ihre Augen straften den letzten Satz Lügen.
»Aber ich möchte, daß du weißt –«
»Putain; je ne tiens pas à le savoir. Bitte hör auf damit, Falk. Bitte.« Sie hob schützend die Hand. Das Energische war aus ihrer Stimme verschwunden.
Falk griff nach der Flasche Wein, die Cathérine auf den Boden neben den Tisch gestellt hatte. Er goß beiden ein. Sie tat ihm leid. Er kam sich auf einmal töricht vor. In den letzten Wochen hatte sie wohl viel mitgemacht. Eine

langjährige Ehe aufzugeben, selbst wenn die Liebe längst erloschen war, mußte gewaltig an den Kräften zehren. Und ausgerechnet in dieser Situation behelligte Falk sie mit seinen zweifelhaften Amouren. Kein Wunder, daß sie sauer war.

Die Bavette schmeckten vorzüglich. Falk genoß jeden Bissen. Er entschied, das Thema zu wechseln und Cathérine über seine Entdeckungen im Fall Schellenbaum zu berichten. Seine Ausführungen gipfelten in einer mehr als gewagten Hypothese. Er zögerte, bevor er seine Gedanken aussprach: »Was, wenn dein Herr Schellenbaum in Wirklichkeit gar kein Schellenbaum ist?« Cathérine hob fragend die Brauen. »Naja, wenn er nicht wirklich Schellenbaum heißen würde?«

Cathérine schluckte hastig runter, spülte mit einem Schluck Wein nach. »Natürlich heißt er nicht wirklich Schellenbaum. Das ist der Familienname seiner Mutter. Wenn sein Vater nicht getürmt wäre, würde Schellenbaum selbstverständlich dessen Nachnamen tragen. Aber das ist keine sehr erhellende Erkenntnis, Falk.«

Er fuchtelte mit seiner Gabel in der Luft, als würde er das Besteck als Taktstock ansehen. »Sicher, der Vater ist weg. Doch es gibt eine erste feine Spur, die zu ihm hinführt«, triumphierte er.

»Du spielst auf die greise Frau an, die dir etwas über diese Industriellenfamilie vorgesäuselt hat.«

»Genau darauf spiele ich an. Und auf den …«

»… den Irren, der an den Klabautermann glaubt?« nahm sie ihn auf den Arm.

Falk steckte das ohne Murren weg. »Ja«, sagte er schlicht und legte ihr haarklein seine Mutmaßung dar, zu der er bei Grabowski im Labor gelangt war: daß Cathérines Klient Paul Schellenbaum ein Mitglied der Karras-Familie sein könnte.

Falk begründete das nicht nur mit der dünnen Aussage der alten Florentine. Er führte auch die ausgeklügelte Finesse an, mit der Schellenbaum ins Gefängnis und damit außer Gefecht gesetzt worden war, die durchaus

für einen mächtigen und finanzkräftigen Auftraggeber sprechen würde.
Er beugte sich vor, blickte Cathérine eindringlich in die Augen: »Wir suchen nach jemandem, dem kein Aufwand zu groß war, um den unerwünschten Familiensproß Schellenbaum aus dem Weg zu räumen. Auf wen trifft das besser zu als auf Karras?« Schließlich kam Falk selbstsicher auf sein Vorhaben zu sprechen, mittels Genproben den Nachweis zu erbringen, daß Cathérines Klient tatsächlich ein Nachkomme des großen Karras sei.
»Aber warum weiß Schellenbaum nichts davon?« Cathérines Frage war so einfach, und doch brachte sie Falks ganzes komplexes Gedankengebäude mühelos zu Fall. Sie füllte beiden Nudeln nach, bevor sie ausholte: »Ich habe bereits mit ihm darüber gesprochen, weil ich nach deiner Jever-Fahrt zunächst ähnliche Rückschlüsse gezogen hatte. Gleich nach unserem Telefonat neulich. Kurzum: Er hat vom Namen Karras zwar gehört. Kein Wunder, wer kennt diesen Stahlkonzern nicht? Deine Theorie aber hält er für abwegig. Ein Karras könnte nie im Leben sein Vater sein, sagt er. Und mal unter uns: Er sieht diesem Karras-Clan nicht die Spur ähnlich, findest du nicht?«
Falk war der Appetit vergangen. Seine Hypothese war zu schön, um sie einfach über den Haufen zu werfen. »Ich sehe meinem Vater auch nicht ähnlich. Das beweist gar nichts.« Er verspürte plötzlich den überstarken Drang, nach Hause zu gehen und intensiver über die Sache nachzudenken. Er schob den Stuhl zurück.
»Kannst du keine Kritik vertragen?« entgegnete Cathérine unwirsch.
»Doch, doch. Nur: Ich bin mir meiner Sache völlig sicher. Du hättest die Augen von Florentine sehen müssen. Sie hat die Wahrheit gesagt.«
Zweifel lagen in Cathérines Stimme: »Sie ist fast hundert, Falk.«
»Aber geistig keine siebzig! Und dieser Kerl vom Schiff – ich konnte seine Angst vor dem Namen Karras regelrecht spüren.« Er stand auf. »Ich will mich noch einmal mit

Grabowski unterhalten. Wir müssen einen Weg finden, den Vater deines Klienten zu ermitteln.«

»Falk, verflucht!« Auch Cathérine erhob sich jetzt. Ihr Gürtel verfing sich an der Serviette, so daß sie um ein Haar ihren Teller herunterriß. »Schellenbaums Vater, wer auch immer er war, liegt längst unter der Erde. Er ist tot.«

»Das spielt keine Rolle. Seine Gene haben überlebt. In Schellenbaum.« Falk war vernarrt in seine Idee.

»O.k. Gut.« Sie wischte sich einige verirrte weiße Strähnchen aus dem Gesicht. »Ich fahre dich nach Hause.«

»Nein, nein. Ich nehme wieder ein Taxi oder die Straßenbahn. Du kannst mit deinem gebrochenen Arm sowieso nicht fahren.«

Konnte sie doch. »Das ist ein Automatik. Zugegeben: Bei meiner Wohnung gehe ich derzeit Kompromisse ein. Aber mein Auto lasse ich mir nicht nehmen.« Der schwarze 3er BMW fegte über die Pflastersteinstraße, die Tachonadel stand auf achtzig.

»Auch bei einem Automatik muß man ab und zu mit zwei Händen ans Steuer fassen.« Für Falks Geschmack fuhr sie entschieden zu forsch.

Cathérine lachte. »Bei meinen Genen gibt es jedenfalls keine Zweifel: Ich weiß, wer mein Vater ist. Und ich weiß auch, von wem ich den Fahrstil geerbt habe.« Cathérine wechselte die Fahrspur und nahm damit einer Straßenbahn die Vorfahrt. Das gelbe Gefährt hinter ihnen bimmelte wie verrückt.

»Hör auf damit! Fahr ein bißchen vernünftiger.« Erneut erntete Falk für seine Bemerkung nur ein Lachen.

Der BMW raste über die Elbbrücke in Richtung Neustadt. Über dem Fluß hingen Dunstschleier. Auch die malerische Uferkulisse mit Semperoper und Schloß lag in diesigem Grau. »Gleich haben wir's. Dann bist du erlöst«, spottete Cathérine.

Falk fiel das Geräusch erst gar nicht auf. Ein feines Rasseln, mehr nicht. Es steigerte sich schnell zu einem Schlagen. Klack, klack, klack. »Was ist das?«

Cathérine bog mit quietschenden Reifen in eine Seitenstraße ab. »Was ist was?«
»Na, dieses Klacken. Kommt das vom Reifen? Kurbel mal die Scheibe runter.«
Das Klopfen war jetzt überdeutlich zu hören. Cathérine bremste ab, hielt den Wagen dann ganz an. »Komisch. Ich habe ihn erst letzte Woche von der Inspektion geholt.«
»Wenn sich was in der Felge verfangen hat, kann die Werkstatt nichts dafür«, belehrte Falk sie.
Seine Wohnung lag nur zwei Häuserblocks weiter. Keine Entfernung für einen schnellen Spurt. Gemeinsam mit Grabowski, dem ewigen Retter in der Not, kehrten sie zum Wagen zurück. Ihm genügte ein minutenkurzer Blick unter die Motorhaube. »Das wär euch mit 'nem Trabbi nicht passiert.«
»Spar dir deine Ossi-Weisheiten, Malcolm«, sagte Falk entnervt. Es fing an zu nieseln, und er wollte den abendlichen Aufenthalt unter freiem Himmel nicht länger dehnen als unbedingt nötig.
Grabowski ließ die Haube zufallen. »Der Zahnriemen ist gerissen. Ein altes BMW-Leiden. Ihr habt Glück, daß euch das in dieser Seitenstraße passiert ist. Bei höherem Tempo, auf der Autobahn, hätte es glatt den Motorblock raushauen können.« Falk wurde bei dem Gedanken daran, wie Cathérine kurz zuvor mit Karacho über die Elbbrücke gerast war, ganz anders.
»Einen Augenblick mal.« Cathérine wollte sich mit Grabowskis Erklärung nicht zufriedengeben. »Der Wagen ist super in Schuß. Und er war gerade erst beim Service. Das darf doch nicht passieren.«
»Darf es auch nicht«, bestätigte Grabowski lapidar und trat den Heimweg an.
Der Nachbar ging auf die Autopanne zunächst nicht näher ein. Zu Hause angekommen, erfuhren Falk und Cathérine, warum: »Die Sache wird langsam, aber sicher ernst«, sagte Grabowski und fischte drei Dosen Bier aus dem Kühlschrank. »Wie heißt es so schön: Die Dinge

überschlagen sich.« Er reichte Falk eine Dose, die andere hielt er Cathérine hin.
Die winkte ab. »Was wollen Sie damit sagen?«
»Du brauchst ihn nicht zu siezen, Cathérine. Nenn ihn Malcolm, dann ist er zufrieden«, sagte Falk mit süffisantem Unterton.
»Danke, Nachbar. Spart mir eine offizielle Vorstellung.« Er öffnete die Dose, indem er die Lasche mit den Zähnen abzog. »Wenn das wahre Leben anfängt, einen schlechten Film zu kopieren, dann heißt es: festhalten, es wird gefährlich!«
»Spricht er immer in Rätseln?« erkundigte sich Cathérine bei Falk.
»Ich kenne ihn selbst erst knapp vier Wochen. Aber ich glaube: ja.«
Grabowski genoß den Augenblick, in dem er sich als derjenige präsentieren konnte, der als einziger wußte, was gespielt wurde: »Ich beginne endlich, eins plus eins zusammenzuzählen. Laßt mich rekapitulieren, Freunde: Falk erzählte, daß unsere kleine Rechtsanwältin sich in der Eisenbahn fast an einer Schraube zu Tode geschluckt hätte, stimmt's?«
»Die ›kleine Rechtsanwältin‹ habe ich überhört.« Cathérine beäugte Grabowski mit Argwohn.
»Anschließend bricht sich die Lady einen Arm. Weil eine Treppenstufe locker saß, ja?« Cathérine nickte widerwillig. »Kurz darauf versucht ein obskurer Poltergeist, den lieben Falki mit einem Beiboot zu erschlagen.« Falk verdrehte gequält die Augen. »Und heute abend reißt der Zahnriemen eines top-gepflegten Autos, das noch dazu frisch aus der Werkstatt kommt. Ganz zu schweigen davon, daß hinter Falk ein bezauberndes Gangsterpärchen her ist, das ihn bei jeder sich bietenden Gelegenheit verprügeln will.«
Falk ließ sein Bier sinken. Er starrte Grabowski an: »Du bist hier nicht in einem deiner Malcolm-Scuola-Krimis. Das waren Zufälle – da gibt es keinen Zusammenhang ...« Er war sich indes selbst nicht mehr sicher.

Grabowskis Miene blieb ungerührt. »Das waren eben keine Zufälle. So viele Zufälle gibt es nämlich nicht. Ich habe zwar keinen Schimmer, wie man einen Zahnriemen manipulieren kann, aber ganz offensichtlich ist es ja möglich.«
Falk wollte auflachen. Das Ganze erschien ihm zunehmend wie eine Farce. Das Lachen blieb ihm im Halse stecken. Ein schrilles Pfeifen ließ ihn aufschrecken. Auch Grabowski fuhr herum. Er knallte seine Bierbüchse auf den Tisch, spurtete zu seinem Schreibtisch. Ungläubig starrte er auf ein kleines Anzeigegerät. »Ich habe sie tatsächlich erwischt. Die kleinen Scheißer sind wieder in mein Kellerabteil eingebrochen. Diesmal kriege ich sie!« Sein massiger Körper setzte sich mit erstaunlicher Geschmeidigkeit in Bewegung. Er hetzte zur Wohnungstür, riß sie auf.
»Was, wenn es gar nicht die Lausbuben sind?«
Falks Einwand konnte Grabowski nicht bremsen. »Das werden wir ja gleich sehen. Ich nehme die Treppen, ihr den Aufzug. So schneiden wir ihnen den Weg ab!«
Falk und Cathérine tauschten unsichere Blicke, machten sich aber gleich auf zum Fahrstuhl. »Was wird dein Freund unternehmen, wenn er diese Einbrecher wirklich zwischen die Finger kriegt?«
Falk zuckte mit den Schultern. »Keine Ahnung. Hoffen wir mal lieber, daß sie nichts mit ihm unternehmen.«
Die Lifttür glitt auf. Falk drückte die U-Taste. »Eine Prügelei hat mir heute gerade noch gefehlt«, meinte er matt.
»Man hätte die Polizei rufen können«, merkte Cathérine an. Jetzt, da beide im Lift dicht beieinander standen, fiel Falk wieder der Größenunterschied zwischen ihnen auf. Instinktiv stellte er sich auf die Zehenspitzen. »Ich habe nichts gegen kleinere Männer«, brachte ihn Cathérine auf den Boden zurück.
Falk grinste. »Und ich habe nichts gegen große Frauen.«
Der Fahrstuhl öffnete sich. Die Hand des Modepüppchens war mit einem Schlagring bewehrt. Ihren ersten Treffer

landete sie in der Magengrube des völlig überraschten Falk. Stöhnend beugte er sich vornüber. Sie holte erneut aus. Dann ging alles blitzschnell: Aus den Augenwinkeln sah er, wie Cathérine zu einem Sprung nach vorn ansetzte. Sie rammte ihre bleich geschminkte Widersacherin mit voller Wucht in die Seite. Das zart gebaute Mädchen taumelte rückwärts. Für einen Augenblick schien es, als habe sie Cathérines Angriff in die Defensive getrieben. Bevor sich Falk aufrichten und seiner Freundin helfen konnte, hatte die Orangeblonde ihre Reserven aktiviert: Sie stürzte sich auf Cathérine, schmetterte ihren Schlagring krachend auf deren Gips. Mit schmerzverkrampftem Gesicht taumelte Cathérine zurück, prallte gegen die Aufzugtür.

Im nächsten Moment war die Angreiferin verschwunden. Falk überlegte, sie zu verfolgen, gab den Gedanken angesichts des stechenden Schmerzes in seinem Magen aber auf. Er wandte sich Cathérine zu. Tränen rollten über ihre Wangen, als sie schluchzend hervorbrachte: »Ich glaube, sie hat ihn mir noch mal gebrochen. Dieses Biest!«

»Wir müssen dich zu einem Arzt bringen.«

»Wir müssen uns als erstes um deinen Kumpel kümmern. Wer weiß, wie die ihn zugerichtet haben.«

Tatsächlich war Grabowski nichts als ein Häufchen Elend. Zusammengesunken saß er in seinem Kellerabteil. Alle Farbe war aus seinem Gesicht verschwunden.

»Um Gottes willen, Malcolm! Bist du verletzt?« Falk beugte sich über ihn.

Sein Nachbar hielt abwehrend die Hand nach oben. Mühsam richtete er sich auf. »Nein, mir geht's gut. Ich war zu spät hier, die Schweine waren bereits weg.«

»Warum dann die Leidensmiene?« hakte Cathérine vorsichtig nach.

Statt eine Antwort zu geben, deutete Grabowski auf seine Arbeitsplatte. Erst jetzt fiel Falk auf, daß auf dem Tisch ein schreibmaschinengroßes Ding lag. Grabowski strich über den völlig zerbeulten Kasten. »Das ist alles, was sie von meinem PCR übriggelassen haben.« Sanft legte er ein Staubtuch über die Trümmer. »Meine Lausbuben hätten das nicht getan. Bier stehlen, ja. Aber so was ...« Er blickte Falk und Cathérine herausfordernd an. Sekunden verstrichen, in denen er nur still dastand, tief durchatmete und die Nüstern blähte wie ein Stier. Für einen Moment schien es, als hätte er sich beruhigt. Im Schneckentempo drehte er sich weg, doch nur, um dann mit Karacho herumzufahren. Sein schwerer Stiefel traf die Gittertür des Kellerabteils, die scheppernd zurückschlug und mehrere Male hin- und herpendelte, bevor sie zur Ruhe kam. Cathérine zuckte zusammen, als Grabowski brüllend hervorstieß: »Mir geht die gequirlte Scheiße, mit der ihr euch abgebt, allmählich auf die Nerven. Euer Spiel wird verdammt kostspielig, Freunde.«

23

Sie hielt sich an die Abmachung: Sie durfte in seiner Wohnung bleiben, sie durfte an seinen Kühlschrank gehen, sie durfte sein Bad benutzen. Aber keine Anmache! Blue Jeans und Schlabberpulli. So konnte Falk Konstanze in seiner unmittelbaren Umgebung ertragen, ohne daß seine Gedanken fortwährend abschweiften.
Er saß in seinem Schwingsessel und las. Konstanze hatte es sich auf seinem Klappsofa gemütlich gemacht, blätterte in der »TV Spielfilm« und schnurrte.
»Hör bitte auf damit.«
Konstanze blickte auf. In ihrem linken Nasenflügel blinkte ein winziger Brillant. Er war Falk bisher nie aufgefallen. »Was denn? Darf ich nicht einmal summen?« Sie zog geschmeidig die Beine an.
»Das ist kein Summen. Das ist Schnurren.«
Konstanze krümmte ihre Finger zu Krallen, bleckte die Zähne und fauchte. »So besser, du Unschuldslämmchen?«

Falk ignorierte das. Er versuchte, sich in seine Lektüre zu vertiefen. Ein Buch über die Kindertage der Schwerindustrie. Ein Werk über all die großen Pioniere der Industrialisierung: über den Lokomotivenbauer August Borsig, über Hochofenkönig Hoesch, über die Kruppsche Stahldynastie – und natürlich über einen der mächtigsten von allen: den alten Karras.

Wie bescheiden er angefangen hatte! Falk las die Zeilen voller Unglauben. Karras, Sohn eines Pferdeschmieds, startete seine legendäre Karriere unter denkbar schlechten Umständen: Der Vater starb früh, Karras mußte als ältester von sieben Geschwistern die Familie ernähren. Er schuftete vierzehn Stunden am Tag in einem Bergwerk. Und trotzdem reichte es kaum, die Familie über Wasser zu halten. An seinem einzigen freien Tag, dem Sonntag, grübelte er darüber nach, wie er die hoffnungslose Lage verbessern könnte. Und er fand einen Weg ...

»Karras?« Konstanze ließ ihren Kopf verkehrt herum vom Sofa baumeln und besah argwöhnisch Falks Bucheinband. »Was interessierst du dich für dieses verschlagene Charaktermonster?« Abscheu lag in ihrer Stimme.

»Was heißt hier Charaktermonster? Der Mann hat es weit gebracht in seiner Zeit.«

»Weil er brutal und rücksichtslos war. So sind sie alle, diese feinen Herren aus dem Management. Da laß ich allemal lieber einen soliden Arbeiter ran. Bei dem muß ich mich wenigstens auf keine perversen Spielchen einlassen.«

»Wer?«

»Wer was?«

»Wer das wissen will!«

Konstanze streckte ihm die Zunge raus, nahm sich wieder die Fernsehzeitung vor. Falk tauchte erneut in die Welt der industriellen und gesellschaftlichen Umwälzung ein. Karras hatte von den Erfolgen der Briten beim Verhütten von Eisen gehört. Und er wußte, daß die Deutschen mit dieser Kunst so ihre Probleme hatten: Deutscher Stahl war viel brüchiger als der englische. Außerdem war die Produktion wesentlich kostenintensiver. Karras beschloß, alles auf eine Karte zu setzen: Er verabschiedete sich von seiner besorgten Mutter mit unbekanntem Ziel – und setzte nach Großbritannien über.

»Ich muß mal.«

»Dann geh doch.« Er hob diesmal nicht den Blick. Maulend zog Konstanze ab. »Weiter im Text«, zwang sich Falk zurück in die Vergangenheit. Karras war klar, daß die Briten über ihre Technik mit Argusaugen wachten. Vor allem über ihr Rezept, den Stahl biegsam und dennoch belastbar zu halten. Ausländischen Spionen, die dieses Verfahren aufdecken wollten, drohte die Todesstrafe. Karras, damals keine fünfundzwanzig, konnte das nicht schrecken. Er gab sich als möglicher Abnehmer eines größeren Kontingents Stahl aus, und schon war er mittendrin in einem der sagenumwobenen Stahlwerke. Der technisch clevere Karras durchschaute schnell das Prinzip des Ofens – aber dann kamen ihm die Briten auf die Schliche. Mit geladenen Schrotflinten jagten sie ihn über das Werksgelände. Einige Salven verfehlten ihn um Haaresbreite. Falk blätterte gebannt um. Die Lektüre fesselte ihn wie ein Kriminalroman.

»Fahaaaalk! Kommst du mal? Hier klemmt was.«

Entnervt schaute er auf. Was war nun schon wieder? Falk legte das Buch beiseite. »Wo brennt's denn?«

»Ich krieg den blöden Wasserhahn nicht mehr zu. Habe ihn wohl zu weit aufgedreht.«

»Das gibt's doch gar nicht!« stöhnte Falk und war versucht, Grabowskis Lieblingswort »abartig« in den Mund zu nehmen.

Konstanze kam ihm mit quietschnassem Pullover entgegen. »Selbst auf die Gefahr hin, daß gleich wieder deine Hormone hüpfen – aber den muß ich ausziehen.« Sekunden später trug sie nur noch ihren roten Spitzen-BH. Falk drehte sich abrupt um, ging ins Badezimmer.

Aus dem Hahn sprudelte es wie verrückt. Konstanze hatte es geschafft, ihn bis zum Anschlag aufzudrehen und in dieser Position zu verhaken. Falk gelang es nur mit großer Anstrengung, ihn zu lockern und zurückzuschrauben. Auch er war jetzt pudelnaß. Geladen ging er zurück ins Wohnzimmer. Mit einer gewissen Beruhigung konnte er feststellen, daß sich sein Dauergast inzwischen eine Bluse übergezogen hatte. Er streifte seinen Rolli ab, schlüpfte sogleich in ein frisches T-Shirt. Falk wollte sich wieder in sein Buch vertiefen. Aber es lag nicht mehr an seinem Platz. Verwirrt schaute er sich um.

»Wenn du diesen langweiligen Schmöker suchst …«

»Ja?« Er blickte sie herausfordernd an.

Konstanze rekelte sich auf dem Sofa. »Im Biomüll.«

»Was? Biomüll? Warum, zum Teufel, im Biomüll?«

»Weil der gelbe Sack schon voll war«, antwortete sie seelenruhig.

Falk hetzte in seine winzige Küche, ließ den Deckel des Mülleimers hochschnellen. Und tatsächlich: Zwischen gebrauchten Kaffeefiltern, verschimmelten Orangenschalen und einem stinkenden Rest saurer Sahne lag sein Buch. Die Seiten wellten sich von der Feuchtigkeit. Angewidert schloß er den Deckel.

Falk war nicht mehr nach Scherzen zumute. Am liebsten hätte er Konstanze gepackt und vor die Tür gesetzt. »Sag mir auf der Stelle, was in dich gefahren ist!«

»Leider gar nichts«, hauchte sie.

»Laß deine dämlichen Anzüglichkeiten! Warum hast du mein Buch weggeschmissen?« Falk drohte mit der Faust.

»Ach? Willst du mich etwa schlagen?«

Wahrhaftig fehlte nicht viel dazu. Falk ließ die Hand sinken. Etwas freundlicher sagte er: »Konstanze, so geht das nicht. So können wir das nicht mehr lange durchziehen. Du kannst nicht ewig bei mir wohnen.«

»Ich weiß.« Ihr Ausdruck wurde ernster. »Das weiß ich nur zu gut …«

Falk setzte sich zu ihr. Sie zog zaghaft ihre Beine weg, als Falk ansetzte: »Bei mir herrscht augenblicklich das reinste Tohuwabohu. Ich kann in meinem neuen Job

kaum Fuß fassen, meinen gerade gewonnenen Freunden werden Fallen gestellt oder ihr kostbarstes Eigentum zertrümmert, meine persönlichen Gefühle sind ein einziges Chaos.« Falk holte Luft. »Und dann bist du noch da.«
»Möchtest du den dritten und letzten Teil meiner Geschichte hören, Falk Schiller?« Ihre dunkle Stimme klang weich und zärtlich.
Falk seufzte: »Warum nicht. Also bitte, erzähl deine Geschichte.« Resigniert ließ er sich zurückfallen.
Konstanzes Füße tasteten sich behutsam wieder vor. Beinahe berührungslos begann sie, ihre Zehen an seinem Oberschenkel zu reiben. »Ich war, glaube ich, bei meinem zweiten Zuhälter stehengeblieben.« Falk erinnerte sich an ihre Schilderungen über die »Handentspannung« im Kino. »Dieses lockere Leben hielt nicht lange an. Der Typ verkaufte mich nach ein paar Monaten weiter.« Ihre Gesichtszüge versteinerten. »An Manfred. Ein Lude, wie er im Buche steht.« Ihre Zehen versteiften sich, dann spannte sich ihr ganzer kleiner Körper an. »Er hatte es nicht nötig, sich großartig bei mir vorzustellen. Ehe ich überhaupt wußte, was mit mir geschah, fingerte er mit seinen großen Pranken an mir herum. Weißt du, was die Loddels unter ›einreiten‹ verstehen?«
Falk winkte ab. »Erspar mir die Details.«
»Der ging so heftig vor … es wundert mich, daß sich das Miststück kein Glockentrauma eingehandelt hat.«
»Konstanze!«
»Ja, hör nur zu, du Superanwalt! Gleich komme ich auf deine Zunft zu sprechen.«
Falk horchte auf. Was für Abstrusitäten mochten Konstanze eingefallen sein? Er versuchte es abermals auf die versöhnliche Tour: »Strapazier meine Nerven nicht mehr als nötig, o.k.?«
»Sorry, Chef, das wird sich kaum vermeiden lassen.« Konstanze kniff die Augen zusammen. Sie waren jetzt nur noch Schlitze. Wie bei einer Katze, die sich jeden Moment auf die Maus stürzen würde. »Ich war schon einmal bei einem von euch.« Falk kamen blitzartig Bilder von Nixdorff

und seinen Kollegen in den Sinn. Er wußte nicht, ob er das, was jetzt kommen würde, wirklich erfahren wollte. »Es war nach einem Krankenhausaufenthalt. Manfred hatte mich grün und blau geprügelt, weil ich mich geweigert hatte, es mir von einem seiner perversen Spezialkunden mit einer Sektflasche besorgen zu lassen.«

»Ich hör mir das nicht länger an!« warnte Falk. Natürlich war er ergriffen von dem, was sie erzählte. Aber er wollte in diese diffuse Angelegenheit nicht tiefer hineingezogen werden. Das entsprach absolut nicht mehr seiner Kragenweite.

»Die im Krankenhaus haben mich gefragt, woher die Verletzungen kamen.« Sie schluckte. »Ich durfte natürlich nicht plaudern, wenn mir mein Leben lieb war. Aber ich habe es trotzdem getan. Einen Tag später kam die Polizei, eine nette Beamtin. Gleich danach hatte ich ein Gespräch mit der Staatsanwaltschaft.«

Falk traute sich beinahe nicht zu fragen, wie diese Unterredung ausgegangen war. Konstanzes Anspielungen sprachen nicht gerade für ein Happy-End. »Konnte man dir nicht helfen?«

»Wenn du es genau wissen willst: nein, kein Stück! Manfred hat da seine Methoden, die jeden Staatsanwalt zum Einlenken bewegen.«

»Und die wären?«

»Sex.« Konstanze sprach das Wort breit und vulgär aus. »Kostenloser Sex. Sex mit Frauen ganz nach dem Geschmack des Staatsanwalts. Sooft er will. So was schafft Abhängigkeiten.« Konstanze grinste kalt. »Ich sehe diesen Herrn bildlich vor mir. Wie er breitbeinig in seinem Club sitzt und vor den anderen aufgeblasenen Robenträgern damit prahlt, daß er seine Gefälligkeitsschulden in der Halbwelt eintreibt – indem er sie nämlich munter abvögelt!«

»Dafür wirst du kaum einen Beweis haben.« Falk erhob sich, ging zum Fenster.

»Nein«, kam es leise vom Sofa. »Natürlich nicht.« Ein stilles Seufzen. »Aber Manfred darf mich weiter prügeln. Bis heute.«

24

»Spucke!«
»Was?«
»Speichel!«
»Bitte?«
»Mensch, Junge, stell dich nicht blöder an, als du bist. Wir müssen jemanden aus dem Karras-Clan dazu bringen, uns einen Tropfen aus seinem Mund zu überlassen.«
Falk wunderte sich einmal mehr über Grabowski. Sicher, es war fein und nett und lieb von ihm, daß er Falk trotz allem weiter helfen wollte. Aber die abwegige Idee, auf diese Weise Genproben von möglichst vielen Angehörigen der Karras-Familie einzustreichen, um sie dann mit denen von Schellenbaum zu vergleichen … Das machte auf Falk nicht gerade den Eindruck solider Forschungsarbeit. »Wieso ausgerechnet Speichel?« fragte er angewidert.
»An Blut werden wir kaum rankommen. Es sei denn, du heißt mit Zweitnamen Dracula.« Grabowski stellte sich auf die Zehenspitzen, um an einen im oberen Regalfach stehenden Ordner zu gelangen. »Ich werde dir mal was vorlesen.« Er setzte sich Falk gegenüber in die Küchennische, wollte den Ordner aufschlagen, als er für einen Moment innehielt. »Schwarzbier?«
»Jetzt? Es ist Frühstückszeit, Malcolm. Ich muß gleich zur Arbeit.«
»Auch recht.« Grabowski erhob sich umständlich von seinem silbern glänzenden Alu-Hocker, der den nachlassenden Druck mit einem erleichterten Quietschen honorierte. Er öffnete den Kühlschrank, kniete nieder, warf einen unwirschen Blick hinein und ließ die Finger seiner linken Hand ungeduldig auf das Seitenblech des antiquierten Küchengeräts trommeln. »Kein Bier, sagst du?«
Falk schob den Ärmel seines Sakkos zurück und schaute auf die Uhr. »Hör mal, ich bin sowieso knapp dran. Ich habe kein Frühstück erwartet, als ich vorbeigekommen bin, o.k.?«

Der andere verzog das Gesicht und tauchte mit seinem Kopf für einige Sekunden in das Innere des Eisschranks ein. Seine Hände folgten nach, und schließlich zauberte er tatsächlich so etwas wie ein nichtalkoholisches Getränk aus den Tiefen des klobigen Apparats. »Apfelsaft. Garantierte Zonenqualität. Made in Thüringen.« Er erhob sich und knallte den Pappkarton auf den winzigen Küchentisch direkt vor Falks Nase.
Der beäugte die Packung kritisch. »Das Verfallsdatum ...«
»Darum biete ich dir ja Bier an, Falki! Das überschreitet in meinem Haushalt mit Sicherheit kein Verfallsdatum.« Er pfefferte den Aktenordner auf den Tisch. So kräftig, daß ein Schuß Apfelsaft aus der Packung und nur um Haaresbreite an Falks Sakko vorbeispritzte. Von Falks erschreckt-empörter Mimik ließ sich Grabowski nicht beirren: »Also, ich lese dir was vor, einen Zeitungsartikel. Vom Dezember 1996: ›Der Mörder der achtzehnjährigen Yasmin S. – ist er bald gefaßt? Eintausenddreihundert Männer aus der Fünftausend-Seelen-Gemeinde Vechelde bei Peine mußten am Wochenende zum Speicheltest.‹ Hörst du zu? ›Ihre Speichelproben sollen mit der genetischen Struktur eines Haares verglichen werden, das die Polizei bei der verstümmelten Leiche gefunden hatte. Dieser sogenannte genetische Fingerabdruck soll den Mörder verraten.‹ Das arme Mädchen ist nach einem Diskobesuch überfallen, vergewaltigt und grausig zerstückelt worden«, erklärte Grabowski.
»Für verstümmelte Leichen hast du offenbar ein Faible«, kommentierte Falk. »Von deinen Romanows war ja schließlich auch nicht viel übrig ...«
»Das ist gar nicht nötig. Versteh doch, Falk: Ein Spritzer Blut, ein wenig Spucke an einem Zigarettenstummel oder einer Briefmarke – und der Täter ist so gut wie überführt! Selbst aus den kümmerlichen Haarenden in der Totenmaske von Shakespeare könnte man schlußfolgern, was für ein genetisches Profil er hatte.«
Falk hob nachdenklich den Zeigefinger an die Lippen. »Sagtest du eben etwas von Briefmarken?«

»Ja. Die muß man bekanntlich anlecken, um sie aufzukleben. Der Speichel, der dabei auf dem Papier –«
»Das klingt plausibel. Verrückt, aber machbar!« Falk sprang auf. »Wenn wir es wirklich auf deine Weise probieren wollen, dann nur so: Wir schreiben Familienmitglieder der Karras-Sippe an und bitten sie unter irgendeinem Vorwand um eine Rückantwort. An den Briefmarken ihrer Post finden wir …«
Grabowski führte den Satz zu Ende: »… unsere heißgeliebten Gene.«
»Das ›heißgeliebt‹ sei mal dahingestellt. Aber die Gene haben wir dann bekommen. Auf ziemlich elegante Weise sogar.«
»O.k., Falk.« Grabowski tippte auf seine Armbanduhr und machte ihm damit klar, daß dieser längst auf dem Weg zur Arbeit sein müßte. »Du kümmerst dich um diese Briefe. Und besorgst zum Vergleich eine Blutprobe von Schellenbaum.«
»Und du?«
»Ich halte hier inzwischen die Stellung.«
»Tolle Leistung …«

25

Die Regentropfen prasselten wie Geschosse gegen die Fenster, die, obwohl gekippt, beschlagen waren und die Häuserzeile gegenüber unscharf und verschwommen erscheinen ließen. Als wären die anderen Gebäude der Straße bis zur Giebelhöhe unter Wasser gesetzt worden.
»Die DNA oder auf deutsch DNS für Desoxyribonukleinsäure macht nur einen winzigen Teil der Körperzelle aus. Entscheidend ist deshalb, daß wir möglichst viele, noch dazu unversehrte Zellen bekommen.«
»Ja«, entgegnete Falk niedergeschlagen, denn das Wetter deprimierte ihn. Er ließ seinen Blick den grauen Himmel

nach einem winzigen Stückchen Blau abtasten, das ihn vielleicht hätte aufmuntern können.
»Mit der Polymerase-Kettenreaktion können wir die DNA beliebig oft kopieren, meinetwegen eine Million Mal. Dann haben wir allemal ausreichend Material für unseren Vergleichstest.«
»Ja.« Falk paßte die todlangweilige Fachsimpelei seines Freundes nicht. Er zog den Ärmel seines Rollis über die Faust und wischte ein Loch in den Feuchtigkeitsfilm auf der Scheibe. Er schaute hindurch. Wetter und Stimmung aber blieben schlecht. Alles in allem ziemlich düster.
»Wir lesen den DNA-Code, indem wir den Basencode der chemischen Struktur bestimmen, aus dem die eigentliche DNA-Kette aufgebaut ist. Gen-Sequenzen bleiben zum Teil über Generationen unverändert. Wenn die Sequenzen der beiden Testpersonen also übereinstimmen –«
»Ja.«
»Was heißt hier ›ja‹? Ich war noch gar nicht fertig.«
Falk hatte einen langen Tag hinter sich. Dr. Nixdorff hatte ihn sage und schreibe vierzehnmal nach dem aktuellen Stand seiner Recherchen im Fall Frank Sander gefragt. Und jedesmal mußte Falk passen. Er hatte nach wie vor keine Lösung für das Problem, warum dieser verfluchte Ingenieur von einem Hochhaus gestürzt war. Und es interessierte ihn – so kaltherzig das sein mochte – einen Dreck! Falk war viel zu sehr mit anderen Dingen beschäftigt. Er warf seinem Nachbarn einen treuen Dackelblick zu: »Schlau, schlau, Malcolm. Aber was nutzen uns deine Weisheiten, wenn uns die Gene fehlen.«
»Wir haben Gene! Die Blutprobe von Schellenbaum –«
Falk schlug mit der Faust auf Grabowskis gläsernen Couchtisch. »Was schert uns Schellenbaums Blut? Verflucht, es war schwer genug, Cathérine zu überzeugen, es ihm abzuluchsen. Aber was hat es gebracht? Nichts! Rein gar nichts! Uns fehlen noch immer die Vergleichsproben!«

Er hatte über die Komfortauskunft die Nummern und Adressen von ganzen drei Karras-Verwandten ausfindig machen können. Das hatte zwar seine Telefonrechnung in die Höhe getrieben, ihn aber keineswegs weitergeführt. Denn auf seinen Brief – er bat um Antwort wegen eines fiktiven Treffens namhafter Stahlbarone – antwortete nur einer. Und der konnte gut und gern auf Briefmarken verzichten. Das Haus Karras verfügt über Frankiermaschinen …
»Naja. Spucke ist nicht die Welt. Es gibt andere Wege.«
Es war so hoffnungslos. Warum konnte Grabowski nicht schlicht und einfach akzeptieren, daß seine Genmethode hier nicht weiterhalf? Falk legte zweifelnd die Stirn in Falten.
»Nach deiner Theorie«, sinnierte Grabowski unbeirrt vor sich hin, »könnte Schellenbaum der uneheliche Sohn eines fremdgegangenen Karras-Mannes sein.«
»Ja, herrje, genau das vermute ich«, bekräftigte Falk voller Trotz. Gleichwohl ahnte er, daß eben diese Theorie sang- und klanglos unterzugehen drohte. Es war aussichtslos, Erbmaterial von der Karras-Familie und damit Blaupausen für den Aufbau der Zellstrukturen Paul Schellenbaums zu bekommen. »Große Scheiße, große Scheiße«, murmelte er, um sich dann erbost an seinen Freund zu wenden: »Warum läßt du mich diese ganzen Leute anschreiben, wenn von vornherein abzusehen war, daß niemand darauf eingeht.«
»Na, hör mal! Ich konnte schließlich nicht ahnen, daß diese Sippe dermaßen mit ihrem Erbgut geizt«, wies der andere den Vorwurf zurück.
»Papperlapapp! Unnütze Zeitverschwendung!« brauste Falk auf. »Wenn wir sowieso keine Chance haben, die Vaterschaft des alten Karras nachzuweisen, dann …«
»Aber wer sagt denn so was?« Grabowski grinste triumphierend. »Natürlich kann man das. Die Gentechnik ist zu allem fähig. Vaterschaftsnachweis –«, er machte eine wegwerfende Handbewegung, »nichts einfacher als das! Es gibt noch andere Wege.«

In Falk rumorte es. »Verarschen kann ich mich allein. Wir könnten längst viel weiter sein, wenn du nicht dauernd mit deinem Wissen knausern würdest.« Falk hatte für heute die Nase voll. »Lassen wir's sein und gehen in die Grotte, einverstanden?«

Mit der Grotte war Grabowski sofort einverstanden. Nicht aber mit dem Vorschlag aufzugeben. Kaum hatten sie in ihrer schummerigen Kellerkneipe Platz genommen, rollte Grabowski seinen nächsten Plan aus: »Wir können uns strikt an die Romanows halten.«

Laura steckte ihren Kopf zwischen die beiden. Ihre Frisur war unverändert. Und dennoch kam es Falk so vor, als sehe sie heute forscher, ja frecher aus. Er orderte ein Bier, Grabowski das gleiche. »Und wie sollen uns deine Zarengruftis helfen können?«

Sein Nachbar zögerte. »Es wird nicht einfach sein, dir das klarzumachen.«

»Versuch es trotzdem.« Er war es leid, jede Information zu erbetteln.

»Wenn die lebenden Karras-Herrschaften zu geizig sind, uns ein klitzekleines Genchen zu überlassen, und wir mit weiteren Versuchen bei entfernteren Verwandten kaum ein größeres Entgegenkommen erwarten dürfen, versuchen wir es eben bei den verblichenen.«

Falk starrte ihn an. Er mochte nicht glauben, was er da eben gehört hatte. »Du willst Erbmaterial von Toten stehlen?«

Der andere wandte unschuldig seinen Blick ab, fokussierte die lecke Petroleumlampe über sich. »Naja, mit meinem Waschmittel, das ich dir im Labor gezeigt habe, könnte ich selbst kleinste Reste von den Knochen lösen und –«

»Wir sollen uns wirklich an Leichen vergreifen? Das ist strafbar!«

»Ach was! Wie gut, daß wir einen Juristen bei uns haben, der uns aus dem Gröbsten rauspauken kann«, blaffte Grabowski ihn an. »Mensch, Falk: Ich will dir helfen und nicht umgekehrt!«

Falk schaute betreten weg. Sein Blick fiel auf den Barchef, ein sympathischer Mittvierziger mit blondem Stoppelhaar, der gerade munter mit Laura plauschte. Falk hörte sie kichern. Und dann, für einen Augenblick, sah er etwas Rotes aufleuchten. Blitzschnell verschwand es in Lauras Mund. Falk beugte sich vor, um mehr erkennen zu können. »Wenn ich nicht genau wüßte, daß wir Oktober haben, würde ich sagen: Laura ißt Erdbeeren.«

Grabowski zog eine Flappe. »Na und? Was ist daran ungewöhnlich? Vielleicht ist ihr Freund Obstimporteur. Oder es sind genmanipulierte Erdbeeren, die im Herbst gedeihen. Ist heute alles drin.« Er atmete tief durch. »Hach!« Sein Blick wurde sehnsüchtig. »Ich beneide dich, mein Freund! Du könntest die Kleine haben, wenn du nur wolltest.«

»Fang nicht wieder mit dem Unsinn an.«

»Doch, doch. Du hättest leichtes Spiel. Dir laufen die Weiber nach.«

»Humbug.«

»Ich hatte nur einmal das Glück«, plauderte Grabowski aus dem Nähkästchen. »Aber auf körperlicher Ebene war das die totale Katastrophe. Da lief so gut wie nichts.«

»Soso.« Sollte Falk das interessieren?

»Ich habe da meine Theorien.«

»Zu was hast du keine Theorien ...«

»Ich glaube, Männer wollen dauernd, damit überhaupt was passiert. Und Frauen zieren sich ewig, damit ihnen die Männer nicht gleich wieder davonlaufen, nachdem es passiert ist.« Er kratzte sich an der Stirn. »Ich verstehe bloß nicht, warum Gott nicht Männlein und Weiblein gleich scharf wie die Karnickel gemacht hat. Vielleicht, damit sie hin und wieder mal was essen ...«

»Oh, Mann, Malcolm.« Falk rieb sich unwirsch die Stirn. »Wenn deine Gentheorie genauso scharfsinnig ist, dann gute Nacht!«

26

Achtzig Grad. Zuwenig, um eine Pizza zu backen, genug aber, um ein Buch zu trocknen. Falk hockte vor seinem Ofen und starrte hinein. Im Minutenabstand öffnete er die Klappe, rümpfte die Nase über den üblen Geruch erhitzter Fäulnis, betastete die Seiten der Karras-Biographie. Noch immer waren sie klamm. Ein neues Buch hätte runde vierzig Mark gekostet. Dann doch lieber ein Viertelstündchen in Kauerstellung vor dem Ofen.
Abermals machte es sich Falk in seinem Schwingsessel gemütlich, um den Band weiter durchzugehen. Konstanze war – man höre und staune! – nicht da. Eine gute Voraussetzung für ein ungestörtes Lesestündchen. Falk wurde bald klar, daß der alte Karras mit egoistischer Schläue und äußerster Brutalität vorging, um seine Ziele zu erreichen. Das Ausspionieren englischer Technik war nur ein Anfang. Ein Leben lang blieb der Großindustrielle mit einem Bein im Gefängnis. Er brach Verträge. Arbeiterbewegungen bekämpfte er bis aufs Messer. Er peitschte sich und jeden einzelnen Angestellten seiner Firma ohne Rücksicht voran. Schonungslos. Wer krank wurde, fand keine Gnade in den Augen des Patriarchen. Doch sein verbissener Ehrgeiz hatte seinen Preis: Mit fünfundvierzig sah Karras aus wie ein Sechzigjähriger – mit schlohweißem Haar.
Falk merkte kaum, wie die Zeit verrann, so sehr hielt ihn die Lektüre gepackt. Seinen hinterhältigsten Coup landete Karras, als es darum ging, seinen Partner auszustechen: Um sein Unternehmen überhaupt aufbauen zu können, war Karras anfangs auf die finanzielle Unterstützung eines Onkels angewiesen. Der hatte dem jungen Senkrechtstarter gutgläubig seine Ersparnisse überlassen und hoffte später zu Recht auf eine satte Rendite. Doch er hatte die Rechnung ohne Karras gemacht. Der nämlich veranschlagte den Wert seines stetig expandierenden Konzerns am Tag der vereinbarten Kreditrückzahlung auf klägliche tausend Taler. Gerade so viel, wie das Werk zum

Zeitpunkt seiner Gründung wert gewesen war. Der Onkel ging so gut wie leer aus.
Karras trieb es munter weiter: In miesen Tricks war er kaum zu überbieten. Beinahe hätte er es sogar geschafft, seinem Erzrivalen Alfred Krupp das Patent für den ersten nahtlosen Radkranz streitig zu machen. Doch dieser Konkurrent war selbst für Karras eine Nummer zu groß.
Als Falk fast mit der Nase auf das Buch stieß, bemerkte er, daß es inzwischen viel zu dunkel zum Lesen geworden war. Ohne aufzusehen, betätigte er den Schalter der Stehlampe. Falk überflog einige weitere Kapitel, machte sich einen vagen Eindruck von den Karras-Nachfolgern. Diese zeichneten sich durch diverse persönliche Vorlieben aus, der eine erwies sich als Börsengenie und strich märchenhafte Spekulationsgewinne ein, der andere verschaffte sich ein zweites Standbein als Baulöwe – und schuf sich selbst eine Prunkvilla nach der anderen. Eines aber hatten alle Karras-Nachkömmlinge gemein: Sie hielten an den rigiden Geschäftsmethoden ihres Vaters beziehungsweise Großvaters fest. Keine sehr umgänglichen Menschen, dachte Falk.
Er blätterte weiter, gelangte schließlich in die Gegenwart: Der jüngste Sproß, entnahm er dem letzten Kapitel, war bereits über der Pensionsgrenze. Doch er hielt die Zügel fest in seinen Händen: Ragenwolf Karras. Auch er ein vierschrötiger Kerl. Falk musterte das abgebildete Porträt. Er sah eine breite Stirn mit weit zurückliegendem Haaransatz, eine kräftige Nase, einen schmallippigen Mund. Er blickte in die kalten Augen eines skrupellosen Geschäftsmannes. Falk betrachtete das scharf gezeichnete Gesicht mit Ehrfurcht.
Erst beim zweiten Überfliegen des Abschlußkapitels fiel ihm auf, daß Ragenwolf Karras gar kein direkter Nachkomme der Karras-Linie war. Die Ehe seines Vorgängers war kinderlos geblieben. Ragenwolf konnte deshalb als Neffe in zweiter Erbfolge einspringen.
Falk legte den Band nachdenklich beiseite. Das Puzzle fügte sich allmählich zusammen.

27

Der kleine Mann war puterrot angelaufen. Wütend stemmte er seine Arme in die Hüfte und stellte sich Falk in den Weg. »Sie werden jetzt nicht nach Hause gehen!«

Falk trat erschrocken zurück. So aufgebracht hatte er Dr. Nixdorff bisher nicht erlebt. »Aber es ist siebzehn Uhr durch und –«

»Das ist mir egal. Sie liefern eine äußerst magere Arbeitsleistung ab und beharren auf einem pünktlichen Feierabend.« Er wedelte mit seinem erhobenen Zeigefinger. »Nicht mit mir, Herr Schiller, nicht mit mir!«

Eine beschämende Situation. Falk konnte gut verstehen, warum sein Chef aufgebracht war. Als neuer Mitarbeiter hatte sich Falk nicht besonders glücklich eingeführt. Trotzdem mußte er hier raus. Ihm brannte es unter den Nägeln, mehr über die mysteriöse Verbindung zwischen Ragenwolf Karras und Paul Schellenbaum herauszufinden. Er wollte sich so schnell wie möglich mit Grabowski und Cathérine treffen.

Aber Nixdorff war drauf und dran, ihm einen Strich durch die Rechnung zu machen. »Heute morgen, vor über sieben Stunden, habe ich Ihnen eine Notiz auf den Schreibtisch gelegt«, wetterte der Chef. Er war so aufgebracht, daß er beim Reden spuckte. »Sie haben sie nicht einmal angerührt.«

Kann schon sein, dachte sich Falk. Er war mit seinen Gedanken den ganzen Tag lang überall gewesen – nur nicht bei der Arbeit. »Eine Notiz?« erkundigte er sich verlegen.

Nixdorff hechtete zum Schreibtisch, griff sich den gelben Zettel, hielt ihn Falk direkt unter die Nase. »Hier. Lesen Sie! Auf der Stelle!«

Falk überflog den Bogen. »Was? Die Polizei hat den Piepser tatsächlich gefunden?«

Nixdorff nickte. »Ja, hat sie. Ich dachte, das würde Sie freuen.«

In Falk rumorte das schlechte Gewissen. »Wo, äh, wo war er denn?«
»Da, wo man ihn am allerwenigsten vermutet hätte. Ein Wunder, daß dort überhaupt jemand nachgesehen hat. Ein Beamter fand das Gerät auf dem Nachbardach. Direkt gegenüber dem Gebäude, von dem Sander in den Tod gestürzt ist.«
»Das ergibt keinen Sinn.«
»Eben drum sollten Sie sich ja dahinterklemmen, Herr Schiller.«
Falk schluckte. Sein Boß setzte offenbar große Stücke auf ihn. Und was tat er? Er nutzte die Gutmütigkeit seines Vorgesetzten aus, um sich den größten Teil seiner Arbeitszeit mit Privatangelegenheiten zu beschäftigen. »Wie kann Sanders Pieper dahin gelangt sein?« fragte er scheinbar höchst konzentriert.
Nixdorff nahm ihm sein plötzliches Interesse nicht ab. »Vielleicht ist er geflogen. Wie ein Vögelchen«, entgegnete er sarkastisch. Er trat beiseite, gab damit den Ausgang frei. »Sie können gehen, Herr Schiller.«
»Aber, ich dachte ...«, stammelte dieser.
»Es hat ohnehin keinen Zweck, Sie gegen Ihren Willen festzuhalten. Entweder Sie arbeiten aus freien Stücken mit mir zusammen oder überhaupt nicht.« Müde schlurfte er zu seinem Schreibtisch, ließ sich auf dem betagten Drehstuhl nieder. »Ich werde mich bei meinen Kollegen umhören, ob für Sie in einer anderen Abteilung –«
»Nein!« Falks Widerspruch kam so entschieden, daß Nixdorff zusammenzuckte. Falk hechtete auf ihn zu, stützte seine Arme auf die Schreibtischplatte. Seine Augen fixierten die seines Chefs: »Bitte tun Sie das nicht. Geben Sie mir eine zweite Chance.« Als er die Zweifel im Blick des Älteren sah, fuhr er sich nervös durchs Haar. »Herrje, ich habe alles verbockt!«
»Das haben Sie. Fürwahr.«
Falk zog seinen eigenen Stuhl heran, setzte sich rittlings darauf. Er sah seine Felle schwinden. Er entschloß sich, zu

retten, was zu retten war. »Herr Dr. Nixdorff ...« Sein Chef spitzte die Ohren, die Augen blitzten interessiert auf.

Und Falk packte aus.

Er schilderte Nixdorff die ganze verfahrene Situation. Er berichtete von den beiden Angriffen gegen ihn, die Attentate auf Cathérine, den Einbruch bei Grabowski und schließlich seine Rückschlüsse auf einen Zusammenhang mit dem Fall Schellenbaum und die ungeklärte Beziehung zum Karras-Clan.

Nixdorff hörte ihm zu und staunte. Vor Verblüffung klappte seine Kinnlade nach unten.

»Und zu allem Überfluß«, beendete Falk sein Geständnis, »hängt an mir diese Prostituierte. Wie eine Klette.«

»Ich hatte Ihnen strikt untersagt –«

»Ja, ich weiß, ja.« Falk hob abwehrend seine Hände. »Sie hatten mir verboten, meine Nase in den Fall Schellenbaum zu stecken. Und von der Dame aus der Halbwelt sollte ich ebenso meine Finger lassen.«

»Zugehört haben Sie mir wenigstens. Immerhin«, kommentierte der Chef lakonisch. »Von dienstlichen Anweisungen halten Sie wohl nicht besonders viel, Herr Kollege?«

»Doch, eigentlich schon.« Etwas Besseres fiel ihm nicht dazu ein.

Nixdorff zog sein Jackett aus und lockerte die Krawatte. »Man kann Anweisungen nur befolgen oder ignorieren. Ein ›eigentlich‹ gibt es nicht. So, und nun berichten Sie mir die ganze Sache noch einmal von vorne. Jede Einzelheit, so unwichtig Sie Ihnen auch erscheinen mag.« Auf Falks unsicheren Blick hin ergänzte er: »Sie sind offensichtlich auf ein Pulverfaß gestoßen. Wie es aussieht, brauchen Sie dringend Hilfe, es zu entschärfen – beziehungsweise es hochgehen zu lassen.« Er grinste schadenfroh, als er sagte: »Ihre Abendverabredung können Sie nun allerdings wirklich vergessen.«

28

Eine Handvoll Steine hatte Grabowski zusammengeklaubt, um damit seiner Taschenlampe auf dem abgerundeten Kopf des wuchtigen Grabsteins Halt zu geben. Immer wieder rutschte sie ab, und Falk hörte das Fluchen seines Freundes.

Es war bitterkalt in dieser Nacht. Falk fror erbärmlich, sein ganzer Körper zitterte wie Espenlaub. Kann es sein, daß man die Kälte stärker spürt, wenn die Angst größer wird? Diese Frage schoß ihm durch den Kopf, als er ungeduldig von einem Fuß auf den anderen trat und seinem Freund zusah.

Endlich war die Leuchte ausbalanciert und tauchte die Gruft in ein fahles Licht. Grabowski bückte sich nach seinem Rucksack, nahm ein Paar derbe Arbeitshandschuhe heraus. Er nickte Falk mit grimmiger Miene zu. Sie packten an den Enden der massigen Sandsteinplatte an und versuchten sie zu bewegen. Ohne Erfolg. Der mächtige Stein rührte sich keinen Deut vom Fleck. Grabowski griff erneut in seinen Rucksack, zog zwei Klappspaten heraus. Wortlos reichte er einen an Falk weiter. Beide bemühten sich, die Schaufelenden in den vermoosten Spalt zwischen Grabplatte und Fundament zu zwängen.

Falk durchströmte eine fürchterliche Angst. Was, wenn sie hier jemand erwischen würde? Er hörte, wie seine Zähne klapperten.

Grabowski rutschte aus, als sein Spaten plötzlich bis zum Schaft in die Furche schnellte. Sein schwerer Körper schlug dumpf auf den Grabdeckel. Nur mit Mühe konnte er einen Wutschrei unterdrücken. »Abartig«, fluchte er leise und rappelte sich auf.

Falk wollte sich gegen seinen Spaten stemmen, da fiel ihm eine feine Linie auf, die im Zickzack über die Platte lief. Er ging in die Knie, befühlte das Muster. Ungläubig stellte er fest, daß der Stein gesprungen war. Er fragte sich, was sein Freund wohl wiege – Grabowski mußte den stabilen

Grabdeckel bei seinem Sturz glattweg zertrümmert haben! Er warf ihm einen scheelen Blick zu.
»Guck nicht so«, blaffte Grabowski. »Der ist uralt. War bestimmt schon vorher porös.« Er packte die Platte über Eck. Ohne große Anstrengung konnte er einen Teil des zerbrochenen Deckels beiseite schieben. Falk faßte an der anderen Seite an. Muffige Luft strömte ihm in die Nase. Ihn fröstelte wieder.
»Und jetzt graben«, befahl Grabowski knapp. Er stieß die Schaufel tief in die schwarze Erde, die sich unter der Steinplatte auftat. Auch Falk langte nach seinem Spaten. Er wagte es allerdings nur, sachte in den düsteren Untergrund zu stechen – er hatte Sorge, durch den wahrscheinlich längst vermoderten Sarg zu stoßen.
»Es paßt mir übrigens gar nicht, daß du deinen Chef eingeschaltet hast«, zischte Grabowski und hob eine stattliche Fuhre Erde aus dem Boden.
»Das ist nicht dein Fall, Malcolm«, flüsterte Falk.
»Deiner auch nicht.«
Wortlos schufteten die Männer weiter. Wie Falk befürchtet hatte, war er der erste, der auf den Sarg traf. Als sein Spaten das Holz berührte, gab es einen ächzenden Laut von sich. Falk schreckte zurück.
»Keine Panik, der alte Schwerenöter lebt nicht mehr. Er wird dir nichts tun«, machte sich der andere über seine Schreckhaftigkeit lustig. Falk mußte eine Pause einlegen. Er war jetzt tatsächlich soweit, an Gespenster zu glauben. Zitternd ließ er den Spaten sinken, stützte sich am Grabstein ab. Sein Blick fiel auf die eingemeißelte Inschrift: »Dr. Magnus Hermann Karras«, las er leise. »Geboren am 26. April 1879, gestorben am 12. November 1944.« War er durch eine Krankheit umgekommen oder im Krieg getötet worden? Er versuchte sich zu erinnern, was er über ihn in der Karras-Biographie gelesen hatte. Doch die Angst lähmte seine Gedanken.
»Ich habe ihn!« Grabowskis Gesicht war knallrot und stand voller Schweiß. »Du schlotterst ja wie ein ver-

weichlichtes Kleinkind. Pack mit an, dann vergehen dir deine albernen Gedanken.«
Falk stieg in die Grube. Da war er wieder, dieser Modergeruch! Angewidert drehte er sich ab. »Ich kann das nicht!«
Sein Freund packte ihn bei den Schultern. »Vor was hast du Angst? Du glaubst doch nicht wirklich, daß der olle Karras dir an die Gurgel springt, wenn wir seine Totenruhe für einige Minuten stören.« Und versöhnlicher: »Schließlich ist das, was wir tun, auch in seinem Interesse.«
»Wieso das?«
»Es dürfte ihn sicherlich interessieren, was aus seinem Seitensprung geworden ist.«
Falk rang mit sich, die Furcht zu überwinden. Beherzt griff er an die Abdeckung des Sarges. Als er an dem verschnörkelten Beschlag ziehen wollte, hatte er ihn sofort in der Hand. Das Holz war morsch und von Fäulnis zerfressen. Man konnte es in vielen einzelnen Splittern abheben. Das Innere des Sarges war ebenfalls mit Erde gefüllt. Wahrscheinlich war sie im Laufe der Jahrzehnte durch Löcher in den Seiten eingedrungen und von Würmern und anderem Kleingetier verteilt worden.
Grabowski ging alles zu langsam. Er ließ seine Hand beherzt in den Sarg hineinfahren, tastete sich blind voran. Dann verkrampften sich seine Gesichtszüge. Er drehte seinen Arm, zog, als wolle er eine Weinflasche entkorken. Zu Falks Bestürzung legte er einen großen, gelblichen Knochen frei. Vielleicht einen halben Meter lang, an beiden Ende dick zulaufend. »Wohl der Oberschenkel«, kommentierte Grabowski trocken. Er warf den Knochen über den Rand der Grube.
»Tu das nicht«, keifte Falk. »Laß seine Überreste dort unten!«
»Jaja, schon gut.« Den nächsten Knochen, kleiner und viel zarter, bettete er behutsam neben sich. »So recht?«
Falk nickte stumm. Ihm wurde zusehends mulmiger. Schon hatte Grabowski seine Hände wieder ins Erdreich

versenkt. Er wühlte sich zielstrebig voran, ließ seinen Blick zwischendurch über den Grubenrand gleiten.
Sie waren dabei, den Vater von Paul Schellenbaum auszugraben, gleichzeitig Onkel des heutigen Vorstandsvorsitzenden Ragenwolf Karras. Seine eigene Frau jedenfalls hatte Magnus Hermann Karras keinen Nachwuchs beschert. Einige Biographen hielten Karras senior für nicht zeugungsfähig. Falk allerdings glaubte, daß er sehr wohl Kinder in die Welt zu setzen vermochte – und dies auch nach Kräften getan hat. Schellenbaum, das Ergebnis einer Affäre mit einem jungen Mädchen aus Jever, war lebender Beweis für diese Theorie. Wenn sie denn stimmte ...
»Wir haben übrigens verdammtes Glück.« Grabowskis Stimme durchschnitt die Stille wie ein Messer.
»Pssst!« mahnte Falk. »Kannst du nicht etwas leiser reden?« Das trampelhafte Wesen seines Freundes brachte ihn in dieser Nacht um den Verstand! »Warum haben wir Glück?«
»Weil sich die meisten dieser Industriekapitäne nicht mit stinknormalen Gräbern wie dem hier zufriedengegeben haben.«
Bescheiden? Für Falks Geschmack war diese letzte Ruhestätte alles andere als dies. Die Grabplatte war mit üppigen Ornamenten verziert, die protzigen Buchstaben und Zahlen glänzten, als wären sie aus purem Gold. Der Grabstein, der dunkel und drohend über ihren Köpfen thronte, symbolisierte Macht. Er war massiv, sturmtrotzend, für die Ewigkeit gedacht – wenn auch inzwischen reichlich porös.
»Die meisten Bosse«, führte Grabowski aus, »haben sich Paläste in die Landschaft setzen lassen. Dr. Lingner, Erfinder von Odol, liegt in Dresden sogar in einem eigenen Mausoleum. Direkt am Elbhang. Da wäre kein Reinkommen möglich.« Er wischte sich die Stirn. »Karras hat nicht viel von Kirche und Totenkult gehalten. Deswegen bloß dieses Sozialgrab.«
Eine spottende Entgegnung lag Falk auf der Zunge, doch ein kühler Windhauch ließ ihn zusammenfahren. Kni-

sternd rieselten Blätter aus der düsteren Krone einer Eiche, die neben dem Grab wuchs. Falks Blicke wanderten den gewundenen Stamm des Baumes hinauf. Beunruhigt musterte er die dürren, grauen Äste, die sich unheilschwanger auf und nieder bewegten.
Ein Stöhnen. »Ich habe was Großes an der Angel«, preßte Grabowski heraus.
Falk rutschte das Herz noch tiefer in die Hose. »Mach bloß keinen Unsinn.«
»Verflixt, ich kriege dieses Ding nicht raus!« ächzte der andere. Er zerrte, drehte, wühlte – ohne Resultat. Grabowski grub seinen rechten Arm tiefer in den Untergrund, als sich seine Miene plötzlich verfinsterte. Er hielt inne.
»Was ist?« Falks Puls raste.
Grabowski starrte in die Gruft. Regungslos.
»Um Himmels willen, Malcolm, was ist los?«
Die Gesichtszüge seines Freundes waren wie eingefroren. Er verharrte reglos, die Pupillen voller Angst geweitet, bevor er den Kopf mit einem Ruck nach oben riß. »Falk!« stieß er mit heiserer Stimme hervor. Sein Gesicht war eine schreckliche Fratze. »Hilfe!« stöhnte er. Grabowskis Arm begann, in der pechschwarzen Erde wild zu rudern. »Verdammt, hilf mir, Falk!«
Falk griff nach seinem Gelenk, mühte sich, es herauszuziehen. »Was ist passiert?« fragte er von Panik ergriffen.
Grabowski verdrehte gequält die Augen. Sein linker Arm, auf den er sich bis eben krampfhaft gestützt hatte, gab zitternd nach und knickte ab. Grabowski schlug mit dem Kopf auf den modrigen Untergrund. Seine Rechte rutschte noch tiefer in das Loch.
»Malcolm!« Falk mußte sich zwingen, nicht zu brüllen. Er packte seinen Freund am Kragen, um ihn zurückzuziehen. Damit aber klemmte er ihm nur die Luft ab. Auf Grabowskis röchelnde Töne ließ er wieder von ihm ab. »Mann! Was ist? Verflucht, ich muß dir doch irgendwie helfen können!« Er versuchte es von der anderen Seite. Er umklammerte Grabowskis Oberarm, hob und zog, aber

das bewirkte gar nichts. Sein Freund steckte fest und schien wie von unsichtbaren Kräften Zentimeter um Zentimeter weiter in die Tiefe gesogen zu werden.
Falk rappelte sich auf. Er hockte sich rittlings auf den Malträtierten, um zu versuchen, ihn von oben zu heben. Er bekam gerade den Gürtel zu fassen, als Grabowski krebsrot anlief. »Es ist aus«, hauchte er. »Er hat mich gepackt!« Er atmete heftig. »Der alte Karras will mich zu sich in die Gruft zerren.«
Augenblicklich löste Falk seinen Griff. »Du gemeiner Hund!«
Grabowskis Ausdruck war voller Hohn. »Ich lach mich tot!« prustete er. Falk hielt ihm reflexartig den Mund zu, doch das dröhnende Lachen war kaum zu unterdrücken.
»Du weckst die ganze Nachbarschaft!« giftete Falk und löste den nächsten Lachanfall bei seinem Freund aus.
»Nachbarn!« Grabowski gluckste vor sich hin, während er sich wieder nach unten beugte. Die Erde bäumte sich unter dem Druck seiner Arme auf. Mit beiden Händen hob er ein besonders ausgeprägtes Skelettstück ans schwache Licht der Taschenlampe. Einen Schädel. Ebenfalls gelb angelaufen. In den Augenhöhlen steckte schwarze Erde. Grabowski versuchte sie vorsichtig herauszupulen. »Komm lieber nicht näher«, warnte er Falk. »Sonst beißt er dich.«
»Arsch!«
Grabowski stellte den Schädel an den Rand der Gruft, betrachtete ihn zufrieden. »Den leihen wir uns für ein paar Tage aus. Beim Kopf ist die Wahrscheinlichkeit am größten, daß wir auf Gewebereste stoßen.« Er knuffte seinen Freund in die Seite. »Und nun machen wir das Loch wieder zu.« Süffisant fügte er hinzu: »Damit der kopflose Karras dir nicht nachrennt.«

29

»Du sackst ab! Merkst du nicht, daß du absackst?«

Falk wußte nicht, was sie ihm damit sagen wollte. Cathérine, die Hände in die Hüften gestemmt, das Gesicht rot vor Zorn, wetterte seit Minuten, ohne Falk eine Chance zur Widerrede zu lassen.

»Das kann ich mir nicht länger mit ansehen. Du läßt dich auf Dinge ein, die ... ja, die ... – ich weiß wirklich nicht, wie ich das beschreiben könnte.« Cathérine fuhr sich nervös durch ihre Locken. Vielleicht, dachte sich Falk, würde es ihr leichter fallen, ihn auf französisch zu beschimpfen. Doch Cathérine konnte sich durchaus auch auf deutsch in Rage steigern: »Verrückt! Ja, das ist das richtige Wort! Verrückte Dinge tust du!« Sie lief durchs Zimmer. »Du hast deine Arbeit geschwänzt –«

»Nixdorff wußte Bescheid«, unterbrach Falk.

»Du hast deine Arbeit geschwänzt«, beharrte Cathérine zornig, »und hast dich wie ein Schuljunge davongestohlen. Du bist mit dem anderen Schuljungen –«

»Dirk ist alles, aber bestimmt kein Schuljunge.«

»Du bist mit dem anderen Schuljungen in den Ruhrpott gefahren und hast ...« Sie schnappte nach Luft, so sehr regte sie die Angelegenheit auf. »... und hast den Vater meines Klienten ausgegraben!«

Verfluchte Standpauke, ärgerte sich Falk. Anstatt froh zu sein, daß er sich so für Schellenbaum engagierte.

»Das ist Leichenschändung! Was habt ihr euch, verdammt noch mal, dabei gedacht? Seid ihr völlig durchgedreht?«

Falk ergriff die Flucht. Er lief nicht weit, nur die drei Schritte bis in Cathérines Küchenzeile. Aber er war aus der unmittelbaren Gefahrenzone verschwunden. »Wo hast du deine Teebeutel?« erkundigte er sich scheinheilig.

»Ihr habt allen Ernstes einen Toten ausgegraben. Ich fasse es noch immer nicht.« Sie schlug sich mit der flachen Hand vor die Stirn.

»Hier sind sie jedenfalls nicht.« Falk hatte die obersten Regale durchforstet.
»Und dann diese Konstanze! Sicher, es geht mich nichts an.«
»Genau!« Falk reagierte aufmüpfiger, als er wollte.
»Als ich dich das erste Mal gesehen habe, in diesem Großraumwagen auf dem Weg nach Dresden, da hielt ich dich für einen anständigen Kerl.«
»Was heißt schon anständig.« Falk begann, sich in der Rolle des Widerspenstigen zu gefallen. »Ich kann den Tee nicht finden.«
»Ein netter junger Mann, dachte ich.«
»Wer möchte nett sein?« Er bückte sich, um auch in die unteren Regale sehen zu können.
»Ich habe wirklich große Stücke auf dich gesetzt, Falk.« Ihre Stimme wurde milder.
Er zog eine Blechbüchse hervor, öffnete den Deckel. »Warum hebst du deine o.b.-Vorräte in der Küche auf?«
Cathérine beendete augenblicklich ihren hektischen Rundgang durchs Zimmer. Sie fixierte Falk, schoß im nächsten Moment auf ihn zu. Sie riß einen Schrank direkt neben ihm auf, langte hinein und pfefferte ihm eine Handvoll Teebeutel in den Schoß. »Hier ist dein blöder Tee! Und hör jetzt auf, in meinen Sachen zu wühlen.« Sie versetzte ihm einen harten Stoß in die Rippen, um gleich darauf wieder im Raum auf und ab zu gehen. »Ich komme da einfach nicht mit. Warum diese Nutte? Hast du das nötig?« Sie kam abermals auf ihn zu, diesmal langsamer. Die Wut schien sie müde gemacht zu haben. Sie ließ sich neben ihm auf den Küchenfliesen nieder. »Ach, Falk, es ist nur ... Je ne sais pas comment te le dire.«
»Bitte auf deutsch. Immer, wenn dir etwas unangenehm ist, weichst du ins Französische aus. Das ist unfair.«
»Ich meinte nur: Ich weiß nicht, wie ich es dir sagen soll.« Und resignierend: »Ach, was soll's: Du wärst der erste, der nicht schwanzgesteuert ist.« Falk nickte ihr trotz dieser verbalen Breitseite aufmunternd zu. Cathérine atmete tief

ein. Sie faßte sich ein Herz: »Meinst du, daß … ich meine: Kannst du dir vorstellen …« Sie versicherte sich, daß Falk ihr wirklich fest in die Augen schaute. »Glaubst du, das mit uns beiden könnte was werden?« Sie war die Unsicherheit in Person, ihre Augen flackerten. Sie hatte sich ihm auf dem Anrufbeantworter offenbart, nie aber von Angesicht zu Angesicht.
Jetzt war es an Falk, tief durchzuatmen. Doch er konnte nicht – er spürte, wie sich seine Kehle zusammenschnürte. Noch immer musterten ihn Cathérines Augen. Sie warteten auf eine Antwort.
Bilder schossen ihm durch den Kopf. Er dachte an Laura, wie sie sich ausgerechnet im Herbst eine knallrote Erdbeere in den Mund schob. Er dachte an Konstanze, wie sie in einem ihrer aufreizenden Dessous vor Falk herumtänzelte, ohne zu wissen, daß sie ihn in ihrer schlichten, engen Jeans mindestens genauso angesprochen hatte. Er dachte an – ja, an nichts mehr.
Falk rappelte sich auf. Er griff zum Wasserkocher. »Möchtest du auch einen Tee?«
»Falk?« In Cathérines Blick war Traurigkeit.
»Ich weiß es nicht«, kam es matt zurück und so leise, daß das plätschernde Wasser die Worte fast übertönte.

30

»Also los!« Grabowskis Jeep donnerte über das Kopfsteinpflaster. Sie waren auf dem Weg zum Genlabor, ihr makabres Untersuchungsobjekt lag, in einem Handtuch eingewickelt, auf dem Rücksitz. Sie waren an der Lösung ihres Rätsels dicht dran, glaubte Falk zu wissen.
»Wie lange brauchen wir?« Es war bereits einundzwanzig Uhr durch. Grabowski hatte darauf bestanden, keinesfalls früher auf das Firmengelände zu gehen, um nicht den »dummen Fragen meiner neugierigen Kollegen« ausgesetzt zu sein.

»Wenn diese Verbrecher nicht meinen PCR kaputtgemacht hätten, hätte ich die DNA längst durch meine eigene molekulare Kopiermaschine gejagt, und wir könnten heute schon die Ergebnisse abfragen.«

»Und ohne deinen PCR?« Falk versuchte, die drei Buchstaben genauso übertrieben auszusprechen, wie es Grabowski tat.

»Ohne meinen eigenen PCR dürfen wir warten, bis wir die Sache mit dem PCR der Firma durchgezogen haben. Ich hoffe, du hast was zu lesen dabei. Es kann Stunden dauern, bis wir endlich die Struktur bestimmen können.«

Der Wagen näherte sich dem Forschungszentrum. Die größtenteils nagelneuen Gebäude waren von allen Seiten grell angestrahlt. Trotz der Taghelle wirkten sie gespenstisch und verlassen.

»Und dann?«

»Und dann, und dann«, äffte der andere ihm nach. »Und dann schreiben wir uns auf, welche Abfolge der vier Nukleotidbasen Adenin, Cytosin, Guanin und Thymin der gute alte Karras vorzuweisen hat. Denn das ist der Schlüssel, die Reihenfolge ist das unverwechselbare Merkmal eines jeden Lebewesens.« Der Wagen bog auf eine tiefschwarze Teerpiste ab. An einer Schranke stoppte der Jeep. Grabowski wedelte mit seinem Betriebsausweis in Richtung Pförtnerhäuschen, der Haltebalken schwenkte nach oben.

»Was ist aus der kleinen Anastassija geworden?« Falk wußte selbst nicht, wie er ausgerechnet in diesem Moment auf die Frage kam.

Grabowski lenkte den Jeep bis direkt neben die Laborbaracke. Auf dem Parkplatz stand sonst nur noch ein betagter, lindgrüner Renault. »Anastassija?« Er strich seine Haare nach hinten, band sie mit einem Gummi zusammen. »An die kleine Anastassija habe ich seit Tagen nicht gedacht. Dein Opa Schellenbaum hat es geschafft, alle Konzentration auf sich zu lenken.« Er stellte den Motor ab. »Neben den Leichen in dem Grab bei Jekaterinburg haben sie acht Kilo Edelsteine gefunden. Diamanten, Brillanten, Smaragde, die die Zarenmädchen in ihre Röcke eingenäht hatten.«

»Von denen die Kugeln abgeprallt sind«, erinnerte sich Falk an Grabowskis grausige Erzählungen.

»Ich denke, daß auch Anastassija einige Steinchen in ihrem Höschen stecken hatte. Sie hat sich mit den Diamanten vielleicht einen Weg in die Freiheit erkauft.«

Falk öffnete die Beifahrertür einen Spalt, dadurch flackerte die Innenbeleuchtung des Wagens auf. »Wohin mag sie geflüchtet sein?«

Grabowski spielte den Überlegenen, der sein Wissen preisgab: »Im Frühjahr 1920, also keine zwei Jahre nach dem Massaker an der Zarenfamilie, schwamm eine junge Frau im eiskalten Landwehrkanal in Berlin. Sie wurde mit starken Unterkühlungen aus dem Wasser gefischt, weigerte sich aber, ihren Namen zu verraten. Man hat sie schließlich in die Irrenanstalt eingewiesen – und da plauderte das Mäuschen plötzlich.« Falk hatte für Sekundenbruchteile den Eindruck, einen Schatten an der Gebäudewand neben sich wahrgenommen zu haben. Aber er verdrängte den Gedanken, um seinem Freund weiter zuhören zu können. »Die Lady gestand, die vermißte Zarentochter zu sein. Keine Ahnung, wie sie nach Berlin gekommen sein wollte. Fest steht, daß sie tatsächlich ungemeine Ähnlichkeit mit Fotos der kleinen Anna aufweisen konnte.« Auch Grabowski öffnete seine Tür, stellte einen Fuß auf das Trittbrett. »Sie hat es verstanden, sämtliche lebende Romanow-Verwandte zu überzeugen. Und das, obwohl sie nie konkrete Details über ihre Flucht verriet, sondern ein Leben lang nur in Andeutungen sprach.«

»Ein Leben lang? Ist die Sache nie widerlegt worden?« Falk wunderte sich, warum dann Grabowski nach ihren Genen fahndete.

»Doch, ist sie: Sie war eine Schwindlerin. Bevor das bewiesen werden konnte, hat die feine Dame in den USA als Anna Anderson so manche Mark gemacht. Talkshows, Interviews, Fototermine und und und. Sie brach einer

Heerschar Männern die Herzen und brachte es sogar zu einer Verfilmung ihres abenteuerlichen Lebens. Ingrid Bergman und Lilli Palmer haben sie, glaube ich, im Kino gemimt. Sie hielt bis zu ihrem Tod, Mitte der Achtziger, durch.« Er stieg aus. »Schlauerweise ließ sie sich verbrennen, damit Gentests nicht mehr möglich waren. Da hatte sie allerdings die moderne Technik unterschätzt. Ein paar Gewebereste blieben übrig.«

»Laß mich raten«, warf Falk dazwischen. »Mit der DNA-Analyse hat man sie überführt.«

»Schlauberger. Ihre Identität steht inzwischen fest: Sie war die Tochter einfacher Landarbeiter aus Polen. Eine Hochstaplerin. Aber zumindest hat sie sich ihren Sinn für Ironie bewahrt. Auf dem Grabstein steht: ›Gottes Mühlen mahlen langsam, aber fein.‹ «

Falk pfiff durch die Zähne. »Alle Achtung! Die wußte, wie man die Welt an der Nase herumführt.« Grabowskis Suche nach der wahren Anastassija hatte also durchaus seine Berechtigung – wann immer er sie finden mochte.

Sie passierten die elektronischen Kontrollen. Umständlich, aber problemlos, wie bei ihrem ersten gemeinsamen Besuch in den Labors. Bei der Laserabtastung von Grabowskis Zeigefinger schmunzelte Falk abermals. Albern, fand er.

Volle zwanzig Minuten brauchten sie, um in die Astronautenmontur zu schlüpfen. Falk war beruhigt zu wissen, daß das Ausziehen später wesentlich schneller vonstatten gehen würde. Nun waren sie vermummt – und in ihren Bewegungen gehandikapt. Sie watschelten zum Sicherheitslabor, das in schattenlosem Gelb steril und trist vor ihnen lag.

Vor einer wuchtigen Tür, deren Rand mit wulstigen Gummidichtungen überzogen war, blieben sie stehen. Um sie herum war es mucksmäuschenstill. Nur das leise Knistern einer defekten Neonröhre unterbrach die Friedhofsruhe in unregelmäßigen Schüben.

»Laß uns keine Zeit verschwenden«, tönte es dumpf unter Grabowskis Maske, der kräftig gegen die Tür drückte. In-

nerhalb des Labors herrschte ebenfalls absolute Ruhe. Nicht nur die Luft war lupenrein, man hatte auch sämtliche Geräusche aus dieser künstlichen Welt verdammt. Grabowski steuerte zielstrebig auf die Mitte des Raums zu. Sie hatten den Totenkopf bereits vorher aus dem Handtuch gewickelt, legten ihn jetzt vorsichtig auf einen gefliesten Tisch, über dem eine riesige Abzugshaube gähnte. »Es kann natürlich sein, daß die Proben verunreinigt sind«, merkte Grabowski an. »Nicht von uns, wir haben die ganze Zeit Handschuhe getragen. Aber von dem Arzt, der Karras damals untersucht hat. Von den Leuten vom Bestattungsinstitut. Von Würmern, die sich durch seine Eingeweide –«
»Es reicht!« fauchte Falk.
»Ist ja gut, reg dich ab. Wir müssen Gewebereste aus dem Inneren seiner Augenhöhlen nehmen.« Falk befolgte seine Anweisung kommentarlos, kratzte mit einem Stilett an den Rändern der ausgefransten Löcher im Schädel. Grabowski tappte zum kleinen Eckschrank, um sein vielgelobtes Lösungsmittel in einer Pipette abzumessen. »Nanu.« Er stockte.
»Was ist?« Falk warf ihm fragende Blicke durch seinen Sehschlitz zu. Ihm fiel auf, wie beengt sein Gesichtsfeld war.
Grabowski hielt das Fläschchen mit der milchigen Flüssigkeit gegen das Licht. »Ach, nichts. Ich hatte die Flasche bloß voller in Erinnerung.« Er schüttelte den Kopf, zapfte eine winzige Dosis ab. »Nun wollen wir sehen, was uns der alte Karras über seinen Sohn zu sagen hat. Alles bereit für die Polymerasekettenreaktion!«
Falk hatte mehrere brotkrumengroße Stücke auf einem Glasschälchen verteilt. »Bevor wir Karras sprechen lassen, erzähl du mir erst mal, wie wir seine Vaterschaft überhaupt nachweisen wollen. Nach was, genau, fahnden wir im Erbgut?«
Grabowski beträufelte die Knochenreste. »Ypsilon.«
»Hä?« kam es dumpf unter Falks Maske hervor.
»Wir versuchen, sein Y-Chromosom zu isolieren. Das geschlechtsspezifische Ypsilon.« Er legte eine Pause ein, so

als wolle er seinem Partner Zeit geben, sich an das Grundwissen aus dem Biologieunterricht zu erinnern. Als dieser nicht reagierte, setzte Grabowski fort: »Frauen haben zwei X-Chromosomen, Männern dagegen fehlt ein winziges Zipfelchen. Das macht aus dem zweiten X ein Y. Das Zipfelchen haben wir an anderer Stelle.« Es folgte sein dumpfes, dröhnendes Lachen.

Falk hatte Zweifel. »Du meinst, daß Schellenbaums Ypsilon mit dem von diesen, äh, Krümeln übereinstimmt?«

Der andere nickte. »Es gibt da ein schönes Beispiel: Jüdische Priester haben ziemlich strenge Regeln, was ihre Fortpflanzung anbelangt. Ein jeder darf ausschließlich die Tochter eines anderen Geistlichen heiraten. Und was soll ich sagen? Diese Herren klopfen nicht nur Sprüche, nein, sie halten sich an ihre Vorsätze. Eine Untersuchung der Y-Chromosomen von mehreren Priestern ergab eindeutig, daß sie alle von ein und demselben Urvater abstammen. Überall das gleiche Ypsilon.«

Ein Geräusch! Falk hatte sich schon vorher eingebildet, verdächtige Laute zu hören. Diesmal aber war er sich sicher. »Wer treibt sich um diese Uhrzeit hier herum?«

Grabowski ließ sich nicht darauf ein. Er konzentrierte sich darauf, die ätzende Flüssigkeit auf die Gewebeproben zu verteilen. Falk stand auf, schaute sich unsicher in dem kreisrunden Raum um. Durch die luftdichten Panzerglasscheiben könnte er in die Räumlichkeiten daneben blicken – wenn dort Licht gebrannt hätte. So aber erkannte er in den gewaltigen Fenstern nur das verzerrte Spiegelbild von sich selbst. »Kann das die Putzkolonne sein?« versuchte er sich zu beruhigen.

»Mmmh?« war Grabowskis einzige Reaktion.

Falk näherte sich einer der Scheiben, preßte seine Hände an das kalte Glas, um seine Augen gegen die Spiegelungen zu schützen. Dennoch sah er nichts als tiefschwarze Dunkelheit. Keine Bewegung, kein Licht. Hatte er sich getäuscht? Waren die Geräusche nur Einbildung?

»Wir werden das Ergebnis in ein oder zwei Tagen haben, denke ich. Aber freu dich nicht zu früh. Vielleicht bleibt

dein Schellenbaum nichts als ein Otto Normalverbraucher. Der ungewollte Sohn eines Nordseefischers vielleicht. Oder der des Küsters von Jever.«
Erneut ein Geräusch! Ein Scharren. Falk fuhr herum. Er nahm eine Reflexion in der ovalen Scheibe der Tür wahr. Erschreckt packte er seinen Freund am Arm. »Mann, da ist wer! Ich hoffe, du hast eine gute Ausrede für unseren nächtlichen Aufenthalt parat. Wenn wir Pech haben, besucht uns gleich dein Chef.«
Auch Grabowski wandte sich der Tür zu. »Mein Boß? Um diese Zeit? Niemals.« Er erhob sich gemächlich. Falk fragte sich, wann dieser Mensch mal nicht die Ruhe weghatte. Bewegungslos lauschte Grabowski in die Stille. Falk wagte kaum zu atmen. Eine gute halbe Minute verstrich, doch nichts war zu hören. »Da ist niemand«, winkte Grabowski schließlich ab. »Nicht mal eine Maus würde hier hereinkommen, ohne einen Alarm auszulösen.« Er schaute auf seine Geräte.
Für Falk aber war die Sache keineswegs erledigt. Er hatte definitiv etwas gehört. Keine Maus, nein, sicher nicht. Er hatte jemanden gehört, der intelligenter sein mußte als eine Maus. Clever genug, um den Alarm zu umgehen. Falk war sich völlig sicher, er spürte es. Er ging langsam zum Ausgang. Das ovale Fenster, das in der Mitte der Tür eingelassen war, war ebenfalls verspiegelt. Falk bildete mit seinen Händen einen Trichter, starrte hindurch – wieder ohne Erfolg.
Er überlegte, die Tür zu öffnen und im Vorraum nachzusehen, ließ jedoch den Gedanken schließlich fallen. Es kam darauf an, nüchtern und überlegt vorzugehen: Wenn tatsächlich jemand anwesend war, dann nur ein anderer Mitarbeiter. Es wäre viel zu aufwendig für Unbefugte, die komplizierten Sicherungsmechanismen zu umgehen. Oder?
»Ich kann mir kaum vorstellen, daß Fort Knox besser geschützt ist als eure Gen-Anlage.« Falk erwartete nicht wirklich eine Antwort. Eigentlich wollte er diesen Satz gar nicht aussprechen. Er war lediglich Bestandteil der beunruhigenden Gedanken, die ihn quälten.

Grabowski ging unerwartet darauf ein: »Jede Sicherung kann man knacken.«
Falk fuchste es, daß sein Nachbar nicht einmal aufsah. »Das sagst du so. Den Pförtner, tja, den kann man austricksen. Vielleicht.« Auf seiner Stirn bildeten sich winzige Schweißperlen, die unangenehm kitzelten. Würde ihn die Schutzmaske nicht daran hindern, würde er sie sofort wegwischen. »Aber allein die Laserabtastung deines Fingers.« Sein Ton gewann an Selbstsicherheit zurück. »Diese Hürde nimmt niemand.«
»Im Prinzip reicht eine hauchdünne Wachsfolie, in der die imitierten Linien der Fingerkuppen irgendeines Zutrittberechtigten graviert sind«, kam es ohne die Spur einer inneren Beteiligung an dem Thema zurück. »Man kann den Laserabtaster aber auch einfach abklemmen. Ist nicht gegengesichert. Ziemlicher Pfusch. Abartig, mit was für Schund manche Security-Anbieter heutzutage durchkommen.«
Das war ein Scherz! Falk war sich mehr und mehr sicher, daß ihn sein Kumpel auf den Arm nahm. Sie waren im Herzen eines Hochsicherheitstraktes. Das ganze Gebäude wurde wahrscheinlich regelmäßig von Experten überprüft. Die würden Schwachstellen in den Sicherungssystemen längst entdeckt haben.
Falk hob den Blick. Er starrte ins kalt flimmernde Neonlicht. Er nahm sich vor, sich endlich zusammenzureißen. Auf dem Friedhof hatte er keine gute Figur abgegeben, er wollte nicht ein zweites Mal als Angsthase dastehen.
Das krampfhafte Starren auf die Neonröhren beruhigte ihn kein bißchen. Er senkte die Schultern, um seine angespannte Rückenmuskulatur zu entlasten. Langsam ließ er die Arme kreisen. Vielleicht, dachte er sich, könnte er Grabowski zur Hand gehen. Falk beschloß, die düsteren Gedanken ein für allemal zu vertreiben. Er beugte sich über seinen Freund, der nach wie vor gebannt auf die Gewebeproben sah. »Malcolm«, hob er an.
Im gleichen Moment glitt die Tür auf.

Falk fuhr zurück, japste nach Luft. »Und wenn es doch dein Vorgesetzter ist?« flüsterte er.
Der andere war nicht aus der Ruhe zu bringen. »Mach dir nicht ins Hemd! Wir tun nichts Ungesetzliches.«
»Was denn sonst?« Falk fiel auf Anhieb ein Dutzend Paragraphen ein, gegen die sie gerade verstießen. Für weitere Diskussionen blieb den beiden keine Zeit. Zwei Personen, bis zur Unkenntlichkeit durch Schutzanzüge vermummt, kamen zielstrebig näher. Falk nickte ihnen zu. Ihm war die Situation mehr als peinlich. Grabowski konnte sich aus der Sache vielleicht herausreden. Er konnte sagen, daß er Überstunden machte. Zumindest war er Werksangehöriger, hatte also Aufenthaltsrecht. Aber Falk? Ein Betriebsfremder – und das ausgerechnet um diese Uhrzeit und in einer Forschungsabteilung, dem Allerheiligsten der Firma! Das konnte ihm eine Anzeige und eine saftige Geldbuße einbringen.
Er wollte den Neuankömmlingen aufmunternd die Hand reichen und erklären, daß er aus reiner Neugierde in diesem Labor sei. Nur, weil sein Nachbar und Freund ständig so von der Arbeit in den Laboratorien geschwärmt hatte. Grabowski jedoch hielt ihn zurück. Falk spürte den eisernen Griff seines Partners.
Erst jetzt fiel ihm auf, was eine der beiden Gestalten in der Hand trug. Ein längliches Instrument.
Eine Spritze.
»Sehen wir zu, daß wir wegkommen!« Grabowski löste seinen Griff und watschelte in Richtung des Luftabzugs in der Mitte des Raums. Falk überlegte nicht lange, folgte ihm auf dem Fuß. Er klammerte sich an die Haltegriffe des gekachelten Tisches unter der Abzugshaube, bereit, zu beiden Seiten ausweichen zu können. Abermals verfluchte er die eingeschränkte Bewegungsfreiheit durch die Schutzkleidung. Grabowski stieß ihn an, deutete auf die Fremden, die sich jetzt aufteilten, um sie zu umzingeln. Alles ging gespenstisch leise vor sich. Die Gummiabsätze dämpften die Schritte, die Anzüge schluckten den letzten Rest des Schalls.

»Siehst du, was das Schwein in der Spritze aufgezogen hat?« stieß Grabowski in die Stille.
Falk erkannte die milchige Flüssigkeit sofort. Unter allen Umständen mußte er es vermeiden, mit dem Zellgift in Berührung zu kommen. »Gibt es einen zweiten Ausgang?« zischte er.
»Keine Chance. Nur einen! Wir könnten höchstens durch die Abzugshaube verduften. Aber dazu müßten wir uns in Luft auflösen.«
Ihre Gegner kamen näher. Der eine mit der Spritze. Der andere ließ in seiner Rechten ein Skalpell aufblitzen. Falk nahm die unterschiedliche Statur der beiden wahr. Ihm schoß durch den Kopf, daß er es abermals mit dem geschniegelten Pärchen zu tun haben konnte. Der Schönling hielt das Gift in seiner Hand, seine aufgestylte Braut war mit der scharfen Schneide bewaffnet. »O.k., o.k.«, ermahnte er sich zur Ruhe. »Der Abzug scheidet aus. Was machen wir statt dessen?«
Grabowski hatte keine Zeit zu antworten. Die Gestalt mit der Spritze war ihm beängstigend nahe gekommen. Der Unbekannte holte aus, hielt mit der Nadel auf Grabowski zu. Aus der Kanüle tropfte zäher Schleim. Doch der voluminöse Grabowski war nicht so leicht zu kriegen, wie es den Anschein hatte. Blitzschnell wich er aus, hechtete zur Tür.
Nun war es Falk, der in der Klemme saß. Die Spritze auf der einen Seite, das Skalpell auf der anderen!
Er hatte eine Heidenangst vor der Nadel. Ihm wurde schon übel, wenn er an eine normale Spritze dachte. Als Kind war er aus dem fahrenden Auto seiner Eltern gesprungen, nur weil die ihn beim Arzt gegen Tetanus impfen lassen wollten. Die Furcht war geblieben. Bei Blutabnahmen kam Falk jedesmal einer Ohnmacht nahe.
»Verdammt! Was wollen Sie! Legen Sie dieses Ding weg!« Er streckte seine Arme abwehrend der glitzernden Spritze entgegen. Aber sein Gegner ließ sich nicht aufhalten, kam Schritt für Schritt näher. Falk drehte sich um, sah sich unmittelbar der Gefahr durch eine Verletzung mit dem

Skalpell ausgesetzt. Wieder riß er den Kopf herum. Die Kanüle näherte sich ihm bis auf geringste Distanz. Gedanklich fühlte er schon den Einstich. Den stechenden Schmerz. Dann den Druck, der die Haut rings um die Einstichstelle anschwellen ließe, sobald das Gift in sein Fleisch gepreßt würde.

»Falk, Mann, komm endlich!« schrie Grabowski.

Er war wie gelähmt. Die Spritze erschien ihm übermächtig groß. Er hatte nicht die geringste Chance.

»Dieses Zeug ist tödlich!« Grabowskis Stimme klang schrill, durchdringend.

Die Kanüle war nur Zentimeter von Falks Arm entfernt. Der Einstich war in Falks Gedanken nicht mehr abzuwehren. Er hatte angesichts dieser unentrinnbaren Bedrohung kapituliert. Widerstandslos streckte er den Arm aus.

»Du stirbst!» Grabowskis Stimme überschlug sich. »Verdammter Idiot! Wach auf!«

Falk reckte den Hals. Er sah seinen Freund an der weitgeöffneten Tür. Plötzlich faßte er neuen Mut. Den beiden Angreifern entkommen konnte er nicht. Das war ihm klar. Sie hatten ihn in die Enge getrieben. Falk mußte sich zwischen zwei Übeln entscheiden. Einem tödlichen – und einem vielleicht tödlichen. Wieder wandte er sich seinem Partner zu: »Ist die Luft hier wirklich so gefährlich?«

Der andere stand stocksteif da. »Gefährlich? Ja, natürlich! Dies ist ein Labor der höchsten Sicherheitsstufe.«

Falk registrierte mit Genugtuung, wie der Angreifer mit der Spritze stutzte. »Ist sie zwingend tödlich?«

»Äh ...«

»Malcolm!« Falks Ton war so scharf, daß auch der andere Gegner zurückschreckte.

»Das weiß man nie so genau, aber einige Viren könnten ...«

Für Falk war das Antwort genug. Er entschied sich für die linke Seite, steuerte auf das Skalpell zu. Unmittelbar danach spürte er einen schneidenden Schmerz im Arm. Er starrte auf sein Handgelenk. Ein Riß klaffte im Anzug,

darunter pulsierte tiefrotes Blut. Blitzschnell stieß er seinen Angreifer beiseite.
»Mein Gott! Du bist kontaminiert!« Grabowski taumelte zurück.
Falk eilte zur Tür. »Das ist mir scheißegal! Hauptsache, ich habe nicht diese verfluchte Spritze abgekriegt!« Im Befehlston gab er seinem Partner die Anweisung: »Los, zieh die Tür zu. Und dann stell meinetwegen den Sauerstoff da drin ab. Ich habe ein für allemal genug von diesem Pärchen.«
»Bist du des Teufels?« Grabowski war hin- und hergerissen. Er wollte die schwere Sicherheitstür zudrücken, zögerte aber. »Die haben den Schädel! Und die Gewebeproben, unsere einzigen Beweisstücke! Selbst wenn wir später mit dem Werkschutz zurückkommen – hier drin sind genügend Chemikalien, mit denen die beiden in der Zwischenzeit alles vernichten können.« Er gab sich einen Ruck: »Was soll's. Deine Gesundheit geht vor.« Mit vollem Gewicht stemmte er sich gegen die Tür, die langsam zuschwenkte.
»Halt, warte noch!« Falk stellte seinen Fuß in den Rahmen. Er registrierte, daß einer der beiden Angreifer nur wenige Schritte vom Ausgang entfernt war. Der größere von beiden. In der einen Hand die Spritze, unter den linken Arm den Totenkopf geklemmt. Der kleinere, oder wie sich Falk inzwischen sicher war: die kleinere, war damit beschäftigt, die Gewebeproben in einen Plastikbeutel umzufüllen. Falk mußte sich innerhalb von Sekundenbruchteilen entscheiden.
»Worauf wartest du? Wir müssen diese Tür zumachen!« bohrte Grabowski.
Falks Herz hüpfte wie ein Frühlingslamm. Er war entschlossen, es den beiden Gangstern nicht so einfach zu machen. Er griff sich an den Reißverschluß seines Overalls, riß ihn mit einem Schwung auf. Der Angreifer blieb verblüfft stehen. Zu lange, denn Falk nutzte dessen Verwirrung, um blitzschnell aus dem Schutzanzug zu schlüpfen.

»Mein Gott! Falk! Das darfst du auf keinen –« Weiter kam Grabowski nicht. Voller Entsetzen beobachtete er, wie sein Freund an dem Mann mit der Spritze vorbeirannte. Falk, jetzt nur in Jeans und Pullover, war wesentlich beweglicher als die anderen in ihren klobigen Anzügen. Er spurtete auf die Frau zu. Ehe sie begreifen konnte, was los war, hatte ihr Falk einen groben Schubs verpaßt und den Plastikbeutel entrissen.
»Ich habe die Proben!« brüllte er. Die Freude über seine Beute war kurz. Er sah seinen Rückweg versperrt. Der andere stand breitbeinig vorm Ausgang. Aber egal, Falk konnte keine weitere Zeit verlieren. Er stürmte auf den Mann zu, konzentrierte sich dabei auf die Spritze. Er näherte sich dem Fremden bis auf wenige Schritte, tippelte von einem Fuß auf den anderen. Sein Gegenspieler tat es ihm gleich. Wie zwei Fußballer, die auf die Gelegenheit warten, sich den Ball abzujagen.
Und in diesem Moment spürte Falk, daß ihn sein Mut erneut verließ.
Das Blut wich ihm aus dem Kopf. Ihm wurde schwindelig. Falk sah die milchige Flüssigkeit in der Kanüle, er sah die unendlich lange Nadel, die für ihn aussah wie der Stachel eines Insekts, er sah zwei kalte, zu allem entschlossene Augen unter der Gesichtsmaske.
»Hey, du Held!« Grabowskis Stimme füllte den Raum. Stark und selbstbewußt. Der Angreifer drehte sich um. Für Falk wäre das eine Gelegenheit gewesen, um an ihm vorbeizuhechten. Doch er konnte sich nicht rühren. Er war von einer Heidenangst erfüllt. Regungslos sah er mit an, wie der Mann die Spritze auf Grabowski richtete. Dieser ging augenblicklich in die Offensive. Er holte aus, trat dem Gegner gegen die Kniescheibe. Der ließ prompt den Schädel fallen. Mit tönernem Krachen schlug der poröse Knochen auf dem Boden auf, hüpfte wie die makabre Variante eines Fußballs noch einmal empor, um schließlich in schauriger Langsamkeit unter den gefliesten Labortisch zu rollen.
Falk spürte, wie seine Arme schlaff herunterhingen. Er war wahrlich kein Held. Kaum wurde es gefährlich, ver-

ließen ihn die Kräfte. Er atmete tief durch, um zu klarem Verstand zu kommen. Den Beutel mit den Gewebeproben fest in der Hand, wollte er den Kerl mit der Spritze von hinten überraschen. Nur ein paar Sekunden, und er wäre soweit.
Das Modepüppchen im Overall hatte er glattweg vergessen. Ein haarsträubender Fehler. Er spürte den Schnitt in seine Schulter zunächst nur wie eine leise Berührung. Erst danach registrierte Falk, daß ihm warmes Blut über den Rücken lief.
»Könnt ihr blöden Akademiker euch denn nicht mal selbst beschützen?« höhnte Grabowski. Ihm war es gelungen, den Gegner mit einem zweiten gezielten Tritt vorerst außer Gefecht zu setzen. Jetzt steuerte er auf die Frau zu, die sich augenblicklich zurückzog und abwartend im Hintergrund hielt. »Und nun raus hier! Raus!«

31

»Na, fein.« Nixdorffs Gesichtszüge verrieten nichts über seine Emotionen. Er war einige Minuten im Büro auf und ab gegangen. Nicht nervös, nein, im Gegenteil: ruhig und gelassen, als dachte er konzentriert nach. Sodann hatte er sich sorgfältig seine dicken Brillengläser geputzt, um sich schließlich einen der unbequemen Holzschemel heranzuziehen, die Falk an seiner neuen Arbeitsstelle so haßte. »Na, fein«, sagte der Chef ein zweites Mal. Er streifte Falk mit flüchtigem Blick. Ihm schienen Abertausende von Gedanken gleichzeitig durch den Kopf zu jagen. So abwesend hatte Falk seinen Vorgesetzten nie erlebt. »Na ...« Diesmal ließ er das »fein« weg. »Sie hatten enormes Glück. Was, wenn sich nun tatsächlich todbringende Viren in dem Labor befunden hätten?«
»Tja. Ein gewaltiges Risiko ...«, räumte Falk kleinlaut ein. Er war selbst nachhaltig verblüfft und erschreckt über seine Fahrlässigkeit.

»Das ist noch milde ausgedrückt, Sie Wahnsinniger!«
»Was blieb mir anderes übrig? Und es ist ja gut gegangen. Ich bin gesund.« Er strich symbolisch mit der Hand über den linken Arm. »Kein Ausschlag, keine nässenden Ekzeme, und die Schnitte waren nur oberflächlich. Der Arzt sagt, es ist alles in Ordnung ...«
»In Ordnung?« Nixdorff atmete tief durch. »Nun gut. Der Zweck heiligt bekanntlich die Mittel. Dieses Pärchen wird gleich dem Untersuchungsrichter vorgeführt.« Er kratzte sich an der Stirn. »Kaum zu glauben. Wenn Sie sie nicht in dem Labor eingesperrt hätten, wären wir denen nie auf die Schliche gekommen. Keinerlei Vorstrafen, zwei unbeschriebene Blätter. Und so jung.« Er kratzte sich noch immer, als wolle er seinen Denkprozessen von außen nachhelfen. »Sie ist erst einundzwanzig. Und lammfromm.«
»Pah!« Lammfromm war kaum das richtige Wort, begehrte Falk leise auf. Dieses Paar hatte es faustdick hinter den Ohren. Wenn die beiden nicht im Vorstrafenregister auftauchten, dann nur, weil die Polizei sie bisher nicht erwischt hatte. Falk war sich sicher: Es handelte sich um zwei ausgebuffte Profis. Einundzwanzig hin oder her. Die kleine Lady hatte wahrscheinlich schon mit vierzehn eine erstklassige Gangsterbraut abgegeben.
Nixdorff nahm Falks stummen Protest kaum wahr. »Jedenfalls sind beide nicht sehr redselig. Der Trick mit den Eltern hat uns nicht weitergeführt. Ich kann nur hoffen, daß wir einen strengen Richter erwischen, sonst ...«
Der Trick mit den Eltern bestand darin, Väter und Mütter der beiden zum Untersuchungsgefängnis zu bringen. Und zwar noch in der Nacht ihrer Festnahme. Nixdorff ließ sich nicht lumpen und reagierte sofort auf Falks Anruf. Gebracht hatte dieser Aufwand jedoch nichts. Die Eltern, gutbürgerliche Leute, zeigten sich entsetzt und bezeugten mit Tränen in den Augen die Unschuld ihrer Kinder. Hätten Falk und Grabowski nicht wiederholt die Kaltblütigkeit der beiden beteuert, hätte sich wohl jeder auf die Seite der anderen geschlagen. Selbst die Polizisten, die das Modepüppchen und ihren Freund abgeführt hatten, gin-

gen ausgesprochen behutsam vor. Daß das zart gebaute Mädchen fortwährend schluchzte, machte ihnen die Aufgabe nicht eben leichter. Sie wollten bei ihr zunächst sogar auf Handschellen verzichten.

Falk sah aus dem Fenster. Am Elbufer gegenüber waren Handwerker damit beschäftigt, eine Bühne abzubauen. Die Reste eines Musikspektakels aus den Sommermonaten. Nur zu gern ließ sich Falk ablenken. Das bunte Treiben erinnerte ihn an die Jahrmärkte in Celle, an die Volksfeste mit ihren Karussells und Losbuden. Tagelang fröhlicher Lärm, unbeschwerter Spaß, pralles Leben. Falk hatte an einem Autoscooter seine allererste Freundin kennengelernt. Wenn der Jahrmarkt abgebaut wurde, überfielen Falk jedesmal melancholische Gefühle. Das war wie ein Abschiednehmen. Für Momente meinte er, die schmachtenden Melodien des Sommers zu hören.

»Gegen die anderen aber habe ich eine ganze Menge in der Hand.« Nixdorff lehnte sich in seinem Drehstuhl zurück. Der gab ein quietschendes Geräusch von sich. »Zwar gibt es nicht den leisesten Zusammenhang mit Karras, aber immerhin: Beide sind vorbestraft, beide haben eine ganze Menge auf dem Kerbholz.«

Falk verscheuchte die Gedanken an seine Jugendliebe, richtete seine Aufmerksamkeit auf seinen Chef. »Von wem sprechen Sie?«

Ein dröhnendes Scheppern hielt Nixdorff vom Antworten ab. Beide Männer eilten zurück zum Fenster. Eines der Gerüste, das wohl eine Lautsprecheranlage am Rand der Bühne gehalten hatte, war in sich zusammengestürzt. »Meine Güte!« Nixdorff war ernstlich besorgt. »Hoffentlich ist da drüben niemandem etwas passiert.«

Falk erkannte an der Ruhe der Arbeiter, daß anscheinend keiner ihrer Kollegen verletzt worden war. Sie besahen sich den Schaden oberflächlich, um sich gleich darauf ans Auseinanderschrauben der Verstrebungen zu machen. »Von wem haben Sie eben gesprochen? Wer, meinen Sie, ist vorbestraft?«

Nixdorff brauchte einige Sekunden, um seine Gedanken zu ordnen. Statt direkt zu antworten, wählte er einen Umweg: »Ich wohne nicht in der Innenstadt, ich pendele täglich vom Weißen Hirsch hier herüber.«
Falk stieß einen Pfiff aus. »Donnerwetter!« Wenn er auch nur kurz in Dresden lebte, wußte er doch genau, daß der Weiße Hirsch die nobelste Wohngegend war. Das Feinste vom Feinsten. Ein Eldorado für Liebhaber der Villenarchitektur aus dem ausklingenden letzten Jahrhundert.
Nixdorff tätschelte Falk lächelnd den Arm: »Meine Großeltern hatten es zu einem kleinen Vermögen gebracht und sich beim Bau nicht lumpen lassen. Meinem Vater haben die Kommunisten die Familienvilla wieder weggenommen«, erzählte Nixdorff. »Aber ich habe sie mir zurückgeholt. Das war ein Kraftakt. Wenn ich juristisch nicht beschlagen wäre, würde ich wahrscheinlich wie früher in der Platte wohnen.«
Falk hatte keinen Schimmer, warum sein Chef so auffällig um den heißen Brei herumredete. Das war nicht seine Art!
»Wenn diese beiden Täter verhaftet werden«, kam er endlich auf den Punkt, »dann sind wir ...« Er räusperte sich. »Damit beginnen wir, die Indizienkette um die Familie Karras herum zu schließen.« Er betonte diesen letzten Satz, als sei er ihm aufs höchste unangenehm.
»Und?« bohrte Falk. »Das wollen wir ja.«
Nixdorff wiederholte seine Geste von zuvor: Er kratzte sich langsam und nachdenklich am Kopf. »Ich, ähm ...« Ein tiefes Durchatmen. »Wir – meine Frau und ich haben keine Alarmanlage. Wir halten nicht viel von diesem Sicherheitsschnickschnack. Wir haben, glaube ich, nicht einmal so etwas wie ein Sicherheitsschloß.«
Worauf wollte Nixdorff hinaus? Falk kannte seinen Vorgesetzten als jemanden, der geradeheraus sprach, ohne Schnörkel und Platitüden. Vorsichtig hakte er nach: »Herr Doktor –«
»Ja, Herr Schiller, Sie haben wahrscheinlich bereits die richtige Schlußfolgerung gezogen. Mir ist nicht recht ge-

heuer zumute. Ich ... wir haben uns oft darüber unterhalten, ob es nicht sein könnte, daß uns ein verurteilter Verbrecher nach seiner Freilassung zu Hause aufsucht und es mir heimzahlt. Oder ein Komplize seinen eingesperrten Freund rächt.« Nixdorff machte ein betretenes Gesicht. »Deswegen habe ich meinen Richterposten abgegeben. Beziehungsweise getauscht. Gegen dieses Amt in der Pressestelle.«

»Sie waren Richter?« Falk war verblüfft. Er konnte sich diesen nach außen hin zwar nüchtern-kühlen, auf den zweiten Blick aber ungemein gutmütigen und weichen Menschen nicht auf einem Richterstuhl vorstellen.

»Das war eine der Voraussetzungen, um überhaupt diese Abteilung leiten zu dürfen«, stellte er flapsig klar. »Kurz und gut: Wenn wir diese beiden drankriegen, muß ich mir aller Wahrscheinlichkeit nach Gedanken machen. Gedanken um meine Sicherheit.« Er ließ die Schultern hängen. »Und die meiner Frau.«

Falk platzte vor Ungeduld: »Wen verhaften? Wen meinen Sie mit ›den beiden‹?«

Es klopfte. Falk schlug sich vor Ärger auf die Oberschenkel. »So ein Mist, gerade jetzt! Ist bestimmt wieder einer vom Rundfunk oder von der ›Morgenpost‹. Die halten uns ewig auf.«

»Reißen Sie sich zusammen, Herr Schiller. Der Beruf geht vor.« Nixdorff schritt zur Tür. »Und jetzt schauen Sie mal nicht so griesgrämig.« Er griff zur Klinke, zog die Tür auf.

Konstanze war umwerfend. Ein Kostüm, wie aus dem erlesensten Modemagazin. Grau, dezent und businesslike, aber gleichzeitig so figurbetont, daß Falk die Spucke wegblieb. Auch bei Nixdorff schien ihre magische Ausstrahlungskraft Wirkung zu zeigen. Stocksteif stand er im Türrahmen, brachte keinen Ton heraus. Falk kam es vor, als seien Konstanzes tiefbraune Augen heute noch dunkler und unergründlicher als sonst.

Nur – sie schauten ihn nicht an. Konstanze stand sicher eine halbe Minute in der Tür, doch sie hatte lediglich Nix-

dorff im Blick. Sie beachtete Falk nicht. Als habe sie ihn nicht wahrgenommen.
»Ich muß Sie um ein paar Minuten Geduld bitten, gnädige Frau.« Nixdorff hatte sich gefaßt. Zu Falks Erstaunen drückte er Konstanze aus dem Zimmer. Nicht allein verbal, wie es zu ihm gepaßt hätte, nein, er nahm sie am Arm und schob sie ins Nebenzimmer.
»Konstanze?« rief Falk hinterher. Sie war bereits verschwunden. Falk registrierte lediglich ein Tuscheln. Nixdorff gab seiner Sekretärin nebenan Anweisungen. »Verdammt, was soll das?« Falk ging ebenfalls zur Tür, in diesem Augenblick war sein Chef bereits zurück.
Er streckte ihm die Hände entgegen. »Warten Sie, Herr Schiller. Bevor Sie Ihre Bekannte wiedersehen, müssen Sie etwas wissen.«
Falk begann zu ahnen. »Vorbestraft? Sie wollen mir erzählen, daß Konstanze etwas mit ...« In seinem Kopf tobte ein Sturm.
Nixdorff nötigte ihn, sich zu setzen. »Ich sprach von zwei weiteren Personen, die meines Erachtens nach so gut wie überführt sind, in den Fall verwickelt zu sein.« Falk wollte nicht sitzen bleiben, doch sein Boß drückte ihn zurück in den Stuhl. »Eine der Schlüsselfiguren ist die Dame aus dem horizontalen Gewerbe.«
Was jetzt kam, beraubte Falk eines guten Stücks seines Selbstwertgefühls. Nixdorff legte ihm haarklein dar, wie Falk sich an der Nase herumführen lassen hatte. Konstanze, die Frau, für die er Anordnungen seines Chefs in den Wind geschlagen hatte und der zuliebe er seine beste und einzige Freundin in Dresden schwer gekränkt hatte, war laut Nixdorff nichts als eine gemeine Schwindlerin.
Ausgerechnet Konstanze, die Frau von Mozart.
Falk wollte nicht glauben, was Nixdorff ihm aufzutischen versuchte: »Sie täuschen sich. Das ist ein armes Mädchen ...« In Gedanken führte er den Satz zu Ende: ... das auf die schiefe Bahn geraten ist. Und ihm wurde bewußt, wie unglaubwürdig seine Sicht der Dinge war.

»Sie hat Sie getäuscht.« Nixdorffs Worte klangen aufrichtig mitfühlend.
»Ja, aber ...« Falk schossen die vielen Schilderungen durch den Kopf, die Konstanze ihm über ihr Martyrium in den Händen brutaler Zuhälter geliefert hatte. Sollte das alles erstunken und erlogen sein? Niemals! Es war viel zu real und detailreich für ein reines Phantasiegebilde.
Das triste Zimmer erschien ihm deprimierender als an den übrigen Tagen. Die grauen Wände, die dürren Schränke mit ihren klapprigen Rolläden aus DDR-Zeiten, die zerschlissenen Gardinen, die vielen uniformen Leitzordner. Falk ging erneut zum Fenster. Die Arbeiter hatten das Durcheinander des zusammengestürzten Lautsprecherturms inzwischen von den gröbsten Teilen befreit. Trotz kühler Luft schufteten die meisten von ihnen mit freien Oberkörpern. Falk flüchtete bei diesen Bildern in die Vergangenheit. Auf dem Jahrmarkt in Celle hatte er Schilder gelesen, auf denen »junge Männer zum Mitreisen« gesucht wurden. Er hatte daran gedacht, eines dieser Angebote anzunehmen. Er war damals gerade sechzehn, als seine erste Freundin Schluß machte. Sie hatten sich auf der Kirmes kennengelernt, und ihre Freundschaft sollte dort auseinandergehen. Es war ein leicht bewölkter Tag, an dem sie ihm – wiederum am Autoscooter – beibrachte, daß zwischen ihnen nichts mehr liefe. Falk dachte an ihr schmutzigblondes, gelocktes Haar, an die frechen Sommersprossen rund um die putzige kleine Nase – und an die Augen, die nicht einen Funken Trauer trugen. Die Luft hatte an diesem Tag salzig geschmeckt. Als hätte sich die Küste südwärts bis nach Celle verschoben.
»Ich hole sie jetzt rein.« Nixdorff ließ keinen Widerspruch zu.
Eine Minute später stand Konstanze im Raum. Schlank. Adrett. Aufrecht. Eine Dame.
Eine Dame, die Falk immer noch nicht wahrnahm. Sie schaute an ihm vorbei.
Das folgende Gespräch fand unter Ausschluß der Person Falk Schiller statt. Sicher: Er war im Raum, er stand nur

wenige Schritte von Nixdorff und Konstanze entfernt, er war unmittelbar beteiligt und betroffen. Und dennoch wurde er ausgeklammert. Er fühlte sich, als sei er Luft. Konstanze unterhielt sich mit Nixdorff, sie stand ihm Rede und Antwort. Sie schaute sich mehrmals im Raum um. Obwohl ihre Augen jeden Winkel musterten und ihre Blicke auf unbedeutenden Gegenständen für lange Sekunden haftenblieben, schaffte sie es, Falk nicht ein einziges Mal mit den Augen zu streifen. Er war schlichtweg nicht da!

Sie sah ihn nicht an, aber ihre Worte hörte Falk genauso klar und unmißverständlich, wie er Nixdorffs hören konnte. Das war kein normales Gespräch – das war ein Verhör. Nixdorff beschuldigte Konstanze. Sie habe Falk benutzt, um ihn von seinen Recherchen in Sachen Schellenbaum abzuhalten. Ihr Partner habe sie dabei unterstützt. Der Partner war der Mann, den Falk in Jever für einen Freier gehalten hatte. Über den er sich aufgeregt hatte. Auf den er eifersüchtig gewesen war.

Falk schaute sie an. Er mochte für Konstanze Luft sein. Sie für ihn aber keineswegs. Er studierte ihr Gesicht. Ihre stolze, steile Stirn. Die eigenwillige, leicht gebogene Nase. Die kräftigen dunklen Haare. Er ertastete mit Blicken ihre Figur. Sie entprach seinem Idealbild einer Frau bis aufs I-Tüpfelchen.

Er begehrte Konstanze. Er sehnte sich nach ihr! Er haßte sie! Verabscheute sie aus ganzem Herzen.

Falk wußte nicht, ob er Konstanze umarmen oder ob er sie schlagen wollte. Sie hatte ihm weh getan, warum sollte er es ihr nicht gleichtun?

Wenn aus dem Gespräch zwischen Nixdorff und Konstanze eines deutlich wurde, dann nur dies: Sie war dafür bezahlt worden, Falks Zeit in Anspruch zu nehmen. Sie sollte dafür sorgen, daß er möglichst wenig Energie für Cathérine und ihren Klienten aufwenden konnte. Dies war ihr gelungen.

Allein – Falk wußte nicht, ob er ihr dafür böse sein konnte.

32

Den Beifahrersitz hatte er bis zur letzten Stufe zurückgeschraubt. Falk tat es seinem Freund gleich. Sie saßen oder vielmehr lagen in Grabowskis Geländewagen und starrten gegen die Wagendecke. Der Jeep stand an seinem Platz in der Tiefgarage. Eigentlich wollten die beiden eine kurze abendliche Spritztour durch Dresden unternehmen. Vielleicht zwischendurch irgendwo einkehren. Bis zum Auto hatten sie es geschafft, konnten sich aber über kein Ziel einig werden. Fast eine Stunde lang lehnten sie in dem Jeep. Wortlos.

Grabowski brach das Schweigen: »Da soll also auch dieser Karras dahinterstecken, ja?« Er schüttelte langsam den Kopf. »Abartig.« Er klopfte auf die Wurzelholzsprossen des Lenkrads. »Ich ahnte gleich, an dieser Lady ist was faul.«

Falk stöhnte. »Verschon mich mit deinem Ätsch-ich-bin-sowieso-der-Klügere-Gerede. Niemand konnte draufkommen, daß Konstanze gekauft war.«

»Was sollte sie sonst gewesen sein? Nutten kauft man nun mal. Wenn du so naiv bist, dir einzubilden, die Kleine hätte sich in dich verknallt –« Falk ließ Grabowski seinen Zeigefinger in der Hüfte spüren. Hart und spitz bohrte er sich in seine Seite. »Autsch!«

»Du wärst genauso auf sie reingefallen. Jede Wette!«

»Ich wette grundsätzlich nicht.«

Falk richtete sich auf, indem er sich auf seine Ellenbogen stützte. »Mal ganz ehrlich, Malcolm: Hättest du Konstanze in den Wind geschrieben? Hättest du ihr die kalte Schulter gezeigt?«

Grabowski blieb in der Horizontalen. Er schloß die Augen. »Laß mich nachdenken.« Er kraulte sich den Bauch, der wie ein gedrungener Ballon vor ihm aufragte. »Nun. Es gibt da verschiedene Möglichkeiten. Wenn jemand eine feste Freundin hat und glücklich mit ihr ist, liegt die Chance, daß er mit einer attraktiven Nutte pimpern würde, so ungefähr bei eins zu vier. Wenn er verheiratet

ist, ist sie schon fifty-fifty. Wenn er seit längerem verheiratet ist und vielleicht noch Kinderchen hat, klettert die Chance, daß er's tut, auf zwei Drittel.«
»Malcolm – du hast weder Kinder, noch bist du verheiratet. Du bist nicht einmal liiert.«
Der andere kraulte sich seelenruhig weiter. »Wenn du mich nicht ausreden läßt ... Also: Bei unglücklich Verheirateten mit Kind steigt die Wahrscheinlichkeit auf gute neunzig Prozent.«
»Malcolm!«
»Und bei Singles, bei denen weit und breit keine Frau in Sicht ist, erreichen wir wohl die Hundert-Prozent-Marke.« Auch er beugte sich jetzt vor. »Natürlich hätte ich etwas mit ihr angefangen, Falk. Natürlich hätte ich ihr geholfen. Natürlich hätte ich alle Ratschläge, sie fallen zu lassen, genauso hartnäckig ignoriert, wie du es getan hast.«
»Danke für deine Offenheit.«
»Bitte, bitte. Aber kaufen kannst du dir davon nichts. Die Lage bleibt hoffnungslos. Du steckst mittendrin in einem engmaschigen Netz, das die Spinne Karras um dich herum gewoben hat. Und deine Freunde kleben ebenfalls fest.«
Falk schmunzelte über Grabowskis ungewohnt bildreiche Sprache. Er war froh, daß er ihn an seiner Seite wissen konnte. Grabowski hatte es – seine grobe Eigenwilligkeit hin oder her – innerhalb kürzester Zeit geschafft, zu einem seiner besten Freunde heranzureifen.
»Wo wir gerade so schön offenherzig sind«, unterbrach Grabowski seine Gedanken, »wie steht's mit der Nummer zwei im Rennen?« Damit konnte er nur Cathérine meinen. Trotzdem kräuselte Falk fragend die Stirn. Grabowski präzisierte: »Wirst du denn mit ihr in die Kiste steigen?«
»Als ob es darauf ankäme«, wiegelte Falk ab.
»Naja. Ich denke, das gehört heutzutage zum Kennenlernen irgendwie dazu.«
»Pah!« Falk mußte auflachen. »Der weibliche Teil dieser Welt dürfte das ein wenig anders sehen.«

»Bin ich mir nicht so sicher«, nuschelte der andere.
»Gut, du verlangst Offenheit: Ich, äh, ich weiß es nicht. Ich habe keine Ahnung, was ich für Cathérine empfinde. Diese ganze Aufregung um Karras, der Umzug nach Dresden, mein neuer Job – wie soll man in einem solchen Tohuwabohu über sein Gefühlsleben nachdenken können?« Falk kurbelte seinen Sitz hoch, um sich anlehnen zu können.
»Du mußt doch wissen, ob du mit ihr schlafen willst oder nicht!«
»Vielleicht«, quälte sich Falk. »Schau, Malcolm: In Hannover, beim Jurastudium, hatte ich eine Kommilitonin. Eine wunderbare Frau. Hinreißend!« Seine Augen glänzten. »Wir alle haben uns die Finger nach ihr geleckt. Rassig schwarzes Haar, eine Traumtaille, ein zuckersüßer Kullerpo – zum Anbeißen!«
»Aber?« kam es neugierig.
»Tja!« Falk schlug sich mit der Hand aufs Knie. »Sie ist heute eine meiner engsten Freunde. Kein Besuch daheim, an dem wir uns nicht treffen. Wir telefonieren regelmäßig.«
»Aber?«
Falk atmete tief durch. »Ich würde nie im Leben auf die Idee kommen, sie anzufassen. Unser gegenseitiges Vertrauen wäre wahrscheinlich sofort futsch. Man muß sich entscheiden: Bett oder Freundschaft.«
Grabowski mühte sich mit dem Hochstellen des Fahrersitzes ab. »Weißt du, was ich glaube?« Eine Antwort wartete er nicht ab. »Ich glaube, du hast ganz einfach Schiß. Du traust dich nicht, mit Cathérine intim zu werden, solange sie nicht den ersten Schritt macht. Genausowenig, wie du jemals deine sexy Studienkollegin flachlegen wirst. Dir fehlt die Courage dazu, das ist alles. Von wegen gefährdete Freundschaft – so 'n Quatsch, 'ne echte Freundin würde darüber hinwegsehen.«
Falk schob seinen Ärmel zurück, um auf die Armbanduhr blicken zu können. »Noch sind meine Chancen nicht vollends begraben, Malcolm. Ich bin mit ihr zum Abendessen

verabredet.« Er öffnete die Tür, trat auf die säuberlich polierte Einstiegsleiste. Mit den Worten »Wir sehen uns!« ließ er den verdatterten Grabowski zurück.

Er hatte Glück: Die Straßenbahn fuhr genau in dem Augenblick los, als Falk aufgesprungen war. Das gelbe Ungetüm ratterte über die Elbbrücke. Wenig später stand Falk vor der goldgelb erleuchteten Semperoper. Cathérine war bereits am Treffpunkt. Ihr beiger Trench fiel kaum ins Auge, dafür aber leuchtete der Gips um so kräftiger. Falk winkte ihr zu.

»Es ist so schön mild«, begrüßte sie ihn. »Laß uns mit dem Essen warten.« Sie hakte sich bei ihm unter und steuerte die Brühlschen Terrassen an. »Du brauchst mir nichts zu erzählen. Ich weiß Bescheid. Nixdorff war so freundlich …«

Na, toll! Sein Chef hatte ihn bloßgestellt. Wie stand Falk nun da? Als ein Naivling, der sich von einer Prostituierten leimen läßt. Er lächelte Cathérine matt an. Besser, sich nicht auf eine Diskussion einzulassen.

Sie nahm jeweils zwei Stufen, Falk folgte ihr gehetzt. Als sie auf dem Plateau angelangt waren, japste er nach Luft. »Ein wenig Sport könnte dir nichts schaden.« Cathérine beugte sich über das Geländer, atmete die weiche Herbstluft in tiefen Zügen ein. Falk stellte sich neben sie und blickte hinab auf die Elbe. »Eine phantastische Aussicht.«

»Ja.« Cathérines Lippen umspielte ein feines Schmunzeln. »Die Terrassen sind einer meiner Lieblingsplätze in Dresden.«

»Einer? Wo hältst du dich sonst noch gern auf?« Er stützte sich auf den Handlauf. Seine Finger waren nur Millimeter von ihren entfernt.

»Im Zwinger zum Beispiel. Zumindest, wenn das Wetter schön ist. Bei Regen wirkt er zu kalt und protzig.«

Falk konnte die Wärme spüren, die von ihrer Hand ausging. Noch fehlte ihm der Mut, die winzige Distanz zu überbrücken. »Was verbindest du mit diesen Orten?« fragte er beiläufig, war mit seinen Gedanken aber ganz damit beschäftigt, seine Motorik zu kontrollieren.

»Liebe.« Sie zog die beiden Silben des Wortes betont in die Länge.
Falks Arm erstarrte. Jetzt oder nie, sagte er sich, obschon seine Hand noch immer neben und nicht auf Cathérines lag.
»Liebe. Und ... Küsse im warmen Regen.« Das war das Stichwort! Falks Hand erhob sich – aber auch Cathérine bewegte sich. Wie in Zeitlupe zog sie ihren Arm zurück. »Mein Mann und ich haben uns ...«
Der Rest ihres Satzes verwischte in Falks Ohren zu einem undefinierbaren Wörterbrei. Seine Hand ruhte in Habachtstellung über dem Geländer. Beinahe hätte er sie berührt! Verflixt, was war schiefgegangen? Warum faselte sie über ihren Mann?
»... später immer mal wieder versucht, ihn für einen Spaziergang an der Elbe zu begeistern. Aber er mochte nicht ...«
Falk rückte seine Jacke zurecht. Cathérine war einige Meter vorausgegangen. Er folgte ihr wortlos, kam sich vor wie ein Hund, der seinem Frauchen hinterhertrottet.
»... bis ich endlich merkte, daß sein Interesse an all dem nachgelassen hatte, was mir etwas bedeutet. Das einzige, auf das er zum Schluß aus war, konnte man zu Hause erledigen. Im Bett.«
Er hatte nicht die geringste Lust, mit Cathérine über deren Eheprobleme zu diskutieren. Wenn sie etwas von mir will, soll sie ihren Mann außen vor lassen, dachte sich Falk. Schließlich behelligte er sie auch nicht mit Herzschmerz-Geschichten über Konstanze. »Wir brauchen einen Termin bei Karras«, wechselte er das Thema abrupt. Cathérine zögerte kurz, schlenderte jedoch weiter. »Grabowski ist mit den Genproben bald soweit. Damit haben wir etwas in der Hand, womit wir ihn konfrontieren können.«
Cathérine reagierte nicht. Sie verließen die Brühlschen Terrassen, schlugen einen Weg in Richtung Schloß ein. In einem Flügel des schmuck restaurierten Baudenkmals wollten sie speisen. Falk stapfte hinterher. Die Rolle des Hundes füllte er voll und ganz aus. Nur: Statt zu bellen

oder zu winseln, plapperte er unaufhörlich über den Fall Karras: »Die DNA aus den Geweberesten, die wir im Labor vervielfältigt haben, ergänzt sich prima mit den Vergleichsproben aus dem Blut deines Klienten. Grabowski meint, daß ein oder zwei Kontrollen voll und ganz reichen, um die Parallelen im Erscheinungsbild des Y-Chromosoms zweifelsfrei –«

Grabowski hatte wie so oft recht. Falk war feige. Die Frau mußte den Anfang machen, bevor er selbst etwas wagte. Cathérines Lippen fühlten sich warm und samtweich an. Es war ein überraschend feuchter Kuß, Cathérines Zunge stieß forsch in seinen Mund, verspielt und unbeschwert. Seine Arme legten sich jetzt wie von selbst um ihren Körper. Unbewußt stellte sich Falk auf die Zehenspitzen, um den Größenunterschied auszugleichen, Cathérine drückte ihn sanft nach unten.

Von dem Essen bekam er kaum etwas mit. Was hatte er bestellt? Gab es vorab eine Suppe? War der Wein gut? Seine Blicke blieben die ganze Zeit über auf Cathérine haften. Ihr Gesicht erschien ihm viel weicher als die Tage zuvor. Die Fältchen verschwanden, als ob er sie durch einen Weichzeichnerfilter ansehen würde. Ihr Haar kam ihm voluminöser vor als sonst. Ein Meer aus schwarzen Locken. Die grauen Strähnen waren fort.

»Du strahlst mich an wie ein Kind den Weihnachtsbaum«, witzelte sie. »Aber mach ruhig weiter, das ist sehr schmeichelhaft.« Draußen war es inzwischen stockdunkel. Auch die Temperatur hatte merklich angezogen. Cathérine klappte den Kragen ihres Trenchcoats hoch. »Übrigens sagt man danke.«

Falk, dessen Gedanken dem Kuß nachhingen, und der sich nichts sehnlicher wünschte, als ihn ausgiebigst zu wiederholen, konnte nicht folgen.

»Naja, für die Rechnung. Ich habe bezahlt.« Als noch immer nichts kam, sagte sie amüsiert: »Fühl dich einfach eingeladen.«

In seinem Magen grummelte es. Als habe er soeben zwei Liter Sprudel in sich hineingeschüttet. Sie stiegen die

schmale Treppe zu Cathérines Wohnung hinauf. Falk war sich sicher, daß er diese Nacht bei ihr verbringen würde. Ihr Kuß hatte sein Gefühlschaos nachhaltig geordnet. Ihm war nun klar, was er wollte. Und vor allem, wen er wollte.
»Das mit Karras habe ich bereits angekurbelt. Die offizielle Bitte um eine Audienz dürfte ihm morgen auf den Schreibtisch flattern«, stellte sie sachlich fest.
Für Falk hatten diese Worte jetzt keinerlei Bedeutung. Er war einzig und allein darauf aus, Cathérine in seine Arme zu schließen. Er wollte ihr den Trench ausziehen. Seine Finger würden sich die Knöpfe ihrer Bluse vornehmen, die andere Hand den Reißverschluß ihres Rocks öffnen. Er wollte sie – jetzt!
Es war ohne Frage ein prächtiger Strauß. Zwanzig, dreißig Rosen. Langstielig, rubinrot. Falk mußte nicht warten, bis Cathérine das Kärtchen gelesen hatte, um zu wissen, von wem die Blumen kamen. »Dein Mann?« Cathérine nickte. Sie bückte sich, um an den Blüten zu riechen.
Falk nahm sich vor, den Abend in der Grotte ausklingen zu lassen.

33

»Da bist du ja wieder!« Grabowski nahm seine Jacke von dem Barhocker neben ihm. »Setz dich hin und sei still. Ich will Laura genießen. Sie ißt Erdbeeren.« Er versenkte seine Nase im Bierglas. »Es gibt nichts vergleichbar Erotisches, als wenn Laura Erdbeeren ißt«, schwärmte er, während er sich den Schaum vom Mund wischte.
Tatsächlich sah es mehr als appetitlich aus, wie die Thekenhilfe sich die Früchte genießerisch in den Mund schob. »Sie merkt nicht, daß wir sie beobachten«, stellte Falk fest.
»Weiß nicht«, bezweifelte der andere und bückte sich, als wolle er sich kleiner machen, um nicht entdeckt zu wer-

den. »Siehst du, sie ist schon einen Schritt verwegener geworden. Das Kreuz ist weg, der Armreif ebenso. Und wenn du mich fragst: Ihre Jeans sitzen für eine brave Theologiestudentin eine Spur zu knackig.«
Falk wendete den Blick ab. »Malcolm, wann sind wir soweit?« Er setzte seinem Freund die Pistole auf die Brust, berichtete ihm, daß ein Schreiben an Karras bereits raus sei, die genetischen Vergleichstests also tunlichst beendet werden müßten.
»Keine Sorge, alles läuft bestens. In ein paar Tagen haben wir die Beweise. Lauras Freund hätte es allerdings wohl noch schneller gepackt.«
»Wieso Lauras Freund?« Falks Blick wanderte zurück auf die Bedienung. Sie hatte gerade die letzte Erdbeere genascht und wischte sich die Hände an der Schürze ab.
»Wer es schafft, Gene so geschickt zu manipulieren, daß solch prächtige Wintererdbeeren dabei herauskommen, ist zu allem fähig.«
»Ach, hör mir auf mit deinen dämlichen Gen-Erdbeeren. Die kommen aus dem Gewächshaus, aus Holland. Nichts weiter.«
»Genmanipulierte Sojabohnen kommen auch nicht unbedingt aus Holland«, warf Grabowski lapidar in den Raum.
»Nein, da hast du recht. Dieser Mist kommt aus Amerika.« Falk schüttelte es. »Gräßlich, wenn ich nur an diese künstliche Gen-Food denke!«
Grabowski fixierte ihn grimmig. »Ach? Mist ist das also. Gräßliche Gen-Food. Soso.« Wieder verschwand sein halbes Gesicht im Bierglas. »Aber für deinen Privatkrimi ist dir die Gentechnik gut genug, was?«
In diesem Moment tauchte Laura auf, um seine Bestellung aufzunehmen. Falk war erleichtert, denn eine Grundsatzdiskussion über das Für und Wider der Gentechnologie war so ziemlich das letzte, auf das er jetzt eingehen wollte.
Grabowski ließ sich von Lauras Anwesenheit nicht beirren. »Du entsprichst voll und ganz dem Durchschnitt, Falk. Dem vorurteilsbeladenen deutschen Durchschnitt.

Achtzig Prozent sagen in diesem beschissen technikfeindlichen Land nein zu genmanipulierten Nahrungsmitteln.«
Recht haben sie, dachte sich Falk, schwieg aber. »In den USA sieht es ganz anders aus. Über sechzig Prozent der Amerikaner haben nichts dagegen, daß ihre Kartoffeln, Äpfel oder Tomaten durch kleine Eingriffe ins Erbgut größer und schmackhafter werden.«
»Die Sache hat ja wohl zwei Seiten –«, wollte Falk aufbegehren.
»Diese Scheuklappenmentalität hat für uns katastrophale wirtschaftliche Folgen. In den USA gab es viele hundert Freisetzungsversuche, Experimente mit genveränderten Pflanzen außerhalb des Labors. Und weil wir gerade darüber redeten: Selbst die Holländer haben mehrere Dutzend Versuche gestartet. Aber Deutschland? Die paar Experimente kannst du ja fast an einer Hand abzählen.«
Er redete sich in Rage, lief krebsrot an. »Als ein Pharmakonzern vor ein oder zwei Jahren genmanipulierte Zuckerrüben in Franken aussäen ließ, hat das einen Volksaufstand verursacht. Der Bauer, der seinen Rübenacker zur Verfügung gestellt hatte, wurde beinahe gelyncht. Ein Trauerspiel, abartig! Kein Wunder, daß jeder zweite Genforscher auswandert.«
Falk malte sich aus, wie er mit genmanipulierten Kaffeebohnen sprach: »Ihr mögt euch doch bitte selbst mahlen und anschließend aufbrühen, ja?« Praktisch, aber fürchterlich widernatürlich. »Und der Mißbrauch? Kriminelle können mit deinen Gentricks sonstwas anfangen«, nahm Falk seine Verteidigungsrede für die deutschen Vorbehalte auf.
»Dann müssen eben die Gesetze verschärft werden«, machte es sich Grabowski aus Falks Sicht allzu leicht.
»O. k.«, ging er trotzdem auf das Argument ein. »Aber wie kannst du die Befürchtung entkräften, daß wir alle durch die Gentechnik kontrollierbar werden wie die Schafe einer Herde?« Er gestikulierte wild mit den Armen. »Mitarbeiter werden nur noch nach intensiver Genkontrolle eingestellt, Versicherungen verlangen nicht bloß einen

HIV-Test, sondern gleich eine komplette Gendiagnose. Am Ende wird der Personalausweis durch eine genetische Kennkarte ersetzt.«

»Populationsscreening«, nuschelte Grabowski.

»Hä?«

»Nichts. Das war nur das korrekte Fachwort für deinen Gen-Perso.« Er widmete sich dem Bier. Bevor er trank, merkte er allerdings an: »Solange die Genforschung vor dem da haltmacht, kann mich nichts schrecken.«

»Vorm Bier? Ausgerechnet ...« Falk lachte.

»Ja. Irgendwo muß man ja seine Grenzen ziehen. Hopfen und Malz – da darf man unsereins nicht dranlassen. Bier ist von Natur aus perfekt. Da können wir Gentechniker nichts mehr ausrichten.«

Wenigstens nimmt er sich selbst nicht zu ernst, dachte Falk erleichtert. »Du hast gewonnen, Malcolm.« Er schnappte Grabowski das Bierglas weg, hielt es gegen das Licht. »Deine Argumente sind überzeugend.« Er setzte zum Trinken an. »Und sie schmecken.«

»Schmecken?« Grabowski schmunzelte. »Ragenwolf Karras werden sie hoffentlich nicht schmecken. Wann genau legen wir ihm die Beweise vor?«

»Besser heute als morgen.« Falk konnte die große Stunde kaum abwarten. »Wie gesagt: Der Brief liegt ihm vor. Und sogar Nixdorff will sich darum kümmern. Er setzt alle Hebel in Bewegung, um Cathérine den Weg zu ebnen – sofern das legal eben möglich ist«, schränkte er ein.

»Ich glaube«, meinte der andere verschmitzt, »der Nixdorff kennt sich in legalen Illegalitäten besser aus als mancher Ganove.«

Falk legte den Kopf schief, drohte spielerisch: »Laß ihn das nicht hören.«

»Hier ist dein Bier«, unterbrach sie Laura.

Grabowski zog Falk mit einem Ruck zu sich heran, zischte ihm ins Ohr: »Los, sag was Anregendes zu ihr. Ich möchte sehen, wie sich ihre Brustwarzen aufstellen.«

Falk stieß ihn zurück. »Du bist unmöglich, Malcolm.« Trotzdem schielte er unwillkürlich auf Lauras T-Shirt.

34

Eiskalter Wind fegte ihm ins Gesicht. Die Haut spannte sich unangenehm. Er zog den Reißverschluß seiner Jacke bis zum Anschlag nach oben. Unsicher ertasteten sich seine Füße einen Weg durch den Schotter. Die Steine bildeten bei jedem Schritt knirschend eine Mulde. Zäh stoben sie auseinander. Widerwillig, so als wollten sie keinen Eindringling dulden. Falk wagte sich bis ans äußere Ende der Plattform vor. Er beugte sich mit aller Vorsicht nach vorn. Beim Blick in die Tiefe wurde ihm schwindelig. Er sah die winzigen Autos am Fuß des Gebäudes, Menschen, klein wie Ameisen. Eine Windböe brachte ihn aus dem Gleichgewicht. Er schnellte zurück.

Falk schnappte nach Luft. Es mußte ein schrecklicher Augenblick für Frank Sander gewesen sein. Der Moment, in dem seine Füße den Kontakt zu dem Flachdach verloren hatten. Und danach die endlosen Sekunden des Falls …

Falk schritt das triste Plateau in engen Schleifen ab. Auf der Suche nach einer vagen Spur, einer verborgenen Botschaft des Toten. Er ging und ging, trat von Mal zu Mal fester auf. Ab und an bückte er sich, um den Betonboden unter den Kieseln zu untersuchen.

Nichts.

Er nahm das weiß getünchte Versorgungshäuschen für den Fahrstuhl in Augenschein. Er umrundete es mehrmals.

Noch immer nichts.

Nun ging er zum Schornstein. Er betrachtete ihn prüfend, befühlte sorgfältig den kalten Beton, suchte nach Haken oder Schrauben, an denen sich etwas verfangen haben könnte. Irgend etwas, das ihm als Hinweis dienen könnte. Falk ließ sich nieder, nahm den Sockel des Abzugs unter die Lupe. Danach sprang er hoch, um auch über seinen Rand hinwegsehen zu können

Wieder ein Fehlschlag. Es war bloß ein Schornstein. Weiter nichts.

Allmählich wurden seine Schritte selbstsicherer. Er begann, die gefährliche Höhe, in der er sich aufhielt, zu vergessen. Selbst wenn er dem Rand des Daches sehr nahe kam, fürchtete er sich kaum mehr.
Alles reine Gewöhnungssache.
Dann packte es zu: Es war, als hätte ihm jemand ein Bein gestellt. Plötzlich und ohne Vorwarnung. Als habe sich eine Schlaufe um sein Fußgelenk gelegt. Er taumelte. Sein Notizbuch glitt ihm aus den Händen. Im Sturz sah er, wie es mit Schwung weit über das Ende des Dachs hinwegflog. Seine Arme stießen instinktiv nach vorn, um den Fall abzubremsen.
Er hatte Glück. Gute zwei Meter trennten ihn vom Abgrund. Falk rappelte sich auf, wischte den grauen Staub von der Kleidung. Er bückte sich, um nach der Ursache für das überraschende Stolpern zu suchen.
Der Draht des Blitzableiters war unter den Kieseln begraben. Falk hatte ihn nicht bemerkt. Eine tückische Falle. Wäre er näher am Rand über die Leitung gestolpert, hätte es ihn ohne weiteres in die Tiefe reißen können. Sein Notizbuch mußte etliche Meter vom Gebäude entfernt aufgeschlagen sein. Vielleicht sogar auf dem Dach des Nachbarhauses. Dort, wo auch der Piepser gefunden wurde.
Ja, war sich Falk jetzt sicher, so mußte es gewesen sein: Das Signal des Piepsers wurde ausgelöst, als Sander nahe am Rand des Daches stand. Er wollte zurück ins Haus gehen, schnell, um seinen Chef anzurufen. Von den Drähten im Schotter ahnte er sowenig wie Falk. Kein Mord, kein Suizid, sondern ein tragisches Unglück. Wenigstens war es die einzig schlüssige Lösung. Die Polizei würde sich das Dach genau ansehen müssen. Das war nicht mehr Falks Aufgabe.
Der Fall Sander war nie sein Ding gewesen, wäre es nie geworden, denn Falk hatte von Anfang an einen Mangel an kriminalistischer Herausforderung empfunden. Er blieb emotional unbeteiligt, die Angelegenheit berührte ihn nicht. Und doch taten ihm dieser Mann und vor allem seine Witwe unendlich leid.

Er ging zurück zum Treppenhaus. Nixdorff würde es sicher mit Wohlwollen anerkennen, daß er in Sachen Frank Sander nicht gänzlich ohne Erfolg geblieben war. Vielleicht würde er es honorieren. Durch eine Gegenleistung, die er bestimmt nötig hätte. Früher, als ihm lieb sein würde.
Denn schon am nächsten Tag stand das Treffen mit Ragenwolf Karras an.

35

Beiden war klar, was auf dem Spiel stand. Sie knieten auf dem Fußboden, umgeben von Papierstapeln, Büchern, Zeitungsartikeln. Sie hatten nur noch diese eine Nacht.
Cathérines Haar stand kraus nach allen Seiten ab. Das Gesicht blaß, auf ihrem linken Nasenflügel wuchs unübersehbar ein Pickel heran. Mit verkniffenem Ausdruck starrte sie in einen armdicken Wälzer. Sie las, blätterte unwirsch um, las, blätterte wieder um. Schließlich pfefferte sie den Band zur Seite. »Ich hab's satt!« Sie blickte sich um. Falk registrierte ihre rotunterlaufenen Augen. »Und überhaupt: Wie sieht es eigentlich hier aus? Meine Wohnung gleicht einem Affenkäfig! Unordnung total!«
Kein Ton über den Kuß?
Cathérine wütete. »Ich bin kein pedantischer Mensch. Weiß Gott nicht. Aber das ist mir zuviel.«
Keine Silbe über die Rosen von ihrem Mann?
Egal, wenn Cathérine dieses Thema verdrängen konnte, wollte Falk ihr darin nicht nachstehen. Er beobachtete sie dabei, wie sie durch wahlloses Herumschieben von Papierstößen und Zeitungsausrissen die Unordnung nur noch mehr vergrößerte. Er nahm angenehm überrascht zur Kenntnis, daß Cathérine, wenn sie aufbrauste, einen ganz besonderen Charme versprühte. Jedenfalls faßte er das so auf. Vielleicht bildete er sich das auch nur ein. Als Ausgleich für den Streß, dem er seit vier oder fünf Stun-

den genauso unterzogen wurde wie sie. »Je mehr wir über die Karras-Dynastie in Erfahrung bringen, desto besser sind wir morgen gewappnet«, sagte er mild.
»Mèrde!«
»Was?«
»Ich gebrauchte einen französischen Kraftausdruck«, kam es ironisch zurück. »Scheiße sag ich!« Sie stützte müde den Kopf auf ihre Hände. »Falk – mich regt das alles mehr auf, als ich mir selbst eingestehen möchte. Ich habe …« Sie rang nach Worten. »Ich habe Angst davor, daß Karras eine Nummer zu groß für uns ist.«
Eine Nummer? Wohl eher zwei oder drei, dachte Falk, hütete sich aber, dies auszusprechen. Er zog die fettdurchtränkte Pappe zu sich heran, auf der einige kümmerliche Reste einer Bringdienst-Pizza ausgebreitet waren. Mit spitzen Fingern angelte er sich ein Randstück. Es war längst kalt. »Wenn jeder so denken würde, wäre es mit unserem Berufsstand nicht besonders weit her, was?« sagte er aufmunternd.
»Mmmh.« Sie zuckte die Schultern. »Wie …« Wieder suchte sie nach geeigneten Worten. »Wie soll ich ihm entgegentreten? Ich meine: Was genau soll ich ihm sagen? Er ist so … so mächtig.«
Ja. Mächtig war das treffende Wort. Karras war die Macht in Person. Er war das letzte Glied einer von Macht dominierten Familientradition. Seine Vorfahren hatten ihre starke Position systematisch ausgebaut. Keine Wirtschaftskrise, kein Krieg konnte die Machtansammlung schmälern. Falk war das vollauf klar. Und dennoch dachte er nicht einen Moment daran zu kneifen. »Karras ist nicht der einzige, der Macht ausübt.« Er schaute sich in dem Zimmer um, als ob er zwischen Bücherbord, Küchentheke und dem mit Akten beladenen Eßtisch Hinweise auf andere dominante Persönlichkeiten finden könnte. »Was würdest du beispielsweise tun, also, äh, wie würdest du einem Fremden gegenübertreten, der körperlich stärker ist als du, der dich zudem bedroht – ja, was würdest du tun?«

Cathérine biß sich auf die Lippe. Man konnte ihr unschwer ansehen, daß sie von Falks Beispiel nicht besonders viel hielt. »Es geht nicht um körperliche Bedrohung.« Falk wollte weiter ausholen, doch Cathérine bremste ihn mit einem Wink. »Ich weiß, was du sagen willst.« Sie überlegte. »Es gibt vergleichbare Situationen.« Sie kratzte sich am Kopf, musterte Falk flüchtig. Es war wie ein sekundenkurzer Check. Als wollte sie prüfen, was sie Falk anvertrauen konnte und was nicht. »Es gab Situationen, in denen habe ich mich ähnlich gefühlt wie jetzt. Es waren ganz andere Konstellationen. Und doch ...«

Cathérine beschrieb Falk eine Bahnfahrt. Sie war während ihres Studiums regelmäßig an den Wochenenden von Straßburg nach Saarbrücken gependelt. Oft spätabends, mit dem letzten Zug. Meistens waren es recht heruntergekommene Nahverkehrswaggons, weitgehend leer. Falk konnte sich ausmalen, wie Cathérine – in ihren Büchern vertieft – auf speckigen Kunststoffsitzen kauerte. In der Luft hing kalter Qualm. Vielleicht flimmerte irgendwo am Wagenende ein dünnes Licht. »Dreimal ist es mir passiert«, sagte Cathérine. »Dreimal. Es waren verschiedene Männer. Keiner von ihnen hat mir etwas getan, also keine körperliche Gewalt angewandt. Dennoch – sie haben versucht, Macht über mich auszuüben.«

»Wie ...«

»Macht und Männlichkeit liegen nicht weit auseinander.« Es war ein böses, bissiges Schmunzeln, das sich auf ihrem Gesicht ausbreitete. »Der erste schaute mich nur an. Er saß stocksteif da und glotzte. Er tat gar nichts, bewegte sich kaum, sagte kein Wort. Er gaffte bloß. – Ja, und er schaffte es, mir Angst zu machen. Ich fühlte mich unterlegen.«

In Falk regte sich augenblicklich das schlechte Gewissen. Hatte nicht auch er, vor ihrer ersten Begegnung im Zug nach Dresden, gegafft? »Was hast du unternommen?«

»Nichts. Ich war wie gelähmt. Ich war heilfroh, als er irgendwann ausstieg.« Sie drehte die triefende Pappe zu sich herum, konnte sich aber nicht dazu durchringen, ein Pizzastück zu nehmen. »Der zweite Typ machte es mir leichter. Er rieb sich ganz augenfällig an der Hose, im Schritt, während er mich ansah. Das war proletenhaft. Ich sagte ihm, er solle damit aufhören. Sonst würde ich dem Schaffner Bescheid geben.«

»Tja ...« Falks Gewissen war durch diese zweite Episode nicht gerade beruhigt. »Wie hat er reagiert?« fragte er halbherzig.

»Er hat doof geguckt und ist gegangen«, antwortete sie selbstbewußt. »Der dritte dann war so dreist, daß er mich glatt überrumpelt hat.« Wieder war es Nacht gewesen. Während Cathérine gewissenhaft ihren Stoff für die Vorlesungen der nächsten Woche durchging, bedachte ihr – männliches – Gegenüber sie mit samtenem Blick. »Ich habe mir nichts dabei gedacht. Er sah dermaßen anständig aus, so brav.« Erst nach etlicher Zeit, drei oder vier Stationen weiter, habe sie sich zurückgelehnt und ihre Kladde sinken lassen. »Und in diesem Moment sehe ich, daß dieser Typ ausgepackt hat. Breitbeinig sitzt er mir gegenüber, hält sein bestes Stück in der Hand und ist voll dabei. Quel couchon! Kannst du dir das vorstellen?«

Das fiel Falk nicht schwer. »Wirft wohl nicht das beste Licht auf uns Männer ...«, sagte er scheinheilig. »Aber Karras wird sich kaum vor dir entblößen.«

Cathérine schüttelte belustigt den Kopf. »Kaum. Zumindest nicht im Wortsinn.« Sie griff nun doch nach einem Pizzastück. Eine mattgrüne Peperoni löste sich und fiel auf den Boden. »Im übertragenen Sinn kann ich es mir aber sehr wohl vorstellen.«

»Bitte?«

»Ich denke, Karras ist einer, der nicht lange mit seinen wahren Gedanken hinterm Busch hält. Der wird mir knallhart ins Gesicht sagen, was er von mir denkt. Er macht keinen Hehl aus seinen Gefühlen, legt seine Gedanken offen an den Tag. Ich bin für den eine kleine Puppe. Ein Nichts. Karras wird mich eiskalt abspeisen.« Cathérine sprach mit einer festen Stimme, die Überlegenheit suggerieren sollte. Aber Falk bemerkte am Flackern ihrer Augen, daß sie mehr Gefühl investierte, als sie vorgab. »Wenn mich Karras ohne ein Wimpernzucken abblitzen läßt, sich womöglich billig über mich lustig macht, ist er im Grunde nicht anders als der Kerl, der sich mich als Wichsvorlage ausgesucht hat.« Sie lächelte. »So ist es doch. Oder? Obwohl ich es bin, die ihn jagt, bin ich sein Opfer.«

36

Der große Tag sah gar nicht so groß aus. Eher wie ein Durchschnittstag. Einer, den man schnell vergißt. Nullachtfünfzehn-Wetter. Bewölkt, nicht zu kalt und nicht zu warm. Nullachtfünfzehn-Nachrichten. Eine Tageszeitung zum Gähnen, das Radioprogramm zum Einschlafen. Sogar Nullachtfünfzehn-Stimmung. Falk war mit leichten Kopfschmerzen aufgewacht. Er fühlte sich nicht so, als könnte er heute Berge versetzen. Aber genau das mußte er.

Ragenwolf Karras gegenüberzutreten – das war die Chance, auf die er und seine Freunde gewartet hatten. Es ging um mehr als um einen Routinefall. Falk war klar, daß er an diesem Abend entweder hochzufrieden und möglicherweise deutschlandweit berühmt sein würde. Oder … – oder er würde sich ganz fürchterlich blamieren. Seine Karriere würde einen Knick bekommen, ehe sie überhaupt begonnen hatte.

»Du schaffst das!« hämmerte er sich ein. »Du hast Beweise. Du hast sachverständige Unterstützung. Du hast das Recht auf deiner Seite.«

»Was grummelst du da?« Die Frage kam aus dem Fond des Jeeps. Cathérine, feinstens zurechtgemacht im eisengrauen Kostüm, reckte sich ihm entgegen. Neben ihr kauerte ein unglücklicher Dr. Nixdorff, seine Aktentasche dicht vor die Brust gedrückt. »Was?« krähte Cathérine

gegen das Dröhnen des Motors an. »Man kann hier hinten kein Wort verstehen!«
Falk winkte ab. Nach Plaudern stand ihm nicht der Sinn. Er legte sich seine Taktik zurecht. Bereits in der Nacht war er wiederholt aufgewacht und hatte sich Gedanken darüber gemacht, wie er Karras in die Enge treiben wollte. Nun stand sein Schlachtplan fest. Fast. Er würde das Reden übernehmen. Auf Cathérine würde er nur im Notfall zurückgreifen. Oder erst, wenn die ganze Sache gelaufen wäre. Anschließend könnte sie die Formalitäten erledigen. Das Gespräch vom Vorabend hatte ihn darin bestärkt, daß auf sie allein kein Verlaß war. Sie hatte die Hosen voll. Er würde es allein durchziehen, mit Nixdorff draußen im Wagen als zusätzlicher Sicherung. Der Trumpf im Ärmel. Falls er ihn überhaupt ausspielen müßte. Falk würde es notfalls ganz allein schaffen!
»Du bist blaß wie ein Blatt Papier«, tönte es von links. Grabowski, das Steuer mit beiden Händen fest im Griff, zeigte Falk ein skeptisches Gesicht. »Ich denke, das Reden überläßt du heute besser der Anwältin.« Er nickte in Richtung Rücksitz.
Falk brauste auf: »Halt dich aus der Planung raus, Malcolm, ja? Dafür sind wir Fachleute zuständig!«
»Abartig«, fauchte der andere.
Für Falk klang das wie »arrogantes Arschloch«. Und da hatte sein Nachbar wohl recht. Falk mußte sich eingestehen, daß auch seine Nerven aufs höchste angespannt waren. Die Herausforderung war enorm. Er würde in wenigen Stunden einem Mann entgegentreten, der einem der größten deutschen Konzerne vorstand. Einem mächtigen Imperium. Karras war eine dieser Personen, die jeder kennt. Aus dem Fernsehen, aus schlauen Büchern. Jeder kennt diese elitäre Clique – aber kaum einer hat einem von ihnen jemals Auge in Auge gegenübergestanden. Falk war bewußt, daß Ragenwolf Karras eine äußerst autoritäre Persönlichkeit war. Er herrschte in seinem Unternehmen wie ein Diktator. Moderne Managementmethoden wie Mitbestimmung oder Abbau von Hierar-

chien waren diesem Herrn ein Greuel. Falk konnte keinesfalls damit rechnen, daß er auf einen einsichtigen, aufgeschlossenen Gesprächspartner stoßen würde. Er hatte sich darauf einzustellen, gleich zu Beginn ihrer Unterredung niedergebrüllt zu werden. »Meine Güte, was für ein Debakel!« platzte es aus ihm heraus.
»Hä?« Cathérines Kopf schob sich neben seinen. »Ich sag doch: Wir kriegen hier hinten überhaupt nichts mit. Sprich bitte lauter.«
»Nichts«, wiegelte Falk erneut ab. »Alles in Ordnung.«
Falk lag das Ruhrgebiet nicht besonders am Herzen. Allein die Tatsache, daß er natürliche Wolken kaum von den unnatürlichen aus Schornsteinen und Kühltürmen unterscheiden konnte, stimmte ihn niedergeschlagen. Er mochte weder die Knäuel aus Autobahnen noch die beengende Dichte der großen Städte. Seine Blicke wanderten die Hügel links und rechts der Autobahn hinauf. Ohne Frage viel Grün. Bäume, Felsen, Wiesen. Und dennoch dachte er unentwegt an Fabriken. Schlote, Rauch, Lärm.
»Wie lange noch?«
»Keine zwanzig Minuten«, antwortete Grabowski knapp.
»Wie bitte?« Cathérine verzichtete diesmal darauf, sich vorzubeugen.
Unna, Dortmund, Bochum, Herne, Witten.
»Ich weiß gar nicht, warum du so ein Gesicht machst«, stichelte Grabowski. »Wuppertal ist ein schönes Fleckchen Erde.«
»Zuviel Chemie.« Falk verzog den Mund.
»Was?«
»Nichts, Cathérine«, rief er nach hinten. »Vergiß es.«
»Faites donc ce que vous voulez!«
»Allein die Schwebebahn ist die Reise wert«, übte sich Grabowski in Aufmunterungsversuchen.
»Wegen der sind wir nicht hier«, konterte Falk bärbeißig.
»Ein total sicheres Ding. Die rauscht seit fast hundert Jahren über die Stadt, und es sind kaum Unfälle passiert.«

»Malcolm. Bitte!«
»Ein kurioser Zwischenfall ist freilich bekannt: Es ging um einen Elefanten. Vom Zirkus. Die haben das arme Vieh zu Werbezwecken in einen der Waggons gesteckt, und es fiel ohne Schaden zu nehmen –«
»Wiiiiieeeee?«
»Nichts!« schrie Falk in den Fond. Er warf Grabowski einen zornigen Blick zu. »Mich interessiert das nicht, o.k.?«
Das Bergische Land machte seinem Namen alle Ehre. Der Jeep quälte sich über steile Hügel. Falk registrierte bitter, daß Grabowski keineswegs die direkte Strecke zur Firmenzentrale des Karras-Konzerns gewählt hatte, sondern Umwege durch schmale, besonders abschüssige Straßen fuhr. Wohl, um die Geländefähigkeit seines Wagens unter Beweis zu stellen. Falk verkniff sich einen Kommentar.
Er war wunderschön! Falk mochte seinen Augen nicht trauen. Eine Tristeß hatte er erwartet. Einen grauen Zweckbau. Eine teutonische Trutzburg im Stil Speerscher Einförmigkeit. Der Hauptsitz des Weltkonzerns Karras aber entpuppte sich als umwerfend gut gelungene Architekturleistung aus der Zeit des Jugendstils. Die Sonne verwöhnte die rote Backsteinfassade mit mildem Licht. Seine Augen weilten genüßlich auf der hoheitsvollen Front mit ihren langgestreckten, hochgestellten Fenstern. Er registrierte angenehm überrascht, daß jede Fensterreihe des fünfstöckigen Gebäudes mit andersartigen Ornamenten versehen war. Einige Rahmen liefen in weiten Schwüngen zusammen, andere waren mit feinen Wellenmustern versehen. Die starken, grün gestrichenen Stahlarmierungen über dem Portal strahlten Stolz und Selbstbewußtheit aus.
Nixdorff hatte die ganze Fahrt über nichts gesagt. Jetzt aber wurde er um so mitteilsamer: »Sie werden nur die reinen Fakten präsentieren. Keine Polemik. Wir dürfen keinesfalls Beschuldigungen aussprechen, die sich später nicht halten lassen. Sie dürfen ausschließlich als Vertre-

tung des Klägers Schellenbaum auftreten. Die Staatsanwaltschaft bleibt vorerst außen vor. Sie müssen …«
Falk konnte ihm kaum folgen. Noch immer liefen seine Blicke die beeindruckende Fassade des historischen Industriebaus ab. Er ermahnte sich – nicht das erste Mal – zur inneren Ruhe. Jetzt trennten ihn nur wenige Minuten von dem entscheidenden Gespräch.
Er nahm alles wie durch Nebel wahr. Zusammen mit Cathérine passierte er die Pforte. Er drehte sich kurz um, sah Grabowski aufmunternd den Daumen nach oben strecken. Sie liefen durch Flure. Wahrscheinlich gab es an beiden Wänden viel zu sehen. Falk registrierte beiläufig eine Reihe von gerahmten Hochglanzaufnahmen, die pompöse Raffinerien, Hochöfen und Lastwagenflotten abbildeten.
Dann sah er Flugzeugmodelle. Sorgfältig aufgestellt in einer Vitrine, hell beleuchtet. Und einen Propeller. Er hing an der Wand wie eine Jagdtrophäe. Ein Propellerblatt war beschädigt, am Ende völlig ausgefranst. Falk erinnerte sich flüchtig an einen Illustriertenartikel über Karras. Über dessen große Leidenschaft, die Fliegerei. Karras war begeisterter Sportpilot. Aber Falk hatte absolut nicht die Muße, sich auf die vielen Exponate in diesen Gängen zu konzentrieren.
Er spürte Cathérines Hand. Sie drückte ihn kurz, warf ihm ein optimistisches Lächeln zu. Sie passierten zwei weitere Kontrollen. Falks Beine wurden weich wie Pudding.
»Das klappt besser, als ich gedacht habe«, raunte Cathérine selbstsicher. Ihre Augen glitzerten. »Gleich sind wir am Ziel. Der König gewährt uns eine Audienz.«
Vielleicht sollte er tatsächlich ihr das Reden überlassen, gestand sich Falk ein. Er würde wahrscheinlich keinen Ton herauskriegen, wenn er diesem König gegenüberstand.
Die letzte Hürde: eine schlichte Vorzimmerdame in einem ganz und gar nicht schlichten Vorzimmer. Die Wände waren mit tiefdunklem Holz vertäfelt. Die Sekretärin saß an einem furchteinflößend kantigen Schreibtisch. Karras'

konnte kaum mächtiger sein, überlegte sich Falk beunruhigt.
Die Sekretärin hatte es nicht nötig, mit ihnen zu sprechen. Ihr Blick besagte alles: »Sie dürfen hineingehen«, interpretierte Falk in ihr angedeutetes Nicken. Er zuckte, als er Cathérines Hand auf seinem Po spürte.
»Was soll jetzt noch schiefgehen, du Angsthase?« flüsterte sie.

37

Die Sekretärin ging voraus. Sie stemmte sich gegen die schwere Doppeltür, um gleichzeitig beide Flügel aufzuschwingen.
Dies war eine Inszenierung. Eine bis ins kleinste geplante Vorstellung.
Falk hielt mitten im Schritt inne. Er hatte erwartet, auf einen älteren Herrn zu treffen. In seiner Vorstellung war Karras ein großgewachsener Mann. Kein Hüne, aber eine stattliche Person. Er stellte sich darauf ein, daß diesen Mann so etwas wie eine Aura umgab. Das lag wahrscheinlich an der Autorität oder vielmehr an der Erwartung des Besuchers, auf eine solche zu treffen. Falk war sich im klaren darüber: Es ging jetzt ums Ganze. Keinesfalls würde er auf einen einfachen Gegner stoßen.
Aber der Regisseur dieses Stücks hatte etwas anderes im Sinn. Cathérine taumelte zurück. Alles hatte so reibungslos funktioniert. Nun die Ernüchterung:
Die fünf Herren trugen Anzüge. Allesamt in dunklen Tönen. Zwei hatten eine Glatze, die anderen graue Haare. Alle waren Brillenträger. Die Seriosität in Person. Fünf Augenpaare betrachteten Falk und Cathérine voller Argwohn. Sekunden verstrichen. Einer der Herren bewegte sich schließlich. In strammen Schritten kam er auf sie zu.
»Dr. Kühn, mein Name. Von der Kanzlei Kühn & Söhne.« Er schüttelte Cathérine steif die Hand. Falk ließ er außer

acht. Er wendete sich den anderen zu, deutete mit dem Arm auf sie. »Das sind, wenn ich von rechts beginnen darf, Dr. Maucher aus der Kanzlei Maucher und Partner, Prof. Dr. Uhrig, Dr. Hörz von Hörz und Eisenbrand und Dr. Dr. Vermes.«
Wo war Karras? Falk schaute sich nach allen Seiten um. In dem riesigen Raum, groß wie ein Tanzsaal, waren außer der Gruppe Juristen bloß ein Schreibtisch, eine Bücherwand mit ledereingebundenen Bänden und zwei schwere Sessel. Er warf Cathérine einen hilflosen Blick zu. Die zuckte unbeholfen mit den Schultern.
»Unsere Assistenten warten draußen«, sagte der Glatzköpfige. »Doch ich denke, wir können die Angelegenheit ohne große Formalitäten erledigen.«
Cathérine zupfte sich verkrampft die Jacke ihres Kostüms zurecht. »Ich denke, hier liegt ein Mißverständnis vor. Wir sind mit Herrn Karras verabredet und nicht mit –« Sie biß sich auf die Zunge. Falk konnte sich gut vorstellen, daß der Satz mit »seinen Winkeladvokaten« geendet hätte.
»Wir sind Karras«, stellte der Kahle klar. »Das heißt: Wir vertreten die Interessen der Familie Karras.« Ohne Cathérine die Zeit zum Widersprechen zu lassen, wechselte er zu Falk: »Sind Sie ebenfalls Vertreter der Gegenpartei?«
»Äh …« Falk war überrumpelt. Alles lief völlig anders, als er erwartet hatte. »Ich gehöre nicht direkt zu der Kanzlei von –«
Der andere machte keine Umschweife. »Bei allem Respekt, mein Herr: Ich wüßte nicht, was Sie unter diesen Umständen hier zu suchen haben.« Er faßte ihn am Ärmel. »Sie mögen bitte im Nebenraum warten.«
Falk blieb stehen, zog seinen Arm zurück. »Cathérine?«
»Er hat recht«, kam es kleinlaut.
»Cathérine!« protestierte Falk, aber befand sich rechtlich gesehen in der Defensive.
»Wir sprechen uns später«, bemühte sich Cathérine um eine Gutwettermiene.

Der Glatzköpfige führte ihn wie einen Gefangenen durch den Saal. Keiner der anderen sagte einen Ton, während ihre Schritte auf dem Parkettboden einen lauten Nachhall hinterließen. Auch ohne sich umzudrehen, spürte Falk, daß fünf Augenpaare fest auf seinen Rücken geheftet waren. Am anderen Ende des Raums öffnete sein Begleiter eine schmale Seitentür. »Hier dürfen Sie warten.« Und mit einem süffisanten Lächeln: »Es wird sicher nicht lange dauern.«

Falk kochte vor Wut, als ihm der geschniegelte Anwalt mit feistem Grinsen die Tür vor der Nase zuzog. Wäre er seinen Instinkten gefolgt, hätte er sie sofort wieder aufgerissen und dem Kahlköpfigen gehörig die Meinung gesagt. Und das wäre noch die mildeste Variante von dem gewesen, was Falk verspürte.

Tja. Das nennt man wohl: sich über den Tisch ziehen, oder derber, sich verarschen lassen. Sie waren Karras auf den Leim gegangen. Diesem Fuchs! Alles war glatt gelaufen, der Weg zum Konzernboß war geebnet – das hatten Cathérine und er sich jedenfalls eingebildet. Von wegen. Es hätte ihnen klar sein müssen, daß sich ein Unerreichbarer, wie es Karras nun mal war, nicht so mir nichts, dir nichts mit unbedeutenden Leuten einlassen würde. Noch dazu, da sie ihm an den Kragen wollten.

Falk wurde bewußt, daß er noch immer auf die Tür starrte. Er sah die Maserung des dunklen Holzes nur unscharf, so dicht stand er davor. Er drehte sich langsam um. Ein kleiner Warteraum. Tapete mit antiquiertem Streifenmuster. Ein paar Gemälde, große und kleine, wieder in Öl. Ein Tisch mit Zeitschriften darauf. Daneben ein mit grünem Leder bezogener Stuhl. Falk steuerte mit hängenden Schultern auf die Sitzgelegenheit zu.

Er ließ sich erschlagen auf das Polster fallen, schloß die Augen. Sollte er Nixdorff einschalten? Der wartete ja ganz in der Nähe, im Wagen. Aber dazu müßte er in den Saal platzen – und würde Cathérine womöglich aus dem Konzept bringen. Wenn sie denn überhaupt noch eines hatte.

Wahrscheinlich hatte sie längst die Waffen gestreckt. Sie, mit ihren bescheidenen Erfahrungen – was konnte Cathérine gegen das geballte Wissen dieser fünf Profis ausrichten? Falk würde kaum etwas vermasseln, wenn er jetzt durch den Saal und hinaus zu Nixdorff gehen würde. Also los, der Entschluß war gefaßt. Er schlug die Augen auf, atmete tief durch – und sah den älteren Herrn.
Falk fuhr der Schreck durch die Glieder. »Herrje!« stieß er aus und sprang augenblicklich auf. Er japste nach Luft. »Haben Sie mich erschreckt!«
Der Mann saß auf einem Stuhl in der kärglich beleuchteten Ecke schräg gegenüber der Tür und lächelte. Falk atmete zweimal tief durch, um seinen Puls zu beruhigen: »Ich dachte, ich bin allein hier.« Sein Aufpasser – welche Funktion sonst sollte dieser Mann haben? – lächelte noch immer. Falk trat näher. Er blickte in ein Gesicht, das er kannte, aber nicht sofort einordnen konnte. Er sah in klare, blaue Augen, die von Hunderten feinen Fältchen umspielt waren. Sein Blick wanderte zum Mund hinab. Die Lippen formten nach wie vor ein stummes Lächeln. Das heißt: Im Grunde war es gar kein Lächeln. Die schmalen Lippen bildeten vielmehr eine Gerade. Und trotzdem … ihm war so, als amüsiere sich der Mann.
»Ähm«, wagte sich Falk weiter vor. Aber bloß einen Schritt, denn er spürte, daß von seinem Gegenüber eine ungeheure Autorität ausging. Wen auch immer man für seine Bewachung abgestellt hatte – dieser alte Mann erfüllte seine Funktion voll und ganz. Falk räusperte sich: »Wenn ich mich vorstellen darf –«
»Das ist nicht nötig.« Die Stimme des Mannes war dunkel, schwer und selbstsicher. Sie füllte den kleinen Raum mühelos. Er erhob sich, streckte Falk seine Hand entgegen. »Sie können sich denken, wer ich bin?«
Diese Frage bedurfte keiner Antwort mehr. Falk war am Ziel.

38

Karras hielt seine Hand fest in seiner Rechten, groß und kräftig wie die Pranke eines Bären. Mit Beunruhigung registrierte Falk, daß Karras ihn um Haupteslänge überragte. Die stahlblauen Augen starrten auf ihn nieder. Falk mußte unwillkürlich den Blick senken.

Warum machte er das? Warum trat Karras auf einmal persönlich in Erscheinung? Seine Anwälte hatten die Situation doch im Griff.

Karras' Blick war fest auf ihn gerichtet. Kein Flackern, kein Blinzeln deutete auf eine Spur von Unsicherheit. »Ich habe es keineswegs nötig, mich mit Ihnen zu treffen«, wies Karras ihn in seine Schranken. »Ein Wink von mir, und dieser ganze lächerliche Spuk ist über Nacht zerstoben. Das ist Ihnen hoffentlich bewußt.«

Das Donnernde seiner Stimme schüchterte Falk ein. Und doch war es weniger Beklemmung, die er verspürte, sondern Verwirrung. In Falks Kopf überschlugen sich die Gedanken. Er versuchte sich blitzschnell einen Reim darauf zu machen, weshalb Karras seine Deckung aufgegeben hatte und sich ausgerechnet mit Falk einließ, dem kleinsten Rädchen in diesem Spiel.

»Sie werden doch nicht ernsthaft glauben, daß Sie mich auch nur eine halbe Stunde aufhalten könnten?« polterte Karras.

Warum diese Absicherung? Falk taxierte sein Gesicht: ein Gesicht wie eine Maske. Zu gern hätte er dahinter gesehen. Falk ahnte, daß dieser Gigant eine Schwäche hatte. Die Souveränität war aufgesetzt. Falk mußte mit seinen Nachforschungen tatsächlich einen offenen Nerv getroffen haben.

»Alles, was ich wahrnehme, ist momentan gegen Sie gerichtet. Und ich hatte wahrlich schon Widersacher, die weniger blind und dumm waren als Sie und Ihre Helfershelfer.« Für Bruchteile von Sekunden wandte Karras seinen Blick ab.

Falk wollte den Augenblick nutzen, um zu widersprechen, gegen die übermächtige Autorität jedoch hatte er keine Chance. Dazu war er zu schwach, zumal Karras seine Hand noch immer mit dem Druck eines Schraubstocks zusammenpreßte.

»Es ist mir gleichgültig, ob ich einen Flächenbrand entfache. Ich will diese Sache aus der Welt schaffen. Um jeden Preis.« Sein Griff wurde noch fester. Falks Finger knackten dumpf, als seine Knöchel gegeneinanderrieben.

»Genies außerordentlicher Natur lassen keine Rücksicht auf die Belange normaler Menschen zu. Verstehen Sie? Mir ist es egal, was aus Ihnen wird. Jedenfalls lasse ich mir nicht mein Lebenswerk von einem dahergelaufenen Nichts zerstören.« Karras grollte.

Für Falk hörte sich das so an, als würde ein Gewitter aufziehen. Er konnte nicht verstehen, warum sich Karras gerade ihm gegenüber offenbarte. Warum er ihm seine Feindseligkeit so offen eingestand und auf die unverbindliche Diplomatie eines professionellen Managers pfiff. Von Karras ging etwas Hypnotisches aus.

»Ich bin in einer stolzen Tradition aufgewachsen. Wenn du nicht kämpfen willst, dann stirb, sagte man bei uns zu Hause. Wenn du nicht würdig bist, dann gehe unter. Kennen Sie die Geschichte unserer Dynastie? Haben Sie den Hauch einer Ahnung, was es bedeutet hat, dies hier alles aufgebaut und über die Wirren der Zeit hinaus gehalten zu haben?«

Falk schloß für einige Momente die Augen, und prompt begannen sich die geistigen Knoten zu lösen. Er wußte sehr wohl, daß Karras nur durch das gezielte Ausstechen des eigentlich Berechtigten an seinen Posten gelangt war. Dafür hatte er Beweise.

Endlich lockerte Karras den Griff. Falks Hand fiel schlaff herunter. Karras wandte ihm seinen mächtigen Nacken zu, strich sich das kurzgeschorene graue Haar. »Ein Mann, den ich sehr verehre, hat einmal gesagt: Große Lügner sind auch große Zauberer. Wissen Sie, dieser Mann ist in unserem Land in Ungnade gefallen, weil er rücksichtslos war. Zugegeben, das war er wirklich. Aber er war perfekt. Mit dem einzigen Makel, sich selbst überschätzt zu haben.«

Jetzt, da Karras ihm den Rücken zudrehte, konnte Falk neuen Mut fassen. Der Zauber, der Bann, war gebrochen. Er hatte handfeste Beweise gegen Karras in der Hand. Er war ihm einen Schritt voraus. Da nutzten die wortreichen Drohgebärden überhaupt nichts.

»Ich aber werde diesen Fehler nicht begehen.« Karras drehte sich langsam um. Falk sah in die blauen, eisigen Augen. Und sein Mut fiel augenblicklich in sich zusammen. Karras' Stimme donnerte: »Aufbruch! Abenteuer! Fortschritt! Wir wollen den Herausforderungen dieses Lebens verwegen gegenübertreten. Das ist das Credo unserer Familie. Danach streben wir seit Generationen.« Sein Blick senkte sich voller Spott. »Sie sind ein Nichts, Herr ...«

Falk versuchte sich zu konzentrieren. Er durfte diese wahrscheinlich einmalige Zusammenkunft mit Ragenwolf Karras nicht ungenutzt verstreichen lassen. Blitzartig wog er ab. Sollte er Karras drohen, daß er die Presse einschalten würde? Sollte er ihn warnen, daß er Karras' Worte vor Gericht gegen ihn verwenden würde? Aber – wen hatte er als Zeugen? Beide waren allein in dieser Kammer. Karras hatte das Treffen clever arrangiert. Selbst wenn er gestehen würde, nicht der rechtmäßige Erbe des Industrieimperiums zu sein, nutzte das Falk herzlich wenig.

»Sie haben da ... einigen Staub aufgewirbelt«, kam es nun geradezu besonnen und freundlich. »Unbedeutend wenig Staub«, knüpfte Karras sogleich hart an. »Der legt sich sehr schnell.« Abermals gewann Falk den Eindruck, als würde Karras lächeln. »Es ist fast amüsant: Sie servieren sich selbst auf einem silbernen Tablett, um sich bei mir Ihre verdiente Schelte abzuholen. Die haben Sie nun bekommen. Vielleicht lernen Sie für Ihr weiteres Berufsleben aus diesem Fiasko. Ihr künftiger Vorsatz dürfte lauten: Überheben Sie sich nicht. Bleiben Sie bei Fällen Ihres Kalibers, junger Mann.« Seine Blicke waren voller Spott.

»Ich gebe Ihnen einen wohlgemeinten Ratschlag: Man muß«, er räusperte sich, »man muß die Rückzugslinien selbst abschneiden, dann kämpft es sich leichter und entschlossener.« Diesmal lächelte er wirklich. »Wenn Sie mich kriegen wollen, müssen Sie Ihren Beruf aufs Spiel setzen. Ihren Job, Ihre Karriere, wahrscheinlich auch Ihre Freundin da draußen. Einfach alles.« Die weißen Zähne seines Gebisses leuchteten auf. »Sie haben, ganz simpel, nicht die geringste Chance gegen mich.«
Falks Puls schoß in die Höhe. Jetzt hatte er ihn! Wie war das? Die eigenen Rückzugslinien abschneiden? Von wem auch immer Karras diese mehr als fragwürdige Taktik abgekupfert hatte – sie würde Falk von Nutzen sein.
Er nahm all seinen Mut zusammen: Falk spurtete zur Tür, legte seine Hand auf die Klinke. Für Bruchteile von Sekunden nahm er den erschrockenen Gesichtsausdruck des alten Karras wahr.
Falk drückte die Klinke. Er stieß die Tür auf. »Karras hat alles gestanden! Dieses Schwein wollte uns leimen! Cathérine, komm her, ich weiß alles. Wir haben ihn!«

39

Nie zuvor hatte Falk einen so feindseligen Blick von Cathérine geerntet. Sie saß zusammen mit Karras' Anwälten am Konferenztisch am anderen Ende des Saals. Falk hatte die Runde durch sein lautstarkes Hereinplatzen sichtlich aufgescheucht. Während ihn die bornierte Juristenriege mit einer Mischung aus Hochnäsigkeit und Geringschätzung anblickte, sprühten aus Cathérines Augen Funken. Sie stieß ihren Stuhl zurück, kam mit ausladenden Schritten auf ihn zu. Wütend stemmte sie die Arme in die Hüften. Ihr Ton war gedeckt, aber bitterböse: »Mince! Verdirb nicht alles. Warte draußen.«
Falk fühlte sich überfahren. »Was heißt draußen warten? Wir wollten gemeinsam –«

»Nichts da.« Sie fuchtelte mit ihrem Zeigefinger wild vor Falks Nase herum und zischte: »Wir stehen kurz vor dem Durchbruch. Wenn du nicht wie ein Elefant im Porzellanladen hereingepoltert wärst, hätte ich die Akte vielleicht schon geschlossen.«
»Was?« Falk stieß dieses Wort dermaßen laut und scharf aus, daß sich am Konferenztisch ein unwirsches Raunen erhob.
»Ja, du hast richtig gehört: Wir stehen kurz vor einer Einigung. Wenn du durch deinen trampelhaften Auftritt nicht alles vermasseln würdest ...«
Falk wollte seinen Ohren nicht trauen. Er packte Cathérine am Ärmel und zog sie in Richtung Nebenraum. »Da drüben sitzt Karras und spuckt große Töne. Der Kerl hat tatsächlich alles zugegeben.« Er mußte sie mit aller Kraft hinter sich herziehen, denn Cathérine sträubte sich energisch. »Verdammt, komm mit!« zischte Falk.
Sie blieb störrisch. »Idiot! Laß mich los, du tust mir weh.« Ihre Schuhe schleiften über den Boden und gaben ein aufdringliches Quietschen von sich. »Hör auf damit, oder ich rufe um Hilfe.«
Das war zuviel. Falk ließ auf der Stelle von ihr ab. Cathérine hatte sich offenbar innerhalb von Minuten gegen ihn gestellt. Aus der Verbündeten war eine Kontrahentin geworden.
Sie zögerte nicht, ihm die Gründe dafür darzulegen. Flüsternd gab sie ihm zu verstehen: »Die offerieren meinem Klienten ein einmaliges Angebot. Das kann man einfach nicht ausschlagen.«
»Angebot? Du willst mir erzählen, daß du dich nach all dem auf einen Vergleich einlassen willst?« Erschrocken trat er einen Schritt zurück. Cathérine war ihm mit einem Mal völlig fremd.
»Ein Vergleich wird nicht nötig sein. Es sei denn, er erfolgt außergerichtlich.« Sie blickte sich flüchtig um, legte schützend die Hand an den Mund: »Die bieten Schellenbaum eine siebenstellige Summe.«

»Aber …« Falk rang nach Luft. »Aber das ist ein glattes Schuldeingeständnis. Wenn die freiwillig solche Summen zahlen –«
»Still jetzt!« Cathérines Augen verengten sich feindselig. »Komm mir nicht in die Quere. Die Interessen des Mandanten gehen vor. Immer. Vergiß nicht, daß Anwälte nur Vertreter anderer Leute sind. Wir handeln hier ja nicht aus purem Eigennutz.«
Cathérines unerwartete Kehrtwende brachte Falk aus dem Gleichgewicht. Aber es stimmte, was sie sagte: Sie handelte im Auftrag Schellenbaums. Und es war ihr verdammter Job, dafür zu sorgen, daß ihr Klient mit möglichst vielen Vorteilen bei dieser Sache abschneiden würde. Fraglich blieb nur, ob auch Nixdorff stillhalten würde.
So oder so: Hier und jetzt konnte Falk nichts ausrichten. Er beschloß, zurück in das Nebenzimmer zu gehen und abzuwarten. Er fand den Raum leer vor. Karras hatte sich genauso leise und unbemerkt zurückgezogen, wie er auf der Bildfläche erschienen war.

40

»Verflucht!« Er trat gegen den Stuhl, auf dem Karras wenige Minuten zuvor gesessen hatte. Falk hatte den absoluten Stimmungstiefpunkt erreicht. Wütend ging er im Kreis, überlegte, ob er zurück in den Saal stürmen und diese feine Gesellschaft erneut aufmischen sollte. Im nächsten Gedankengang war er drauf und dran, die anderen Türen dieses Nebenraums auszuprobieren, um sich an Karras' Ferse zu heften.
»Was für eine Pleite!«
Wieder trat er gegen den Stuhl, drehte sich um die eigene Achse, stieß einen Wutschrei aus. Ihm war es egal, ob die nebenan etwas davon mitbekamen.
Dann setzte er sich.

Minuten verstrichen, ohne daß er eine Entscheidung treffen konnte. Es wäre wohl das beste, entschied er, zu warten, bis ihn Cathérine abholen würde.

Eine Viertelstunde verging. Falk kauerte auf dem Schemel, hing düsteren Gedanken nach.

Eine halbe Stunde. Er kam sich vor wie im Wartezimmer eines Arztes, dessen Sprechstundenhilfe den letzten Patienten glattweg vergessen hat.

Nach genau siebenunddreißig Minuten hatte Falk die Nase voll. Er stand auf, drückte die Klinke, betrat den Saal. Der war menschenleer. Nicht einmal mehr Akten oder Notizzettel lagen auf dem Konferenztisch, an dem Cathérine und die Anwälte eben noch verhandelt hatten. Falk ging ungläubig weiter.

Hatten sie ihn tatsächlich vergessen?

Reibungslos konnte er die Flure und Zimmer des Gebäudes passieren. Jeder, dem er begegnete, schenkte ihm ein höfliches Lächeln. Niemand machte Anstalten, ihn aufzuhalten. Im Nu stand Falk auf der Straße. Er schaute sich vor dem Portal um, suchte den Gästeparkplatz nach Grabowskis Jeep ab.

Nichts. Keine Spur von Cathérine, Grabowski oder Nixdorff. Feine Freunde! Falk schüttelte den Kopf, um klare Gedanken fassen zu können. Dann fiel sein Blick auf eine Telefonzelle, direkt gegenüber der Firma, unter dem Stahlskelett der Hochbahn. Er kramte seine Brieftasche hervor, fand zum Glück eine Telefonkarte. Er wühlte weiter, stieß auf Grabowskis Visitenkarte. »Hoffentlich hat er sein Handy eingeschaltet«, murmelte er vor sich hin.

»Ja?« meldete sich Grabowski ruppig.

»Mensch! Was fällt euch ein? Ihr könnt mich nicht einfach sitzenlassen!« Falk wäre dem anderen am liebsten via Handy an die Gurgel gegangen.

»Moment, ich muß gerade schalten, ich reiche weiter.«

»Hallo?«

Falk erkannte Cathérines Stimme. »Wo seid ihr?«

»Ach, Falk.« Sie klang erleichtert. »Wir? Dasselbe kann ich dich fragen.«

Falk sah, daß seine Karte fast abgelaufen war. »Wir müssen uns kurz fassen. Sag schon: Warum habt ihr mich nicht mitgenommen?«
»Wir?« Wollte oder konnte sie nicht begreifen, ärgerte sich Falk. Doch ihre Stimme klang harmlos unwissend: »Wir dachten, du wärst längst vorgefahren.«
Das war die Höhe! »Wie denn? Ich saß in dieser Kammer wie ein Vogel in seinem Käfig. Du warst doch nebenan!«
Die Digitalanzeige vor ihm blinkte. Der Apparat forderte ihn auf, eine unverbrauchte Telefonkarte nachzuschieben.
»Die haben mir gesagt, du wärst schon gegangen«, kam es naiv zurück. Dann ein Knacken.
»Hier ist Malcolm«, dröhnte es durch den Hörer. »Wir treffen uns am Bahnhof Elberfeld, da gabeln wir dich auf.«
»Aber wie –«
»Nimm die Schwebebahn. Damit bist du ruckzuck dort.«
Die Verbindung riß ab.
Falks Schläfen pochten. Ihm war zum Heulen zumute. Vielleicht würden ihn die Tränen von diesem bleiernen Druck in seinem Kopf befreien. Nahm ihn die ganze Welt auf den Arm? Warum hatten ihn seine Freunde im Stich gelassen? »Warum lassen die sich von x-beliebigen Leuten sagen, daß ich fort bin? Cathérine war doch nebenan, ich hätte an ihr vorbeigehen müssen!« Er bemerkte eine Frau vor der Zelle, die ihn mißtrauisch beäugte.
»T'schuldigung.« Er drängte aus der Sprechzelle, suchte nach einem Fahrkartenautomaten. Falk drückte eine beliebige Taste. Egal, ob es das richtige Ticket war.
Er nahm jeweils zwei Stufen der Gitterrosttreppe. Am Bahnsteig standen nur wenige Menschen. Keine halbe Minute verstrich, bis der Zug einfuhr. Falk bemerkte beiläufig, wie die riesigen Stahlräder, die die Waggons in der Spur hielten, zur Seite schnellten. Wuchtige Mechanik.
Er ließ sich auf der gepolsterten Bank nieder. Im Inneren machte der Wagen längst nicht mehr einen so urtüm-

lichen und robusten Eindruck wie vom Bahnsteig aus betrachtet. Moderner Fahrkomfort war mit hundert Jahre alter Technik gepaart worden. Der Zug fuhr an, Falk vernahm ein leichtes Schaukeln. Das Rattern der Rollen, die den Waggon auf Stahlschienen hoch über seinem Kopf vorantrieben, vermittelte ihm ein ähnliches Gefühl, wie er es von herkömmlichen Zügen kannte. Vom Schweben merkte er erst etwas, als er aus dem Fenster sah.
Die Stadt lag wortwörtlich zu seinen Füßen. Die Bahn glitt über die Wupper, zur Linken und zur Rechten konnte er in Straßenzüge einsehen und dem quirligen Treiben vor den Geschäften aus der Vogelperspektive folgen.
Der Zug hielt. Viermal. Dann hatten alle Passagiere den Wagen verlassen. Falk war allein.
Seine Hände kneteten das Sitzpolster. Er war nach wie vor aufgebracht. Um sich abzulenken, sah er hinunter auf die Wupper, verfolgte das Spiel der grün gestrichenen Stahlträger, die im Sekundentakt am Fenster vorbeirauschten. Der Zug passierte eine Einkaufsstraße, in der Buden und Karussells aufgebaut waren. Falk betrachtete ein Pärchen, das abwechselnd in eine riesige Zuckerwatte biß, und er sah eine Gruppe Kinder, die sich um Luftballons stritten.
Er ließ sich zurückfallen, war gedanklich sofort wieder bei Karras. Der Waggon schwankte nun kaum noch, auch das Knirschen und Dröhnen der Stahlräder erstarb. Sie fuhren in den nächsten Bahnhof ein. Hoffentlich der letzte, dachte sich Falk. Der Zug stoppte jetzt komplett. Falk erhob sich, sah aus dem Fenster. Doch noch immer schwebten sie über dem Flüßchen. Er blickte sich in dem leeren Abteil um, ging schließlich zur Tür.
Er wartete. Nichts. Vielleicht ein Stau? Eine Panne? Falk wurde ungeduldig. Keine Kunst, seine Geduld war ohnehin längst erschöpft. Er drückte den Sensor neben der Tür – und sie glitt augenblicklich auf. Falk erschrak. Er schaute nach unten, sah den glitzernden Strom, gute sieben oder acht Meter unter sich. Die Sicherung der Tür mußte ausgefallen sein, oder aber der Fahrer schlief!

Während er ungläubig in die Wupper starrte, setzte sich der Stahlkoloß ruckartig in Bewegung. So plötzlich und unvorbereitet, daß sich Falk nicht halten konnte. Er verlor das Gleichgewicht.
Falk klammerte sich an den Türrahmen, die glatten Ledersohlen seiner Schuhe aber boten ihm keinerlei Halt. Seine Füße schossen über den Rand des Einstiegs hinweg, baumelten hilflos über dem Abgrund. Falk griff mit beiden Händen fest zu, doch sein eigenes Körpergewicht zog ihn nach unten.
Der Zug beschleunigte. Falk riß den Kopf nach vorn, hörte über sich die gewaltigen Stahlrollen über das Hochgleis donnern. Die Waggons neigten sich, als sich die Bahn kreischend in eine Kurve legte. Das Tempo nahm weiter zu und mit ihm die Erschütterungen, die von den Schienen auf den Wagen und damit auf Falks Arme übertragen wurden.
Er rutschte ab. Immer tiefer. Seine Beine schwenkten hilflos unter dem Bodenblech des Zuges. Für Momente dachte er daran loszulassen. Doch die Überwindung war zu groß.
Machtlos hing er an der Türschwelle, zappelte erbärmlich. Sein Körper flatterte im Fahrtwind wie ein Hemd an der Leine. Mit Karacho steuerte die Schwebebahn den nächsten Bahnhof an. Falk sah ihn unmittelbar vor sich. Er kniff die Augen zusammen, um sie gegen den schneidenden Luftstrom zu schützen. Er sah den niedrigen Unterbau, erkannte sofort, daß seine Beine mit voller Wucht gegen das Betonplateau des Bahnsteigs schlagen würden, wenn er sich nicht rechtzeitig hochziehen könnte. »So ein Miiiiiist!« schrie er.
Diese aberwitzige Situation war zuviel für ihn. Egal, ob Zufall oder auf irgendeine heimtückische Weise von Karras inszeniert – Falk war der Herausforderung nicht gewachsen. Innerhalb von Sekunden würde der Zug den Bahnhof erreicht haben. Falk bemühte sich, er zog und zerrte, spannte seine Armbeugen an.
Noch fünf Meter.

Falk atmete tief durch. Er hatte nicht die Kraft, um seinen Körper zurück in den Waggon zu hieven. Höchstens zwei Meter trennten ihn von dem massiven Betonplateau. Er ließ sich fallen.
Was hatte Grabowski ihm zu erzählen versucht? Ein Zirkuselefant war aus der Schwebebahn in die Wupper gestürzt? Wenn der Dickhäuter es überlebt hatte, würde Falk dieses Flußbad erst recht überstehen. Als er in das eiskalte Wasser eintauchte, lachte er. Es war ein erleichtertes Lachen. Und irgendwie auch ein hysterisches. Das Absurde dieser Situation und das schier unglaubliche Pech dieses durch und durch mißratenen Tages ließen keine andere Reaktion zu.

41

»Los, tritt näher ran. Er ist kürzer, als du denkst.«
Falk befolgte Grabowskis Rat, ohne ihn wirklich wahrgenommen zu haben. Die beiden Freunde standen am Pißbecken ihrer Stammkneipe. »Ich kann es noch immer nicht glauben.«
»Das wurde höchste Zeit, ich wäre beinahe geplatzt.« Grabowski schüttelte sich erleichtert.
»Daß Cathérine uns in den Rücken fallen würde.«
Grabowski zog seinen Reißverschluß zu. »Sie hat sich völlig korrekt verhalten.« Er ließ seine Faust gegen die himmelblauen Wandfliesen knallen. »Und trotzdem ist es eine Sauerei von ihr. Wir hätten diesen Karras hopsnehmen können. Ohne Probleme!«
Falk starrte in das Pinkelbecken. »Von Nixdorff bin ich mindestens genauso enttäuscht. Als Vertreter der Staatsanwaltschaft müßte er Anklage erheben. Sofort. Aber er denkt nach. Und denkt nach. Und –«
»Wird das denn heute noch was mit dir?« Grabowski beugte sich über Falks Schulter. »Ich sehe nicht den kleinsten Tropfen.«

Abrupt schloß Falk die Hose. »Ich kann nicht pinkeln, wenn mir jemand dabei zusieht.«
Eine Minute später saßen sie auf harten Kirchenbänken. Grabowski nippte am Bier und warf Laura lüsterne Blicke zu. »Siehst du das Loch in ihrer Hose?« Grabowski reckte den Hals. »Das ausgefranste, direkt unter ihrer linken Arschbacke.« Er formte mit seinen Lippen einen Kußmund. »Ich liebe diese Frau.«
Falk fragte sich, wie sein Kumpel angesichts der Rückschläge des gestrigen Tages dermaßen munter sein konnte. »Ja. Sie hat einen süßen Po«, stieg er lustlos in die Konversation ein.
»Ich stelle sie mir nackt vor. Ihren schneeweißen, straffen Körper.« Über Grabowskis blaue Augen legte sich ein träumerischer Schleier. »Kein Gramm Fett zuviel, nur Muskeln und Sehnen. Ihre Brüste heben sich wie zwei stolze Berge von ihrem schlanken Leib ab. Und in ihrem Bauchnabel – als Kontrast – ruht eine prachtvolle, tiefrote Erdbeere …«
»… die du genüßlich pflücken wirst, ja?« vollendete Falk die Schwärmereien seines Nachbarn. »Träum weiter, Malcolm.«
»Ja, verdammt, das werde ich.« Laura trug ein übervolles Tablett an ihrem Tisch vorbei, grinste flüchtig herüber. Grabowski hielt seine Nase empor, schnupperte. »Riechst du das? Sie hat ein neues Parfüm. Was heißt neues? Sie hat überhaupt eines aufgelegt.« Er schnupperte übertrieben. »Es ist ein forscher Duft. Sportlich-eigenwillig. Mit der Kraft einer Sommerwiese.«
»Mein Gott, Malcolm! Ich habe dich bisher für einen nüchternen Macho gehalten. Nicht für einen unglücklich verliebten Poeten.« Falk leerte sein Glas. »Aber mir kommt es allmählich so vor, als müßte ich bei allen meinen neuen Bekannten umdenken.« Eine Feststellung, die er keineswegs nur so dahinsagte. Die Enttäuschung über Konstanze hatte ihm mehr zugesetzt, als er sich eingestehen wollte. Zumal er sich absolut nicht im klaren darüber war, ob wirklich alles, was sie ihm über ihr Leben ge-

beichtet hatte, erlogen war. Falk ließ der Gedanke nicht los, daß sie insgeheim tatsächlich seine Hilfe benötigte. Selbst wenn ihr eigentlicher »Einsatz« dazu gedient hatte, ihn vom Fall Schellenbaum abzulenken, mochte ein Fünkchen Wahrheit in ihren Bitten gelegen haben, sie von ihrem Zuhälter zu befreien.
Ja, und dann Cathérine. Ihr plötzliches Abwenden von ihm. Was war sie für eine Frau? Der leidenschaftliche Kuß in der superromantischen Atmosphäre der barocken Altstadt, mitten in der Nacht, bei lauwarmem Regen – dies alles kam Falk inzwischen unwirklich und fern vor. Als habe es diese wunderschöne Berührung nie gegeben. Das Ganze war für ihn so weit weg, als lägen Jahre zwischen dem Kuß und den Ereignissen des gestrigen Tages. Er sehnte sich einmal mehr nach der geordneten Beschaulichkeit seiner Celler Zeit. Er winkte Laura zum Zahlen heran.
Falk öffnete seine Wohnungstür und war wie vom Donner gerührt. Er stand vor dem reinsten Chaos. Alles war zerwühlt, der Inhalt seiner Umzugskartons über den Boden verteilt. Sein Klappsofa war aufgeschlitzt worden, die rosa Schaumgummifüllung drängte wie Fleisch aus einer klaffenden Wunde. Falk dachte nicht lange nach, lief sofort zu seinem Nachbarn.
Grabowski stand wie angewurzelt im Türrahmen. Ein kurzer Blick an ihm vorbei reichte, um die Unordnung zu erkennen. Dasselbe Bild: Jemand hatte die komplette Wohnung auf den Kopf gestellt.
»Weißt du schon, ob irgend etwas fehlt?» brachte Falk erstaunlich sachlich heraus.
Grabowski schob seinen Ärmel zurück, schaute auf seine Uhr. »Es ist nach eins. Ich denke, die haben damit gerechnet, daß wir längst zu Hause sind.«
»Die hatten es nicht auf Unterlagen abgesehen?«
»Nein«, sagte Grabowski, ohne sich zu bewegen. Seine starre Haltung kündete von ungeheurer Anspannung. Auf seiner Schläfe zeichnete sich eine pochende Ader ab. »Die können sich denken, daß wir die Untersuchungs-

ergebnisse des Gentests nicht in der Wohnung aufbewahren. Die wollten uns.«
Falk blickte sich in Grabowskis Wohnung um. Die Einbrecher hatten ganze Arbeit geleistet: Das wandhohe Bücherregal war mit plumper Gewalt umgerissen worden. Wo die Dübel steckten, klafften häßliche Löcher im Putz. Falk sah eines der Romanow-Bücher auf der Erde liegen. Es war so unglücklich aufgeschlagen, daß der Rücken zerbeult und die Seiten eingeknickt waren. »Aber was wollten die von uns? Einschüchtern? Verprügeln?« Er atmete tief durch. »Das gibt alles keinen Sinn. Jetzt, wo sich Cathérine mit diesem unsäglichen Karras-Clan einigen will.«
Noch immer stand Grabowski stocksteif da. »In dieser Sache ergibt vieles keinen Sinn. Fest steht, daß es um viel Geld geht – um sehr viel Geld.« Endlich bewegte er sich. Grabowski wandte sich Falk zu. »Du bist doch Profi in Sachen Kapitalismus, du bist groß geworden im Westen. Also sag mir: Wie verhalten sich Menschen, die ein riesiges Vermögen absichern möchten, das sie akut gefährdet sehen?«
Falk lief ein kalter Schauer den Rücken herunter. Ihn beschlich das Gefühl, nur knapp einem Mordanschlag entgangen zu sein.
»Das mit der Einigung kann Theater gewesen sein«, setzte Grabowski fort. »Damit hat Karras vielleicht nur Zeit gewinnen wollen.«
»Zeit wofür?«
»Um feststellen zu lassen, wer alles von Schellenbaums Anspruch auf den Karras-Thron weiß.«
»Bisher nur …« Wieder spürte Falk die Gänsehaut. »… nur du, ich, Cathérine und Nixdorff. Ja, und natürlich Schellenbaum selbst.«
»Das macht fünf. Wenn ich ein Milliardenvermögen zu verlieren hätte, würde ich mir das unter Umständen fünf Menschenleben kosten lassen. Naja, oder sogar mehr«, stellte Grabowski trocken fest.
Doch dann ging das Licht aus.

Es war schlagartig stockdunkel. Falk riß die Augen auf, konnte aber nicht das Geringste erkennen. »Auch das noch!« Dieser verkorkste Abend geriet allmählich zur Farce. »Hast du ein Feuerzeug oder so was?« fragte er in die Finsternis.
Statt einer Antwort griff ihn Grabowski bei der Hand. Wortlos zog er Falk in Richtung Treppenhaus. Sie erreichten die Treppe. Vorsichtig und dennoch voller Eile stiegen sie hinab. Durch die Fenster fiel kaum Licht. Falk fühlte sich verfolgt. Unsicher blickte er sich um, sah nur diffuse Umrisse von Treppengeländer und Türen. Immer noch hatte er die Augen weit aufgerissen, hoffte, daß sich seine Pupillen endlich der Dunkelheit anpassen würden.
Die Methoden des Karras-Clans hatten sich nicht verändert. Falk erinnerte sich an seine Lektüre über die Stahldynastie. »Entweder Großes leisten oder untergehen« war einer der Wahlsprüche des Firmengründers gewesen. Dieses »Große« beinhaltete durchaus ungesetzliche Maßnahmen. Die Partner, die sich die Karras-Bosse für ihre Geschäfte gesucht hatten, mußten keine leutseligen, soliden Persönlichkeiten sein. Sie mußten dem Unternehmen Gewinne versprechen, allein das zählte. Daß sich der Konzern in den dreißiger Jahren reibungslos zu den tragenden Stützen des Naziregimes eingereiht hatte, paßte ins Bild. Falk gingen die finsteren Platitüden von Ragenwolf Karras durch den Kopf: »Ein Wink von mir, und der ganze lächerliche Spuk ist über Nacht zerstoben.« Es war Nacht. Hatte Karras tatsächlich den entscheidenden Wink gegeben?
Die armstarken Stäbe des verchromten Kühlergrills blitzten auf, als sie sich dem Jeep näherten. Grabowski bugsierte Falk zielstrebig auf sein Auto zu. Anscheinend dachte er, der Geländewagen sei der einzig sichere Ort für die beiden.
»Wohin fahren wir?« Falk fühlte sich wie ein hilfloses Kind. Er vertraute Grabowski wie ein Sohn dem Vater.

Grabowski drehte den Zündschlüssel. Der Motor sprang sofort an, sein baßlastiges gleichmäßiges Dröhnen versetzte die Kabine in beruhigendes Schaukeln. »Zu Cathérine – wenn es nicht schon zu spät ist.«
Falk fuhr zusammen. Diesen Gedanken hatte er bis eben erfolgreich von sich geschoben. Sein Nachbar war Realist genug, um das Wahrscheinliche einzukalkulieren. Cathérine würden die Vandalen, die in ihren Wohnungen gehaust hatten, ebenfalls aufsuchen. Und Nixdorff. Falk zog sich der Magen zusammen, als er daran dachte, wie groß Nixdorffs Furcht vor eben solchen Überfällen war.
Grabowski tippte sachte aufs Gaspedal. Der Motor schnurrte unauffällig, als sich der schwere Wagen aus der Garage schob.
»Zuerst Nixdorff«, entschied Falk aus dem Bauch heraus. »Bei Cathérine können sie darauf vertrauen, daß sie im Interesse Schellenbaums stillhält. Aber bei Nixdorff müssen sie jederzeit mit Schwierigkeiten rechnen. Ein Wunder, daß er nicht schon gestern den ganzen Apparat gegen Karras in Bewegung gesetzt hat.«
Grabowski befolgte die Anweisung kommentarlos. Falk beschrieb das Wohngebiet, die genaue Adresse schlug er hastig in seinem Taschenkalender nach.
Der Wagen passierte die Elbbrücke. Um diese Uhrzeit war auf den Straßen kaum etwas los. Sie kamen schnell voran. Falk lehnte sich in seinem Sitz zurück. Langsam konnte er seine Gedanken ordnen, die erste Aufregung war verflogen. Je länger er darüber nachdachte, desto unsinniger erschien ihm nun die Möglichkeit, daß Karras ihnen tatsächlich nach dem Leben trachtete. Fünf kaltblütige Morde – damit würde er nie und nimmer durchkommen. Dennoch würde Falk erst dann beruhigt sein, wenn er sowohl Nixdorff als auch Cathérine wohlauf vorfinden würde.
Das Messer mit dem mattschwarzen Hornschaft hatte ihn die ganze Zeit über beruhigt. Es symbolisierte Wehrhaftigkeit. Solange es Grabowski an seinem Gürtel trug, waren sie ihren potentiellen Angreifern wenigstens nicht

gänzlich verteidigungslos unterworfen. Falk hatte allerdings nicht eine Sekunde daran gedacht, die Schneide gegen sich gerichtet zu sehen.
Grabowski ließ ihm nicht viel Zeit, um über die veränderte Situation zu reflektieren. Er lenkte seinen Jeep an den kaum beleuchteten Rand einer Seitenstraße, zog das Messer: »So. Und jetzt steigst du ganz brav aus. Komm nicht auf die Idee, Widerstand zu leisten. Das wäre nicht nur dumm, sondern tödlich.«
Fassungslos starrte Falk auf die Klinge in der Hand seines Freundes.

42

Er schloß die Augen und sah bunt flimmernde Blitze. Rot, gelb, blau. Das mußte an der Nervosität liegen, versuchte sich Falk zu beruhigen. Er rieb sich die Lider, aber das Flackern wollte nicht aufhören. »Warum?« Falk kamen Filmszenen in den Sinn, in denen hilflose Menschen ihren Peinigern diese Frage stellen und im nächsten Augenblick kaltblütig niedergestreckt werden.
Er registrierte das Kopfsteinpflaster unter seinen Füßen. Eine dieser alten Straßen, an denen seit DDR-Zeiten nie etwas getan wurde. Schlaglochübersät, schlecht beleuchtet; von Autofahrern, denen ihr Wagen lieb war, gemieden. Eine abgeschiedene, einsame Gegend. Ein Paradies für Vergewaltiger. Oder für Meuchelmörder. »Warum?«
»Bei Bundeswehr und Volksarmee hätte auch niemand gefragt, warum wir uns gegenseitig killen sollten. Stell dir einfach vor, wir würden in Zeiten vor dem Fall der Mauer leben. Das macht die Sache leichter für dich, mein Freund.« Grabowski konnte sein gurgelndes Lachen kaum unterdrücken, ließ das Messer aber drohend vor Falks Hals schweben.
Ehe Falk auf diesen Unsinn eingehen konnte, wurden ihm Grabowskis Beweggründe klar: Ein anderer Wagen

näherte sich mit auffällig niedrigem Tempo. Noch blendeten die Scheinwerfer, so daß Falk den Fahrer nicht erkennen konnte. Er hob schützend die Hand vors Gesicht. Das Auto rollte neben ihnen aus. Ein grüner Renault. Ein altes Modell, nichts Besonderes. Falk hatte diesen Wagen jedoch schon einmal gesehen – vor dem Genlabor, in dem er mit Grabowski die Gewebereste des alten Karras untersucht hatte. »Malcolm – was hat das alles zu bedeuten? Mach keinen Scheiß! Du willst doch nicht mit denen gemeinsame Sache machen?«
Die Antwort war unmißverständlich: Grabowski hielt sein Messer dichter an seinen Hals. Eine winzige Bewegung würde ihm reichen, um Falks Kehle aufzuschlitzen.
Die Wagentür öffnete sich. Hätte es nicht bereits genügend andere böse Überraschungen gegeben, wäre Falk jetzt entsetzt gewesen. So aber bedachte er den jungen Mann nur mit einem müden Lächeln. Auch dessen Freundin, die sich betont langsam vom Fahrersitz erhob, konnte ihn nicht schocken: Das Modepüppchen war wie immer perfekt gestylt. Ihre orange eingefärbten Haare saßen tadellos, wie aus Plastik gegossen. Über ihren schmalen Körper schmiegte sich ein orange-schwarz gestreiftes Sportshirt und eine schwarze Samthose. Ihre Boots waren so hoch, daß sie Falk locker überragte. Ihr Freund hatte seine Koteletten sorgsam gestutzt. Sein schwarzes Haar glänzte ölig im matten Licht der Nacht.
Da waren sie also wieder, diese abgedrehten Laufstegschönheiten! Wahrscheinlich auf Kaution freigekommen. Falk rechnete blitzschnell durch, mit wieviel Geld ein guter Anwalt die beiden aus der Untersuchungshaft geholt haben könnte. Der ohne Frage clevere Jurist mußte die Haftgründe angezweifelt haben: Nach Paragraph 112 der Strafprozeßordnung hätten die beiden eigentlich wegen versuchtem Mord oder zumindest Totschlag dran sein müssen – ihr Verteidiger jedoch war höchstwahrscheinlich mit simpler Körperverletzung durchgekommen. Falk

hätte ahnen müssen, daß er dieses Pärchen nicht los sein würde.
Aber warum Grabowski? Was hatte er mit denen zu tun? Hatte Karras auch ihn geschmiert? Malcolm Scuola? Ausgerechnet den unbestechlichen Scuola? Da paßte was nicht zusammen.
»Den haben wir uns geschnappt«, flötete Grabowski und schob Falk langsam vor sich her. »Habt ihr die anderen drei erledigt?«
Es war nicht zu fassen! Grabowski gehörte tatsächlich dazu. Falk hechelte nach Luft, sein Magen revoltierte. Er fühlte, daß sein Leben sehr schnell beendet sein könnte. Verflucht, wäre er bloß ein durchtrainierter Kämpfer! Hätte er Judo gelernt oder Karate! Aber so – Falk fühlte sich schwach und hilflos.
»Langsam«, sagte der andere. Er tauschte einen schnellen Blick mit seiner Partnerin. »Uns hat niemand gesagt, daß Sie auf unserer Seite stehen.« Der Mann zögerte. »Unser Auftrag schließt Sie ein.«
»Was?« Grabowski ließ die Klinge sinken. Er wirkte ernsthaft irritiert. »Haben die Karras-Leute Ihnen nicht gesagt ...«
»Wir können das sofort klären«, schaltete sich die Schöne ein. Ihre Stimme war auffallend hoch.
Ein Mäuschen, durchfuhr es Falk. Lieb und brav wirkte sie, doch er wußte es besser. Er überlegte kurz, ob er die Irritation der anderen nutzen und einen Ausbruchversuch wagen sollte. Grabowski aber war schnell wieder Herr der Situation – das Messer klebte erneut unter Falks Kehlkopf.
»Ja, klären Sie das«, grollte Grabowski. »Aber bitte zügig. Wenn die anderen bisher nicht erledigt sind, haben wir ja noch einiges vor uns.«
»Wir benutzen das Handy«, sagte das Modepüppchen. Die Aufregung war stärker als die Schminke. Unter dem schneeweißen Puder zeichneten sich ihre rotglühenden Wangen ab. »Es liegt im Wagen.« Sie nickte ihrem Freund zu.

Falk malte sich aus, wie er sterben würde. Verbluten vielleicht. Mit durchgeschnittener Kehle. Das könnte lange, qualvolle Minuten dauern. Oder hatten die anderen eine Pistole dabei, mit Schalldämpfer? Ein gezielter Schuß könnte ihn schnell und präzise töten. Aber jeder Kriminalbeamte würde erkennen, daß es Mord war. Sie würden ihn wohl eher überfahren, ihn als Unfallopfer auf der Straße liegenlassen. In Falks Augen blitzte es wieder in allen Farben. Es fehlte nicht viel, und er würde ohnmächtig umfallen.

»Ja, rufen Sie sie an.« Grabowski klang mehr als ungeduldig. »Das ist eine beschissene Organisation in Ihrem Laden. Kein Wunder, daß dieser Falk Schiller und seine Anwalts-Fotze soweit kommen konnten.«

Falks Herz blieb stehen. Er hatte jedenfalls den Eindruck. In seiner Rage hatte Grabowski das Messer so dicht an Falks Hals gedrückt, daß die rasiermesserscharfe Klinge seine Haut aufritzte. Es war nur ein feiner Riß, doch Falk spürte das Rinnsal warmen Blutes auf seinem Brustkorb.

»Ja, ja, ist schon gut. Wir regeln das«, sagte die Frau nicht weniger genervt. Sie öffnete die Wagentür, bückte sich, um das Handy aus dem Handschuhfach zu nehmen.

Die Sterne, Funken und Blitze in Falks Augen hatten sich zu einem wahren Feuerwerk vereinigt, so daß er kaum mitkriegen konnte, was sich um ihn herum abspielte. Er registrierte bloß schnelle Bewegungen, Hektik:

Grabowski nahm das Messer herunter. Ehe sich der Mann versah, hatte er einen Satz nach vorn gemacht. Grabowski ließ seine Waffe nach vorn schnellen. Hatte die Klinge eben noch unter Falks Kehle gelauert, bedrohte sie jetzt den anderen. Der griff sich hilfesuchend in die Taschen. Was immer er darin verbarg, Grabowskis harter Schlag in sein Gesicht hinderte ihn daran, es herauszuziehen.

Das Püppchen handelte sofort, schnappte sich statt des Handys eine mattschwarze Automatik.

Jetzt war es an Falk: In Sekundenbruchteilen mußte er sich aus der gedanklichen Vorbereitung auf seinen eige-

nen Tod reißen, sich darüber klarwerden, daß Grabowski doch auf seiner und nicht auf der gegnerischen Seite stand, die neue Bedrohung einordnen – und vor allen Dingen handeln!
Linker Fuß nach vorn, rechter Fuß nach vorn. Für ihn geschah alles wie in Zeitlupe. Er handelte langsam, aber effektiv. Seine Kontrahentin konzentrierte sich darauf, auf Grabowski zu zielen. Sie nahm Falk kaum wahr. Er konnte seinen Arm nach ihr ausstrecken. Seine Hand näherte sich ihrem Hals bis auf wenige Zentimeter. Erst jetzt reagierte die Frau. Ihre Augen erfaßten ihn, die Mündung der Pistole schwenkte um. Falk wußte sich nur einen Rat: Er griff nach ihrer Brust und drückte mit aller Kraft zu.
Schmerz stand in ihren Augen. Sie schrie auf. Seine freie Hand schnellte vor, seine Finger schlossen sich um ihr Gelenk. Er spürte ihre kalte Haut, nahm wahr, wie dünn ihr Arm war. Er zwang sich zuzudrücken und nicht aus Mitleid von ihr abzulassen. Sofort ließ sie die Waffe sinken. Die Automatik glitt ihr aus der Hand.
Sie ließen die beiden in ihrem Wagen zurück. Gefesselt mit einem Abschleppseil. »Du hast gemerkt, daß sie uns verfolgt haben, ja?« fragte Falk, als sie im Jeep zu Nixdorffs Wohnung fuhren.
»Mmmh.« Grabowski nickte.
»Du hättest es mir erklären können, anstatt mir mit deinem Messer eine Heidenangst einzujagen.«
»Hätte. Ja.«

43

»›Vertragliche Abmachungen gelten nur, solange sie mir nützlich sind‹«, rezitierte Cathérine. »Das hat dieser Lump mir am Telefon gesagt. Der ist sich nicht zu schade, mich reinzulegen und es mir dann auch noch freiheraus zu sagen.«

Falk war hin- und hergerissen in seinen Gefühlen gegenüber Cathérine. Aber wenigstens war sie endlich aufgewacht.

Ihre Wangen glühten, so sehr brachte sie Karras' Dreistigkeit in Rage. Sie ging aufgebracht um den Eßtisch ihrer winzigen Wohnung, die mit Falk, Grabowski und Nixdorff deutlich überbelegt wirkte. »Fehlte bloß, daß er sich von seiner Sekretärin verbinden lassen hätte. Denn er sprach dermaßen nüchtern und förmlich, als sei es ein geschäftliches Telefonat gewesen.«

»Haben Sie sich Notizen gemacht?« Nixdorff klang besorgt.

»Selbstverständlich«, tat Cathérine die Frage mit einer wegwerfenden Handbewegung ab. Sie war ein Profi, das müßte Nixdorff wissen. »Die genaue Uhrzeit seines Anrufs und fast den kompletten Wortlaut. Obwohl ...«, die Röte in ihrem Gesicht wich einem Anflug von Blässe, »... mir zugegebenerweise zwischenzeitlich angst und bange war.« Sie klappte ein Notizheft auf, das neben ihrem Telefon lag, las laut vor: »In diesen Stunden bin ich verantwortlich für das Schicksal unseres Konzerns und damit für unser über einen langen Zeitraum gewachsenes Imperium. Ich stelle mich dieser Verantwortung. Ich werde nicht dulden, daß das Erbe meiner Vorfahren durch Unwissende besudelt wird. Durch Dummheit und Schmach. Ich habe Befehl gegeben, die Hauptschuldigen an diesem Verrat zur Rechenschaft zu ziehen.« Sie klappte das Heft zu, ihre Stimme bebte: »Diese beispiellose Ignoranz hält man ja im Kopf nicht aus!«

»Echauffier dich nicht«, warf Falk bitter ein. »Immerhin konntest du bis eben ganz gut leben mit dem Weltbild à la Karras.«

»Bis eben. Du sagst es. Aber auch das nur im Interesse –«

»Jaja, im Interesse deines Klienten.« Falk hätte am liebsten auf den Boden gespuckt. »Schöne Moral ist das. Du hättest sogar freiwillig die Nazi-Bonzen beim Nürnberger Prozeß verteidigt, was?«

Cathérine schob den Schreibtischstuhl zurück. Mit so viel Wucht, daß er umfiel. Nixdorff hob beschwichtigend die Hände, aber sie ließ sich nicht aufhalten: »Hör mir mal gut zu.« Sie baute sich vor Falk auf. »Ich habe meinen Job gemacht, nichts weiter. Wenn du nicht zwischen Beruf und Gefühlsleben unterscheiden kannst –«

»Stopp, lassen Sie das, bitte«, mischte sich Nixdorff ein. »Lassen Sie uns zu Ende hören. Die Anklage muß wohlbegründet sein. Uns bleibt nicht viel Zeit.«

»Da gibt's nicht mehr viel zu hören«, sagte Cathérine lapidar und schlug erneut in ihrem Büchlein nach: »Unser kleines Gespräch werden Sie nicht gegen mich verwenden können. Ehe Sie die Polizei rufen können, werden Sie nicht mehr am Leben sein.« Cathérine schaute nachdenklich auf: »Aus Karras' Stimme war keinerlei Hohn herauszuhören. Nichts deutete darauf hin, daß er sich am eiskalt kalkulierten Tod seiner Gegner ergötzt. Und trotzdem lag in der Nüchternheit des Gesagten etwas Unmenschliches.«

Auch Falk hatte beim Zuhören wieder den selbstbewußten, abschätzigen Blick von Ragenwolf Karras vor Augen.

»Ich hatte natürlich eine irre Angst«, schilderte Cathérine die Minuten nach dem Telefonat. »Ich mußte davon ausgehen, daß jeden Augenblick seine Häscher hereinstürzen und mit mir sonst was machen.«

Nixdorff klopfte ihr ungelenk auf die Schulter: »Um so löblicher, daß Sie Ruhe bewahrt und alles säuberlich niedergeschrieben haben. Ist es Ihnen recht, wenn ich die Notizen an mich nehme?« Cathérine nickte beiläufig.

»So ein Arsch!« stieß Grabowski lauthals aus. Bis eben hatte er still zugehört. Nun verschaffte sich seine aufgestaute Wut ein Ventil. »Der wollte Cathérine tatsächlich ermorden lassen. Ich tu mir dieses Gewäsch nicht länger an. Der Mann gehört eingesperrt. Und zwar sofort!«

Nixdorff rückte seine Brille zurecht. Sein schwarzes Haar war heute nicht ganz so korrekt gescheitelt, wie man

es von ihm gewohnt war. »Nicht so voreilig, Herr, äh, Scuola …?«
»Das ist bloß sein Spitzname«, warf Falk ein.
»Jedenfalls«, hob Nixdorff an, »können wir es uns nicht leisten, Karras' Worte unbeachtet zu lassen. Wer sich abwendet, macht es sich zu leicht. Wir müssen diesen Mann an seinen Worten messen und ihn zu fassen versuchen. Seine große Schwäche ist es, seinen Mund nicht halten zu können. Er ist dermaßen von Egozentrik durchdrungen, daß er sich nicht zurückhalten kann. Seine Worte sind es, die ihn verraten – selbst wenn er sonst keine Spuren hinterläßt. Aber wir müssen auf der Hut sein. Menschen seines Schlages sind zu allem fähig. Karras gehört noch zu einer Führungselite, die durch die Generation der Nazis darauf getrimmt war, nach den Maximen eines Generals zu handeln – Pflichterfüllung und letzter Einsatz …«
Sie hatten das Ende dieser Geschichte erreicht, war Falk klar. Die Anklage gegen Ragenwolf Karras konnte nun nichts mehr aufhalten. Die Staatsanwaltschaft war informiert. Grabowskis gentechnisch generierte Beweise waren gesichert. Eine erste Verlautbarung gegenüber der Presse war vorbereitet. Der »Spiegel« würde am nächsten Montag damit aufmachen; erste Gespräche mit Nixdorff waren gelaufen.
»Nicht nur seine Worte verraten den Schuft. Der genetische Code hat ihm ein Bein gestellt. Er ist eben doch nur zweitklassig, unser Ragenwolf«, amüsierte sich Grabowski. »Kein echter Karras. Zumindest nicht aus erster Linie. Ähnlich und doch verschieden. Sämtliche Gewebe seines Körpers – Knochen, Haut und Muskeln – werden davon künden, daß er nur ein Karras aus zweiter Linie ist.« Er reckte sich ausgiebig, legte seine Hände in den Nacken. »Sein Endoplasmatisches Retikulum unterscheidet sich in seinen genetischen Strukturen genauso deutlich von dem des Original-Karras-Stranges wie seine Lysosomen.«
»Endoplas… wie?« unterbrach Cathérine.

»Das Endoplasmatische Retikulum – das mußt du dir als röhrenförmiges Netzwerk vorstellen – kann im Körper Cholesterin herstellen, genauso gut gefährliche Schadstoffe neutralisieren«, gab Grabowski bereitwillig sein Wissen preis. »Und die Lysosomen helfen einem, Zucker und Fette zu verdauen. Sie sind quasi die Hüter des chemischen Gleichgewichts und …«
Falk hörte ihm nicht länger zu. Er genoß den Gedanken daran, den Fall beendet zu haben. Ein gewaltiger Skandal bahnte sich seinen Weg an die Öffentlichkeit. Ihn würden aufregende Tage vor Gericht erwarten. Eine heiße Phase, die sein Leben verändern konnte.

44

»Warum ausgerechnet das Hygienemuseum?« Cathérines zerknirschte Miene sprach Bände. Sie ließ sich von Falk nur widerwillig die abgewetzten Treppen zu dem grauen Betonungetüm hinaufdirigieren. Die klotzige Front des Dreißiger-Jahre-Baus mit seinen ausladenden Seitenflügeln wirkte wie ein kauerndes Ungetüm, das seine Tatzen drohend nach vorne streckt. Cathérine und Falk bewegten sich geradewegs auf den wenig einladenden Schlund des steingewordenen Monstrums zu.
»Weil ich mit dir reden möchte. In Ruhe.«
Sie probierten mehrere Türen, aber erst die vierte war unverschlossen. »Ausgerechnet hier? Ich könnte mir romantischere Orte vorstellen.« Widerwillig schaute sie sich in der tristen Vorhalle um. »Ich habe schon einmal eine Führung mitgemacht: Zu DDR-Zeiten haben die hier die Knirpse reingescheucht. Die haben den Kids eingebläut, wie man sich sauberhält. Wie wichtig Sauberkeit und Ordnung für kleine Menschenkinder sind – und für den Sozialismus, natürlich.« Sie legte den Kopf schräg. »Falk, laß uns umkehren. Einen ungünstigeren Ort hättest du wirklich nicht wählen können.«

Da war er entschieden anderer Meinung. Dieses ungewöhnliche Haus hatte ihn schon bei seiner allerersten Dresdenreise im Jahr 1994 gereizt, als durch Deutschland trampender Student. Sicher, das Bauwerk an sich war ein grober Klotz, verwahrlost noch dazu. Aber das Innenleben! Falk hatte einmal gelesen, daß der Bau des Museums von dem Dresdner Großindustriellen Lingner angeregt worden war. Der Mundwasser-Erfinder wollte anschaulich darlegen, wie Seuchen und viele Krankheiten vermieden werden könnten. Natürlich war das Ganze nebenbei ein riesiger PR-Gag für seine Odol-Fabrik.

»Die hatten hier mal einen ›Kariestunnel‹ aufgestellt«, moserte Cathérine. Sie verzog den Mund. »Da haben die einen mit UV-Licht oder so was Ähnlichem angestrahlt. Jeden Pickel hat man gesehen! Ich sah unmöglich aus.«

Falk hatte bei seinem ersten Besuch eine volle Stunde vor dem gläsernen Menschen gestanden und gestaunt. Ein geschlechtsloser Körper, durch und durch aus klarsichtigem Cellon gefertigt. Per Knopfdruck konnte er verschiedenste innere Organe zum Leuchten bringen.

»Wenn du mir auf diese Weise mitteilen willst, daß es zwischen uns aus ist, ist dir das gelungen.« Sie stemmte die Hände in die Hüften. »Ich ekele mich vor diesem geschmacklosen Sammelsurium aus hölzernen Gebärmüttern und eingelegten Föten.«

Wie kann man mit jemandem Schluß machen, mit dem man nie zusammen war? Falk schaute sie traurig an. »O.k., es war wohl ein Fehler, hierher zu kommen.« Cathérine nickte stumm. »Aber ich dachte, daß wir hier vor dem großen Abend und dem Trubel ein wenig Abgeschiedenheit finden könnten.« Eine Putzfrau schob ihren mit Eimern und einem blauen Müllsack behängten Wagen über die matt schimmernden Marmorfliesen. Sie nickte den beiden mit einem unverbindlichen Lächeln zu.

»Meinetwegen.« Cathérine schaute sich nach einer Sitzgelegenheit um, fand aber keine. »Wir haben ohnehin nicht viel Zeit. Dieses – Ding schließt bald, und wir müssen uns mit den anderen treffen.«

Falk spürte nur zu deutlich, daß sich Cathérine selbst an einem anderen Ort nicht viel freundlicher geben würde. Sie blockte ab. Sie wollte Falk keinesfalls an ihrem Gefühlsleben teilnehmen lassen. Trotzdem wagte er einen Vorstoß: »Gut, laß uns den Abend schnell und schmerzlos hinter uns bringen und ... und uns danach eine neue Chance geben.« Cathérine lachte barsch. Er überhörte das: »Wir kochen zusammen. Italienisch! Wie neulich. Dazu ein feiner Rotwein –«
»Ich mag keinen Rotwein«, ließ Cathérine keine Zweifel aufkommen.
Falk fuhr sich unsicher durchs Haar. »Aber du hast an dem Abend Rotwein getrunken. Gern sogar.«
»Nicht gern.« Sie bewegte sich in Richtung Ausgang. »Rotwein hinterläßt einen pelzigen Geschmack auf der Zunge. Ich bin ein Weißwein-Typ.«
Bist du nicht, dachte sich Falk. Er spurtete die ersten Meter, um sie einzuholen. Er kam sich lächerlich vor. »Was war mit dem Kuß? Im Regen, in der Altstadt?«
Cathérine stolperte über die Schwelle zum Portal. »Steigst du mir nach wie ein Viertkläßler seiner ersten Liebe?« kam es spöttisch zurück.
Moment mal, wer war denn in wen verliebt? Wer hatte den ersten Schritt getan? Falk folgte ihr verärgert auf den Parkplatz. Es war bereits dunkel, aber die tiefhängende Wolkenschicht warf die Lichter der Stadt milchigtrüb zurück. »Wenn du deine Gefühle wie einen deiner Aktenordner einfach ins Regal stellen kannst, ist das beneidenswert«, sagte er bitter. Doch selbst mit Provokation konnte er sie nicht aus der Reserve locken.
Cathérine streifte ihren Trenchcoat ab, legte ihn auf die Rückbank. Darunter trug sie ein enges schwarzes Kostüm. Eine Perlenkette bot einen reizvollen Kontrast. »Wenn du nicht alles verderben willst, halt bitte einfach den Mund.«
Er nickte unwirsch – und hatte keinen Schimmer, wie er die Situation retten sollte. Falk vollzog die wenigen Wochen seiner Bekanntschaft mit Cathérine nach: Bei ihrer

ersten Begegnung, im Zug, hatte er sie begehrt. Anschließend wollte sie ihn. Körperlich? Nicht ganz so vordergründig wie er, vielleicht. Doch wer weiß? Sie wollte ihn jedoch ganz sicher auch als Anlaufpunkt, als Anker, um von ihrem Mann loszukommen.
Falk musterte seine Sitznachbarin. Ihre Gesichtszüge waren angespannt. Jedesmal, wenn sie das Gaspedal trat, zuckten rings um ihre Augen feine Sehnen.
Dann wollten sie sich beide, rekapitulierte er weiter. Für einen kurzen Zeitraum, vielleicht nur für den Moment ihres Kusses, waren sie sich einig. Falk war sich nicht sicher, ob sich daraus eine flüchtige Affäre oder eine tiefe Partnerschaft entwickelt hätte. Genau das hatte er herausfinden mögen. Cathérine aber, ja, sie war einen Schritt weiter. Sie hatte sich entschieden. Gegen ihn.
»Weißt du, was dein Fehler ist?« fragte sie. »Du grübelst zuviel.« Sie schaute ihn an, richtete ihre Aufmerksamkeit gleich darauf wieder auf die Straße. »Wenn ich es mal positiv ausdrücke, würde ich sagen, du bist ein Romantiker.« Wieder ein kurzer Blick. »Man kann aber auch den Ausdruck Träumer verwenden.« Das kam zynischer, als es angebracht gewesen wäre.
»Du bist es doch, die nicht weiß, was sie will!« hätte er am liebsten gesagt. Statt dessen schaute er sie wortlos an. Sie war ihm fremd, doch diese Fremdheit verlor zusehends an Reiz. Er bildete sich ein, daß eine winzige Träne an ihrer Wange herabkullerte. Aber unter dem Schein der nächsten Straßenlaterne, die der Wagen passierte, wußte er, daß er sich getäuscht hatte. Ihre Haut war trocken. Er sah den Gesichtspuder – unverwischt.
Der BMW rollte auf dem Schotterparkplatz eines Palais aus. Das filigrane Gebäude an den Elbhängen strahlte einladende Helligkeit aus. Durch die schlanken, hohen Fenster quoll das Licht mehrerer Kronleuchter. Cathérine zog ein Taschentuch aus ihrer Handtasche, tupfte sich flüchtig um die Augen. Also doch?
»Ihr seid nicht gerade zu spät, aber pünktlich wie die Maurer erst recht nicht.»

»Hey, Malcolm!« Falk freute sich, seinen Freund zu sehen. »Donnerwetter! Du trägst Smoking?«
»Wenn sich die passende Gelegenheit bietet.« Grabowski, der in der ungewohnten Garderobe eine stattliche Figur abgab, griff galant nach Cathérines Hand. »Hatten Sie einen angenehmen Tag, gnädige Frau?«
Sie ließ sich die Hand küssen, antwortete mit bösem Seitenblick auf Falk: »Naja. Wir waren im Hygienemuseum. Zu allem Überfluß wollte er mich anschließend zum italienisch Kochen überreden.«
Grabowski schob brüsk seinen Oberkörper zurück. »Um Gottes willen! Nur das nicht. Ich hatte bereits das zweifelhafte Vergnügen, mit diesem Herrn am Herd zu stehen.«
»Mach mal halblang, Malcolm«, mischte sich Falk säuerlich ein. »Wir haben erst einmal miteinander gekocht.«
»Jaja, aber das hat gereicht.« Er bot Cathérine seinen Arm. »Spaghetti Carbonara. Mit erlesener Soße à la Scuola. Und was tut dieser Banause? Er pult sämtliche säuberlichst ausgesuchten und zart angebratenen Schweinespeckwürfelchen heraus.«
»Ich mag nun mal kein Schweinefleisch.«
Cathérine grinste. Nicht hämisch. Im Gegenteil. Dieses Lächeln war plötzlich wieder voller Herzlichkeit. Eine warme Flut durchströmte ihn – und da meldete sich der bekannte süße Schmerz.
In der Luft, die ihnen entgegenwehte, lag teures Parfüm, Champagner, der Duft von Kerzenwachs und eine dezente Prise Tabakqualm. Das war einer der ersten Auftritte Falks in der High Society. Unsicher betrachtete er die Ansammlung elegant gekleideter Leute um sich herum. Ein Kellner drückte ihm im Vorbeigehen einen Sektkelch in die Hand. Die Villa, deren Architekten es verstanden hatten, sündig teuren Protz geschickt in grazile Eleganz zu hüllen, strahlte eine erhebende Würde aus. Alles war weit und hell und offen.
»So, mein Freund.« Grabowski legte Falk den Arm um die Schulter. »Jetzt werden wir uns ein bißchen amüsieren,

ja?« Er zwinkerte Cathérine zu. Die verschwand mit einem gezwungenen Lächeln. »Stoßen wir an auf … auf die Genetik?«

Falk konnte sich dem kaum entziehen. Er ließ sein Glas an das seines Freundes klirren. »Solange du mir versprichst, dich nicht am Klonen von Menschen zu beteiligen, Prost!«

»Pah! Wenn ich tatsächlich einmal auf taugliche Gewebereste der kleinen Romanow stoße, wird es mir eine Freude sein, sie zu klonen.« Grabowski zog ihn einen Schritt beiseite, um einem älteren Paar Platz zu machen. Herr und Dame aus bestem Hause, wie zumindest ihre Kleidung suggerierte. »Wer hat eigentlich die Gästeliste für diese Party zusammengestellt?« erkundigte er sich mit gedämpftem Ton.

Falk zuckte mit den Schultern. Er wußte, daß Cathérine hinter diesem Abend steckte, kannte aber keine Details. »Willst du nach deinem Erfolg, dem Nachweis von Schellenbaums Abstammung, wirklich weiter den morschen Knochen der Zarentochter nachjagen, Malcolm? Was bringt dir das?«

In Grabowskis Blick lag Empörung. »Hast du vergessen? Habe ich dir das Schlachtfest vom 17. Juli 1918 nicht bildlich genug beschrieben? Wie die Hingemetzelten zum Abtransport auf Bahren geschmissen wurden, wie die Leiber der kleinen Mädchen zum Entsetzen ihrer Henker selbst nach Schüssen und Bajonettstichen noch zuckten –«

»Psssst!« zischte Falk verlegen. »Was sollen die Leute denken?« Zwei junge Frauen in Cocktailkleidern verzogen die Gesichter, drehten sich weg.

»Darf man in diesen distinguierten Kreisen keine historischen Wahrheiten aussprechen?«

Falk massierte sich verlegen den Hals. »Doch, doch. Sicher«, sagte er freundlicher und nickte einem unweit stehenden Staatsanwalt höflich zu. »Aber bitte«, zischte er, »äußere deine blutrünstigen Einzelheiten leiser.« Er nippte am Champagner.

»Gerade im Blutrünstigen liegen die Parallelen. Im Skrupellosen, Barbarischen.«
»Meine Güte, bist du schwülstig. Was meinst du damit?«
Falk gewann den Eindruck, daß sein Nachbar – Smoking hin oder her – nicht besonders gut in die vornehme Gesellschaft paßte. Grabowski sprach einfach zu laut, zog mit seiner bauernhaften Trampeligkeit permanent mißbilligende Blicke auf sich. Falk war das peinlich. Gleichzeitig kämpfte er gegen dieses Gefühl an. Ein Freund durfte einem nicht peinlich sein. Und Grabowski war sein Freund. Das hatte er bewiesen. »Wer, bitte, soll barbarisch sein?«
»Die Romanows. Sie haben ihre Ziele rigoros auf Kosten anderer verfolgt. Sie haben rücksichtslos und ohne eine Spur von Mitleid gehandelt. Und …« Grabowski setzte das Sektglas an. In seiner großen Pranke wirkte es verloren. »… die Killer der Romanows waren es ebenfalls. Sie handelten genauso kaltherzig und gnadenlos.« Er leerte es in einem Zug.
»Man nippt daran und stürzt es nicht runter«, belehrte ihn Falk.
»Jaja, du nippst auch immer nur überall dran, anstatt dich mal richtig draufzustürzen«, gab Grabowski schnippisch zurück. Er lachte. »Ist es nicht putzig? Die kaltblütige Ermordung der Romanows und das gefühllose Vorgehen des Karras-Apparats zeigen, daß es auf Weltbilder überhaupt nicht ankommt. Auf politische Einstellungen kann getrost geschissen werden.«
»Malcolm!«
»Wenn es doch so ist: Die Ideologie spielt keine Rolle, wenn es um Gewalt geht. Einzige treibende Kraft ist und bleibt die Macht. Ob du Sozialist bist oder Kapitalist, links stehst oder rechts, ob du rot bist oder schwarz – machtbesessene Menschen verhalten sich alle gleich. Das ist regimeübergreifend.«
»Sag mal …« Falk schaute seinen Freund scheel an. »Das wievielte Glas hast du eigentlich intus?«
Grabowskis Mund stand einige Sekunden offen. Dann fing er sich. »Ich glaub, ich hör nicht richtig!« Er

schnappte andeutungsweise nach Falks Hemdkragen, ließ aber sofort von ihm ab, als er sah, daß sich Cathérine einen Weg durch die Menge bahnte.
Sie schob sich zwischen die beiden. Falk berührte dabei versehentlich ihre Hüfte. Cathérine ignorierte das, sagte sachlich: »Ihr sollt euch nicht gegenseitig alte Geschichten erzählen. Mischt euch lieber unters Volk. Wir wollen unseren Erfolg schließlich gut verkaufen.«
Falk behagte das ganz und gar nicht. »Wie kann man etwas verkaufen, was man selbst noch gar nicht besitzt?«
Cathérine blieb eine Antwort schuldig. Falk beobachtete sie, fragte sich abermals, was in dieser Frau eigentlich vorging. Er vertiefte sich in ihre Augen, hielt der Intensität nicht stand und floh sich mit seinen Blicken auf ihre Frisur. Cathérine hatte ihr Haar hochgesteckt. Ein silbernes Strähnchen löste sich, hing ihr widerspenstig in der Stirn.
»Tu te coupes dans tes propres veines?« Sie streifte seine Hand. »Du bist ein Zauderer, Falk. Das ist dein großes Manko.«
Verärgert zog er die Hand zurück. »Wo ist Nixdorff?« fragte er ruppig.
»Frag lieber: Wo ist Schellenbaum? Immerhin ist er mein Mandant. Das alles hier geschieht nur ihm zu Ehren – beziehungsweise dem krönenden Abschluß seines Falls«, tuschelte Cathérine ihm zu.
Nixdorff war schnell gefunden. Falk machte ihn an einem Tisch unmittelbar gegenüber dem prächtigen Büfett aus. Versunken in einem Gespräch mit einer strohblonden jungen Frau und zwei Begleitern. Am schnodderigen Äußeren der Männer erahnte Falk, daß es sich um Journalisten handeln mußte. Wohl vom Fernsehen. Aber dieser Abend war ja für die Presse gedacht. Einzig und allein den Medien war er gewidmet. Er sollte vom Sieg der Justiz über eine gemeine Verschwörung künden. Er sollte die Ungeheuerlichkeit eines über Jahrzehnte geheimgehaltenen und erfolgreich vertuschten Erbschwindels ins Interesse der Öffentlichkeit rücken.

»Ich kann in etwa wiedergeben, was in der Anklageschrift zu lesen sein wird. Aber bitte, legen Sie mich noch nicht auf den Wortlaut fest«, gab sich Falks Chef wie üblich gestelzt. »Demnach konnte der damals erst einundzwanzigjährige Ragenwolf Karras den Konzern im Jahr 1948 nach vorübergehender Zwangsverwaltung durch die Amerikaner nur deshalb übernehmen, weil sein Onkel, der im Krieg verschiedene Magnus Karras, keinen leiblichen Nachkommen hatte. Neffe Ragenwolf sprang quasi nur ein. Wir glauben, oder besser: wir wissen inzwischen, daß Ragenwolf Karras zu diesem Zeitpunkt bereits die Existenz eines legitimen Nachfolgers aus erster Linie bekannt war, der jederzeit Ansprüche auf das Erbe hätte geltend machen können.«

»Ist ja komplizierter als bei einer Soap-Opera im Fernsehen«, hörte Falk den bissigen Kommentar der Journalistin.

»Ja, und es kommt noch dicker«, traute sich Nixdorff ein Stück weit aus seiner professionellen Zurückhaltung. »Ragenwolf Karras sah seinen Führungsanspruch in Gefahr und schaltete seinen potentiellen Gegner, seinerzeit bereits in Dresden wohnhaft, durch eine gezielte Verleumdungsaktion aus. Er inszenierte eine fingierte Vergewaltigung. Vom Gefängnis aus, so war offenbar die Überlegung, konnte Schellenbaum kaum Nachforschungen über seine Herkunft anstellen und Ragenwolf Karras gefährlich werden. Als Schellenbaums Entlassung aus der Haft anstand, war inzwischen die Mauer gebaut worden. Karras brauchte sich keine Sorgen mehr darüber zu machen, daß Schellenbaum aus der DDR heraus jemals Ansprüche stellen würde. Das änderte sich erst nach der Wende. Aber selbst dann blieb Schellenbaum ruhig – Karras durfte davon ausgehen, daß sein schweigender Widersacher noch immer nicht wußte, welchen Wert sein Stammbuch hat. Erst vor knapp zwei Monaten, als Schellenbaum das alte Vergewaltigungsverfahren aufrollen wollte, stellte er erneut eine Bedrohung für Karras dar, der sich gerade anschickte, seinen Besitz unter den eigenen Kindern aufzuteilen.« Die Journalistin hing an den Lippen des schmalbrüstigen Justizsprechers. Doch Falk war klar, dies war nicht nur Nixdorffs große Stunde.

»Keine Ahnung, wo dieser Schellenbaum steckt«, winkte Grabowski schließlich ab. »Ist mir auch schnuppe. Ich werde mir mal ein TV-Team schnappen und ein bißchen plaudern.« Er drapierte seinen Zopf über der Schulter, nickte kokett: »Man muß ja was für seine Karriere tun.«

Falk sah Cathérine betreten an. Zögerlich hob er sein Glas. »Na denn – prost.«

Sie zog unwillig den linken Mundwinkel hoch. »Auf unser Wohl.«

Er trat näher an sie heran. »Nun mal ganz unter uns: Wir haben den Gentest, wir haben die Gesprächsnotizen von Karras' Anruf bei dir. Wir haben mich als Belastungszeugen. Aber reicht das aus? Dieser Ragenwolf Karras ist sehr einflußreich ...«

Ihr Blick war geradezu mitleidig: »Es wird ausreichen. Und wenn dir das nicht genug ist: Wir konnten inzwischen mehr über die Dame in Erfahrung bringen, die von Schellenbaum vergewaltigt worden sein soll.«

Falk war perplex. »Davon weiß ich nichts, davon habt ihr mir –«

Cathérine hob die Hand. »Reg dich nicht auf, Falk. Du hättest das alles früh genug erfahren.«

»Aber du kannst mich nicht aus heiterem Himmel von der Sache abziehen«, protestierte er.

»Kann ich nicht? Ich habe, glaube ich, oft genug betont, daß dies mein Fall ist.« Ehe Falk aufbegehren konnte, setzte sie fort: »Ich hielt es selbst kaum für möglich, daß wir jemals Genaueres über das angebliche Vergewaltigungsopfer herausfinden würden. Schließlich ist die Frau, wie du weißt, längst tot. Aber inzwischen«, sie deutete mit dem Kopf in Nixdorffs Richtung. »Mit der Staatsanwaltschaft im Rücken kommen wir ja ungleich schneller voran.«

Falk war also kaltgestellt worden. Jetzt war er plötzlich wieder nur der kleine Referendar. »Was war das für eine Frau?« Er riß sich zusammen, wollte seine Enttäuschung nicht zeigen.
Auf Cathérines Wangen bildeten sich zwei winzige Grübchen. »Tja, im Grunde eine sehr sympathische Person. Eine bescheidene Rentnerin. Wir sind auf ihre Spuren in einem Wohnblock in Potsdam gestoßen. Eine Anlage für betreutes Wohnen. Dort lebte sie unauffällig, dort starb sie unauffällig.« Ein Kellner kam mit einem Tablett Hors d'œuvre vorbei. Cathérine ließ ihre Hand suchend über Lachsschnitten, Blätterteigröllchen und Käsewürfel gleiten. Sie entschied sich für ein Mettbällchen. Selbstgefällig fuhr sie fort: »Es bedurfte keiner großartigen Verhörmethoden, um ihre Nachbarin zum Reden zu bringen, habe ich mir sagen lassen. Die Frau in der Wohnung gegenüber war mit ihr jahrelang gut befreundet – und mit ihren tiefsten Geheimnissen vertraut. Sie muß sofort wie ein Wasserfall gesprudelt haben. Wahrscheinlich hatte sie lange darauf gewartet, endlich einen Grund zu finden, diese tolle Geschichte preiszugeben, ohne ihrer verstorbenen Freundin in den Rücken zu fallen.« Schmunzelnd fügte sie an: »Gegenüber den Vopos darf man ja schließlich nicht schweigen. Nun, jetzt wissen wir definitiv, daß Schellenbaum diese Frau nie angerührt hat.«
»Warum hat sie sich damals überhaupt auf diese Falschaussage eingelassen?«
»Oh, es war mehr als eine Falschaussage. Sie ließ sich sogar gynäkologisch untersuchen.« Falk hob die Brauen. »Ein Amtsarzt bestätigte ihr seinerzeit die Vergewaltigung.«
»Wie das?«
Cathérine kostete die Erklärung aus: »Das Ganze war weitaus gerissener und abgefeimter eingefädelt worden, als wir uns das hätten träumen lassen. Schellenbaums Opfer steckte zur Tatzeit selbst in Schwierigkeiten. Sie war erst siebzehn, hatte ohne das Wissen ihrer Eltern Geschlechtsverkehr mit einem Nachbarjungen. Der streng

katholische Vater schöpfte Verdacht, wollte seine Tochter zum Frauenarzt zwingen. Spätestens dort wäre aufgeflogen, daß bei ihr von Jungfräulichkeit keine Rede mehr sein konnte. In ihrer Not suchte sie nach einer Lösung – egal, wie die aussah.«

»So ein Unsinn. Was waren das für Rabeneltern?« empörte sich Falk.

»Die Gefolgsleute von Ragenwolf Karras hörten sich in Schellenbaums Umfeld systematisch um«, setzte Cathérine fort. »Sie suchten ein Mädchen, das sie gegen Bezahlung für ihre Zwecke gewinnen konnten. Tja, und sie wurden schließlich fündig.« Sie schob sich das Mettbällchen in den Mund. »Eine Siebzehnjährige konnte ihren Eltern den plötzlichen Verlust ihres Jungfernhäutchens erklären – und Schellenbaum wanderte dafür ins Gefängnis.«

»Das hättest du mir alles schon vorhin im Museum erzählen können.«

Cathérine verdrehte die Augen. »Hilf lieber, Schellenbaum zu finden. Ich möchte nicht, daß wir uns heute abend blamieren.«

Die Kellner waren im Nu befragt. Nein, einen älteren Herrn, auf den Cathérines Beschreibung zutraf, hatte niemand gesehen. Es war zwanzig Uhr durch, die Ansprache des Oberstaatsanwalts stand unmittelbar bevor. Cathérine wurde unruhig, und auch Falk fühlte sich unwohl in seiner Haut.

»Haben Sie vielleicht Herrn Schellenbaum gesehen?« erkundigte sich Cathérine bei Nixdorff.

Dieser zog auffordernd einen Stuhl zurück. Grabowski saß bereits bei ihm am Tisch. »Wir haben gerade über ihn gesprochen. Nein, keine Ahnung. Ich habe ihn nicht gesehen.«

Cathérine und Falk setzten sich. »Aber, putain! Er hat mir fest versprochen zu kommen«, sagte sie verunsichert.

»Vielleicht ist ihm der ganze Rummel zuviel«, mutmaßte Falk.

»Na, hör mal! Der alte Sack hat den Stein ins Rollen gebracht. Da wird er sich den Höhepunkt kaum entgehen lassen!« war sich Grabowski sicher.
»Er wird schon erscheinen«, beruhigte Nixdorff. »Auf jeden Fall haben Sie alle Großartiges geleistet. Ragenwolf Karras ist vor Gericht geladen. Unsere Beweislage ist schlüssig. Die Dinge sind kaum mehr aufzuhalten. Ich denke, dies ist einen guten Schluck wert.« Er hob das Glas.
»Wer«, auch Falk stieß mit an, »wird den ganzen Aufwand eigentlich bezahlen?«
»Ich weiß nicht.« Grabowski hob fragend die Brauen und zückte sicherheitshalber seine Geldbörse.
»Das geht klar«, beruhigte Cathérine. »Schellenbaum übernimmt die Rechnung. Ich habe ihm gesagt, ein angemessener Presseempfang ist das mindeste, was er tun muß. Jetzt, da er quasi über Nacht vom unbekannten Rentner zum bedeutenden Wirtschaftsbaron aufsteigen wird.« Sie schaute sich um. »Um so befremdlicher ist es, daß er bisher nicht auf der Bildfläche erschienen ist.«
Falk überkam ein flaues Gefühl. Er stellte sein Glas ab, faselte etwas von »auf die Toilette gehen« und verschwand. Dieser ganze Aufwand erschien ihm zunehmend suspekter. Sicher, dies war ein bundesweit, wenn nicht sogar international aufsehenerregender Fall. Die Dresdner Lokalpresse würde darüber genauso bereitwillig herfallen wie die »Bild«. Aber dieser pompöse Abend, dieses rauschende Fest vor einer rechtskräftigen Verurteilung des mutmaßlichen Schuldigen erschien ihm zutiefst befremdlich.
Er fand Schellenbaum. Der alte Mann kauerte auf einem Schemel neben der Damentoilette im ersten Stock. Sein Rücken war gekrümmt, der Blick auf den Boden gesenkt. »Hier haben die reichen Leute gefeiert. Die Überprivilegierten. Vor dem Krieg, nach dem Krieg und jetzt wieder«, sagte er, als ihn Falk mit einem wertfreien »Guten Abend« ansprach. Schellenbaum schaute nur sehr langsam auf. »Diese Villa war immer etwas für die Besseren.«

Traurig ließ er die Arme hängen. »Ich habe die Leute stets verachtet. Das waren welche, die konnten sich das Feiern erlauben. Das Protzen, das Prahlen, das Verschwenden. Ich habe mich gefragt, wo da der Unterschied zum Westen sein sollte. Die amüsierten sich hier auf unsere Kosten. Die fraßen und tranken in sich hinein – und wir mußten für die Zeche aufkommen.«
»Aber Sie selbst haben dem Empfang zugestimmt.« Er saß in der Hocke, versuchte, aus Schellenbaums Augen zu lesen. »Sie bezahlen den Abend, Herr Schellenbaum. Und Sie werden ganz andere Feste schmeißen. Rauschende Bälle. Sie werden binnen kürzester Zeit über ein Milliardenvermögen verfügen. Wenn das kein Grund zum Feiern –«
Schellenbaum unterbrach ihn, indem er ruckartig die Hand hob. »Ein Fehler. Ein furchtbarer Fehler«, sagte er verzweifelt.
Falk verlor das Gleichgewicht, stützte sich mit der Hand ab. »Aber wieso? Das Recht ist auf Ihrer Seite. Sie sind der legitime Erbfolger des Karras-Imperiums. Sie werden an die Stelle von Ragenwolf Karras treten. Sie werden einem weltweit operierenden Konzern vorstehen. Sie werden aus einem Vermögen schöpfen, an dem sich selbst –«
Wieder bremste ihn Schellenbaums Hand. »Ich werde nichts von alledem tun.«
»Bitte?« Falk wollte nicht glauben, was er hörte.
Schellenbaums Augen wirkten müde. »Das habe ich nie gewollt.« Er fingerte in seiner Jackettasche, wohl auf der Suche nach Zigaretten. Schließlich gab er auf. »Ich werde bald achtzig. Stellen Sie sich das einmal vor, junger Mann. Achtzig! Ein Wunder, daß ich überhaupt noch klar denken kann.«
Falk nahm seine graue, faltige Haut wahr. Sein schlohweißes Haar. Die von Altersflecken übersäte Hand. »Aber Sie wollen sich ein solches Vermögen doch nicht durch die Lappen gehen lassen. Herr Schellenbaum, ich bitte Sie! Sie haben Anspruch auf das Geld.«

In Schellenbaums Miene stand nachsichtiges Mitleid geschrieben. »Ich habe vierzig Jahre lang gut und gern mit der Vorstellung leben können, daß Geld eben nicht die Welt bedeutet. Warum sollte mich ein Haufen Scheine auf meine letzten Tage reizen?«

Was war in diesen Mann gefahren? Er war der Auslöser von allem, an ihm hing der Fall Karras. Falk konnte sich nicht vorstellen, wie er die sture Bockigkeit seines Gegenübers brechen sollte. »Hören Sie, Herr Schellenbaum. Hier sind hundert Journalisten. Und Juristen. Und Freunde. Alle wollen nur Ihr Bestes.« Er stupste ihn aufmunternd an. »Warum folgen Sie mir nicht einfach nach unten und feiern mit uns? Was ist so Schlimmes daran, wenn man plötzlich reich ist?« Ihm fiel nichts Besseres ein, als hinzuzufügen: »Stellen Sie sich einfach vor, Sie hätten im Lotto gewonnen.«

Schellenbaum schwieg. Eine Minute. Zwei Minuten. Schließlich erhob er sich. »Ich werde jetzt nach Hause gehen«, sagte er zu Falks Bestürzung. »Ich weiß nicht, wer Sie überhaupt sind und woher Sie mich kennen. Aber da Sie mir so einsatzfreudig ins Gewissen geredet haben, will ich Sie nicht im Regen stehen lassen.« Der alte Mann sammelte seine Kräfte. »Ich wollte mit meiner Klage nur eines erreichen: Daß ich endlich, nach all den schweren Jahren, diese drückende Last loswerden würde, ein Vergewaltiger zu sein. Das war mein Anliegen. Nicht mehr und nicht weniger.« Er reichte Falk seine welke Hand.

»Aber …«, Falk wußte nicht, wie er kontern sollte. »Es geht um Milliarden.«

Schellenbaums Augen verrieten, daß in seinem Alter andere Werte als Geld eine Rolle spielten. »Sagen Sie dieser sehr ambitionierten Anwältin, daß ich große Stücke auf sie setze.« Er lächelte. »Ich werde sie großzügig entlohnen.« Und als wäre es eine Nebensächlichkeit: »Den Abend bezahle ich ebenfalls.« Abfällig fügte er im Gehen hinzu: »Aber dann ist Schluß. Ich muß mir meine Rente schließlich gut einteilen. Wer weiß, am Ende kommen irgendwelche Pflegekosten auf mich zu …«

45

Falk schwankte, als er die Grotte betrat. Er war nicht betrunken, aber auch nicht mehr nüchtern. Dieser Abend hatte ihm gereicht. Keine Frage. Er hatte eine Schlappe einstecken müssen, ach was: das Ganze war eine ausgewachsene Katastrophe! Die schale Ernüchterung in seinen Gefühlen gegenüber Cathérine, totale Desorientierung nach dem Gespräch mit Schellenbaum. Alles hoffnungslos, unverständlich, schlicht zum Kotzen. Falk registrierte beiläufig, daß außer ihm nur drei andere Gäste an der Bar hockten. Müde Gestalten. Er setzte sich. »Ein Bier!«

Laura bediente. Mit ihr hatte Falk in dieser Nacht überhaupt nicht mehr gerechnet. Ein Hoffnungsschimmer. Er strich über sein Kinn. Eine windschiefe Standuhr, die an der aus roten Ziegelsteinen gemauerten Wand lehnte, schlug zwölfmal. So spät und so allein war er nie in der Grotte gewesen.

»Vielleicht«, hob er an, »vielleicht nehme ich 'nen Schnaps dazu.«

Laura biß in eine Erdbeere. Sie fixierte ihn. Genüßlich kaute sie die Frucht, schluckte mit geschlossenen Augen herunter. Sie zog langsam an einem geflochtenen Körbchen voller Erdbeeren, das sie neben den Zapfhähnen drapiert hatte. Laura beugte sich vor. Sie trug ein weißes T-Shirt, über ihrem Busen spannten sich zwei breite Hosenträger. »Möchtest du auch eine?«

Falks Blick fragte: »Eine was?«

»Eine Erdbeere?«

Er schaute sich unsicher unter den anderen Gästen um. Niemand beachtete die beiden. Die drei Männer suchten stur den Grund ihrer Gläser ab. »Ja«, sagte Falk, »warum nicht.« Er griff zu, nahm sich die dickste Frucht.

Die Erdbeere schmeckte zunächst nach gar nichts. Es war nur eine kühle, feste Masse, die in seinem Mund lag und geschluckt werden wollte. Das Aroma entwickelte sich erst nach drei oder vier Sekunden auf seiner Zunge. Süß und sauer zugleich. Spritzig. Angenehm erfrischend. Unter seinem Gaumen kitzelten die winzigen Samenkörner.

»Die ist«, er schmunzelte, »verdammt gut.«

»Zu Hause habe ich noch mehr davon.«

Eine Woche später

Die starke Turbine des Hubschraubers dröhnte und hielt die Kabine in permanentem Zittern. Pilot und Copilot blickten starr aus der Kuppel. Ihre Gesichter waren vor Nervosität verzerrt, die krampfhaft nach vorn gebeugte Körperhaltung verriet äußerste Anspannung. »D-EDFF! Tun Sie nichts Unüberlegtes. Für jedes Problem gibt es eine Lösung.« Oberleutnant Richter war kein Psychologe. Das wußte er selbst am besten. Diese Aufgabe überforderte ihn entschieden. Er verriß den Steuerknüppel, die Seaking schlingerte. »Verdammt!«

»Alles im Griff?«

»Jaja, schon gut.« Er fing den Helikopter ab. »Dieser Kerl ist nicht zu bremsen. Er hält direkt auf die Felsnadel zu. Ruf Helgoland. Wir brauchen Hilfe!«

Auf Richters Stirn bildeten sich Schweißperlen. Hauptmann Lorenz beobachtete die Unruhe seines Kameraden mit Sorge. »Horst – soll ich übernehmen?«

»Nein!« kam es bärbeißig zurück. Er hielt den Steuerknüppel jetzt mit beiden Händen. So fest, daß sich die Knöchel deutlich unter den Fliegerhandschuhen abzeichneten. »Dieser Narr geht in einen Sturzflug über ...«

Lorenz verengte die Augen, um die Cessna im Gegenlicht der untergehenden Sonne deutlicher erkennen zu können. »Bestätige ... der zieht die Maschine runter.«

»Verflucht! Sieht er denn die Lange Anna nicht? Idiot, verfluchter Idiot!«

Lorenz klopfte an sein Helmmikro. »D-EDFF! Beidrehen! Felsnadel unmittelbar voraus!«

Der rechte Flügel von Karras' Privatflugzeug knickte ab wie ein Streichholz. Aus der Entfernung sah es aus, als würde sich ein Spielzeug aus dünnem Plastik in seine Einzelteile zerlegen. Rumpf und linker Flügel gerieten augenblicklich ins Trudeln. Sekunden später schlug das Wrack auf die Wasseroberfläche. Das Heck brach auseinander. Cockpit und Flügelstutzen prallten ab und hüpften über die Wellen wie Kieselsteine, die in flachem Winkel über einen Teich geworfen werden. Wenig später waren die Trümmer versunken.

Simone Winkler, Heiko Tadge, Dr. Uwe Meier, Nina Kuhn, Gundel und Dr. Dieter Johannes, Prof. Dr. Wolfgang Hillen, Susanna Gräwe, Sabine Gräwe, Dietlind und Peter Beinßen
– vielen Dank!

Jan Beinßen
Zwei Frauen gegen die Zeit

Roman

311 Seiten. RBL 1576. 17,– DM
ISBN 3-379-01576-8

Um an historische Kostbarkeiten zu gelangen, ist der Antiquitätenhändlerin Gabriele Doberstein fast jedes Mittel recht. Ihre große Stunde schlägt nach dem Fall der Mauer: Sie durchstreift den Osten, fahndet in stillgelegten Bergwerken nach großer Kunst. Und Sina, die Freundin, muß ihr dabei helfen.
Eines Tages stößt das Frauenduo auf vielversprechende Unterlagen. Die Spur führt auf die Ostseeinsel Usedom, wo sich in einem Nazi-Bunker bei Peenemünde eine Schatzkammer verbergen soll. Als Gabrieles hochfliegende Erwartungen enttäuscht werden, erleben die Freundinnen eine gefährliche Überraschung: Unbekannte machen sich an den scheinbar verrotteten Schalt- und Steueranlagen der verborgenen Festung zu schaffen und nehmen Kontakt zu einer Rakete in der Erdumlaufbahn auf ... zu einer Rakete, die in den letzten Jahren des Zweiten Weltkriegs von Peenemünde aus gestartet sein muß. Eine Katastrophe bahnt sich an ...

Jan Beinßen, geboren 1965 in Stadthagen. Seit 1993 bei der »Abendzeitung« in Nürnberg.

RECLAM-BIBLIOTHEK

Gabriele Keiser
Mördergrube

Roman

226 Seiten. RBL 1638. 16,90 DM
ISBN 3-379-01638-1

»Ihren Krimi habe ich mit großem Vergnügen gelesen. Auch mein Mann war ganz begeistert.«

Ingrid Noll

Ein Haus auf dem Land mit blauen Fensterläden und einem Kirschbaum im Garten ... – davon träumt Nina Lorenz, wenn sie als Arzthelferin tagein, tagaus Urinproben in Empfang nimmt, unsäglichen Krankheitsgeschichten ihr Gehör schenkt und beim Spritzen mannhafte Patienten vor dem Umkippen bewahrt.
Ihr Leben ändert sich schlagartig, als der Traum durch eine unerwartete Erbschaft wahr zu werden beginnt. Nina kündigt ihre Stelle und setzt alle Kraft und Kreativität ein, um aus der renovierungsbedürftigen Bruchbude, die sie im ländlichen Birkenbach erstanden hat, ein behagliches Eigenheim zu schaffen. Bei den Aufräumarbeiten findet sie sonderbare Gegenstände: ein nebulöses Tagebuch, eine verschlossene Truhe – Dinge, die Ninas Neugierde auf die Geschichte ihres Hauses wecken. Plötzlich stößt sie im Keller auf eine grausige Entdeckung ...

RECLAM-BIBLIOTHEK

Paul Lukas

IHN

Roman

218 Seiten. RBL 1635. 16,90 DM

ISBN 3-379-01635-7

Paul Lukas' Held, ein sympathischer Träumer, stolpert auf seinem Weg quer durch Marokko, Spanien und Portugal von einer komischen Situation in die nächste tragische. Die Reiseroute bestimmt Karen, seine große Liebe, deren Spuren er beharrlich folgt, nachschwimmt, hinterherstiefelt. Einsam, melancholisch und voller heiterer Selbstironie vergißt er nie, sein Leben tapfer und kritisch zu beleuchten, sich verschämt an Vergangenes zu erinnern, voller Zuversicht dem unausweichlich Neuen ins Auge zu blicken und in besonders schweren Stunden trotz nagender Zweifel auf IHN zu hoffen.

Paul Lukas, geboren 1956, war bis 1995 Mitglied der Band *Element of crime*, veröffentlichte anschließend ein erstes Solo-Album (»The Fear Of A Singer«) und lebt heute als Musiker, Übersetzer und freier Autor in Berlin.

Silvia Szymanski
Chemische Reinigung

Roman

153 Seiten. RBL 1629. 16,– DM
ISBN 3-379-01629-2

Silvia, die Madame-Bovary-Volksausgabe der achtziger Jahre, jobbt in einer chemischen Reinigung, langweilt sich zwischen aufgebügelten Hemden und ausgeleierten Hosen, träumt vom Durchbruch als Leadsängerin der »Schweine«, hängt im pisseligen Jugendtreff »Saftladen« herum, umgeben von Männern, die vor allem Sex, Saufen und Fußball im Kopf haben, und verliebt sich halbherzig mal in den und mal in den.
Sieht so das wahre Leben aus? Oder gibt's das nur in Aachen und Düsseldorf? Schließlich hat Silvia auch so ihre Wünsche: »Ich möchte auch mal nackt im Rhein schwimmen und dabei wie eine Burg angestrahlt werden. Eine Frau braucht das ab und zu.« Nichts davon passiert in Merkstein, wo die Menschen wie Wellensittiche leben. Oder wie Holzpuppen. Oder wie Zuckerrüben, dick und doof.
Silvia Szymanski, geboren 1958, ist Sängerin, Gitarristin und Songschreiberin der weiblichen Rockband *The Me-Janes.* Lebt heute in Übach-Palenberg, der unbekannten Heimstatt der Gegenwartsliteratur.

Bettina Brömme

So toll kann doch kein Mann sein

Roman

353 Seiten. RBL 1613. 16,90 DM
ISBN 3-379-01613-6

Wie schön ist es, als Single durchs Leben zu stolpern … das zumindest redet sich Eva den lieben langen Tag ein. Gerade neunundzwanzig geworden, quält sie sich durch ihren Frustjob in einem Fotoladen, während sie klammheimlich ganz andere Ambitionen hegt: Eva will sich als Fotografin beweisen und plant eine Ausstellung mit Schnappschüssen der besonderen Art: Männer, die der Leidenschaft des öffentlichen Wasserlassens nachgehen, auf Parkplätzen oder hinterm Bierzelt.
Streicheleinheiten holt sich Eva im Kreis ihrer Freundinnen, die ihrerseits mit den Tücken des Lebens (und der Liebe) zu kämpfen haben: Isa wird ihrer wechselnden One-night-Stands nicht recht froh, Katrin übt sich im Verlassen ihres Freundes … Ach ja, die Männer hingegen … keiner genügt den ohnehin zurückgeschraubten Anforderungen und keiner weiß, was er will. Auch Tibor, seines Zeichens Radio-DJ bei einem Schnulzensender, scheint da keine Ausnahme zu machen …
So toll kann doch kein Mann sein ist ein putzmunterer Roman über die Ups und Downs einer Frau, die sich nicht unterkriegen läßt. Ein Buch über das Alleinsein, das Zuzweitsein und über wunderbare Freundschaften.

RECLAM-BIBLIOTHEK

Margit Hähner
Auch nur ein Mann

Roman

255 Seiten. RBL 1645. 16,90 DM
ISBN 3-379-01645-4

Schwere Zeiten für starke Frauen: Da schlagen sie sich dynamisch durchs Leben, verdienen ihre Croissants als Journalistinnen, treten als Polygamie-Expertinnen in Talk-Shows auf und hoffen dennoch vergeblich, im Männerschlußverkauf ein halbwegs vorzeigbares Exemplar aufzugabeln – wenn schon nicht für immer, so doch wenigstens für einen netten Sommerurlaub. Karla, Anfang Dreißig, freilich scheint trotz dieser unfreundlichen Großwetterlage vom Glück begünstigt: Rainer, ihr Herzblatt, überzeugt durch zärtlichen Charme, ist gutaussehend und – o Wunder – nicht anderweitig gebunden.

Einen klitzekleinen Haken hat die Sache jedoch: Rainer dient der katholischen Kirche als Priester und darf deshalb seinen Leidenschaften, schönen Frauen und schnellen Autos, nur in aller Verschwiegenheit nachgehen. Karla und Rainer: Was für ihn anfänglich bloß eine nette Affäre ist, entwickelt sich zu einer Liebe mit allem Drum und Dran. Und als sich der bindungsscheue Kleriker – auch nur ein Mann! – aus dem Staub machen will, beginnt Karla, versehen mit den guten Ratschlägen ihrer Freunde, um ihre ungewöhnliche Beziehung zu kämpfen. Ob was draus wird?

RECLAM-BIBLIOTHEK

Franziska Roller

Abba, Barbie, Cordsamthosen

Ein Wegweiser zum prima Geschmack.

222 Seiten. Mit 8 Abbildungen. RBL 1586. 18,– DM
ISBN 3-379-01586-5

Heino hören, am liebsten nach Mallorca in den Urlaub fahren, uralte Adidas-Trainingsjacken tragen, Prollpartys feiern, kitschige Plastikfiguren auf die Fensterbank stellen – das ist nicht der Alltag eines durchschnittlichen Kleinbürgers, das ist das Leben der absoluten Trendsetter.

Franziska Roller hat eine buntgemischte, witzige Sammlung der Idole und Kultgegenstände des guten schlechten Geschmacks zusammengetragen. Gratwandernd zwischen kritischer Distanz und Begeisterung für eine Entwicklung, die gegenwärtig als Ende der Kultur gebrandmarkt oder als subversive Gesellschaftskritik gefeiert wird, unternimmt dieses Buch einen Streifzug durch die Welt der Geschmacklosigkeiten, in schöner alphabetischer Ordnung.

Ohne Frage: ein Nachschlagewerk, das in keinem aufgeschlossenen Haushalt fehlen darf.

RECLAM-BIBLIOTHEK

Jost Nickel

Der tödliche Rasierspiegel

33 seltsame Morde

173 Seiten. RBL 1594. 16,– DM
ISBN 3-379-01594-6

Da ist der sturmerprobte Kapitän, der allen Widrigkeiten trotzt. Nur nicht dem Rasierspiegel, den ihm sein Mörder schenkt. Oder der unsportliche Manager, der zum erstenmal auf Skiern steht – wie das seine Frau und ihren Liebhaber freut, erfährt er dann nicht mehr. Ein junger Mann stirbt, weil er eine Coladose aus dem Automaten zieht. Eine Dame steigt in den Fahrstuhl und ertrinkt. Ein Herr reibt sich die Hände und erstickt. Und die Moorleiche ist nicht im entferntesten so alt, wie die Zeitungen behaupten.

Nirgends weist die geringste Spur auf einen Täter hin. Alles spricht für Zufall oder höhere Gewalt. Und doch handelt es sich um Morde, um leise, heimliche, perfekte Morde.

Jost Nickel erzählt die bislang unentdeckten Fälle unter strikter Wahrung der Anonymität – ohne plakative Grausamkeiten oder unappetitliche Details. Vielmehr mit Ironie und Witz, als unerhörte Anekdoten.

RECLAM-BIBLIOTHEK

Jost Nickel
Die Nacht der Nächte

Die besten Ideen für Silvester '99

209 Seiten. RBL 1647. 16,90 DM
ISBN 3-379-01647-0

Silvester '99! Und Sie wissen schon, was Sie tun? Moment! Sie können auch an einem Tauziehen auf der Datumsgrenze teilnehmen. Oder an einem Egyptian Dinner im Angesicht einer Mumie, die zum Dessert entrollt wird. Sie können dem Feuerwerk zusehen, das Christo-Schüler Butor verpackt; es findet im Inneren eines Fesselballons statt. Oder Sie können eine Party zwischen den Gruseltieren der Kryptozoologie feiern oder zwischen den wundertätigen Reliquien verblichener Heiliger. Jost Nickel sagt Ihnen, wo was stattfindet. Er erspart Ihnen die sogenannten Megapartys und Hypershows, von denen die Zeitungen ohnehin voll sind. Er hat nach den wirklich originellen Ereignissen gesucht, und er hat sie gefunden. Wo die Concorde zum Trip durch die Zeitzonen abhebt, wissen Sie. Aber wo Partys im Froschregen stattfinden, erfahren wir hier. Nickel verrät, wo echte Klöster zur stillen Einkehr laden und wo falsche Klöster zur Orgie bitten. Wo Sie sich an einem traditionellen Knechtprügeln beteiligen und wo Sie eine echte Mauritius zerkleinern dürfen. Und an welche Turmuhren Sie sich ketten können, um mit dem Minutenzeiger leibhaftig ins Jahr 2000 zu rücken! Melden Sie sich an, bevor es zu spät ist.